KHOMEINY, SADE ET MOI

ABNOUSSE SHALMANI

KHOMEINY, SADE ET MOI

BERNARD GRASSET
PARIS

Photo de la jaquette : JF Paga © Grasset, 2014

ISBN 978-2-246-85207-0

Tous droits de traduction, d'adaptation et de reproduction
réservés pour tous pays.

© Éditions Grasset & Fasquelle, 2014.

À mon père

« Je désirerais qu'on fût libre de se rire ou de se moquer de tous ; que des hommes, réunis dans un temple quelconque pour invoquer l'Éternel à leur guise, fussent vus comme des comédiens sur un théâtre, au jeu desquels il est permis à chacun d'aller rire. Si vous ne voyez pas les religions sous ce rapport, elles reprendront le sérieux qui les rend importantes (...).

Je ne saurais donc trop le répéter : plus de dieux, Français, plus de dieux, si vous ne voulez pas que leur funeste empire vous replonge bientôt dans toutes les horreurs du despotisme ; mais ce n'est qu'en vous en moquant que vous les détruirez ; tous les dangers qu'ils traînent à leur suite renaîtront aussitôt en foule si vous y mettez de l'humeur ou de l'importance. Ne renversez point leurs idoles en colère : pulvérisez-les en jouant, et l'opinion tombera d'elle-même. »

Donatien Alphonse François de SADE,
« Français, encore un effort si vous voulez être républicains », in *La Philosophie dans le boudoir*

Téhéran, 1983

Si la petite fille que j'étais a éprouvé le désir de se mettre nue dans l'enceinte de son école, ce n'était pas à cause des fortes chaleurs. C'était par provocation. Provocation du même ordre que de jouer à saute-mouton dans la salle de prière de la mosquée de l'école. C'était physique.

Je ne veux pas porter ce truc ! En plus c'est moche. Non ! Et avec la logique propre aux enfants : si c'est comme ça, tu vas voir ce que tu vas voir ! Je vais me venger ! Je vais le porter ce foulard gris qui serre trop mais tu vas voir. Et beaucoup ont vu. Mon cul.

Je ne veux pas porter le voile. Mais je dois le mettre pour aller à l'école, parfois pour sortir dans la rue, faire les magasins, voir des amis. Je le fais. Mais dès que sonne la fin de journée, je l'enlève. Et pas seulement le foulard-cagoule gris. La robe réglementaire et le pantalon tout aussi réglementaire et tout aussi gris. Je me cache dans la cage d'escalier ou je me réfugie dans les toilettes, juste avant que mes camarades ne se dirigent vers la sortie. J'enlève tout ou parfois je garde ma culotte, au gré de mon humeur. Puis, j'enroule l'ensemble dans mon cartable et je pars en sprintant vers la grande porte de sortie, en évitant les corbeaux qui se lancent à l'assaut de mon cul nu. Je compte les points : un corbeau évité un demi-point, deux corbeaux évités un point, un corbeau qui glisse sur les pans de son tchador deux points, etc. Je gagne à tous les coups : elles ne savent pas courir sous tchador. Je finis dans la voiture qui m'attend avec le chauffeur – qui est aussi le jardinier – de la grande maison de Téhéran où vivent ma grand-tante et mon grand-oncle avec mes deux plus jeunes tantes. Mes parents vivent à deux pas dans un appartement – mon père tenait à son indépendance – mais nous passons le plus clair de notre temps dans la grande maison. Je remets ma culotte et mon tee-shirt blanc, il ne sert à rien d'être nue dans la voiture. Le chauffeur-jardinier va tout répéter, je le sais. La dernière fois qu'il l'a fait, je l'ai poursuivi dans le jardin avec le jet du tuyau d'arrosage. Il ne m'aime pas et je ne l'aime pas ; il déteste mes chats qui habitent le jardin et détruisent son travail ; je le déteste d'être le seul à ne pas rire de ma folle course nue. S'il se plaint – encore – à ma grand-tante, je vais arracher les dernières tulipes qu'il a plantées.

Pourquoi prenais-je tant de plaisir à recommencer mon exhibition ? Avant tout, c'était joyeux. C'est toujours amusant pour une enfant de six ans de faire courir des adultes. Ces adultes-là encore plus que les autres. Engoncées dans leurs tchadors noirs, les femmes-corbeaux se lançaient à ma poursuite. L'hystérie que provoque la nudité d'une enfant est surprenante. Je m'amusais, j'amusais mes camarades, je faisais enrager les corbeaux, j'inquiétais ma famille. J'étais devenue le centre d'attention de tant de gens, j'étais devenue une héroïne auprès de mes camarades, même les plus âgés. Et personne d'important, ni mon père, ni ma mère, ni mes tantes et oncle ne m'ont jamais punie pour cela.

Ils se demandaient certainement si je n'étais pas un peu débile de recommencer après chaque exclusion de l'école et de rendre ma mère et le chauffeur-jardinier malades des nerfs. Mais après avoir assisté à une de mes courses-poursuites improbables, ils riaient plus qu'ils ne s'inquiétaient de ma santé mentale. Tant que les femmes-corbeaux poursuivaient leur travail, peignant ma ville et mon enfance de noir, je poursuivrais ma mise à nu.

Mais je n'étais pas la seule à jouer à ce jeu-là. La nudité était ce qui occupait tout le monde, juste *avant* et *après* la Révolution des mollahs. J'entends encore les questions, les doutes et les pressions autour de telle jupe qui découvrait trop les chevilles ou telle chemise qui était trop décolletée pour dîner chez Untel. L'inspection du corps avant de sortir était un rituel indispensable. « Tu es complètement folle ! Tu ne peux pas sortir *comme ça* ! » était la phrase de rigueur avant d'affronter l'extérieur. Car la police des mœurs et ses gardiens de la Révolution veillaient au grain, à chaque coin de rue. Ils regardaient passer les hommes et les femmes en les observant avec une attention malsaine, un voyeurisme assumé, un « reluquage » dans les règles de l'art, traquant le moindre bout de peau échappé à la vigilance familiale. Le regard des barbus et des corbeaux n'est pas pudique. Eux qui prônent la disparition du corps et insultent ceux qui osent lever les yeux, promènent leurs regards perçants sur une foule apeurée, les déshabillant au nom de la loi.

Je ne comprenais pas comment je pouvais être la seule à me mettre nue. Et assister chaque jour au rituel de mise sous voile de ma mère et de mes tantes me révoltait : elles se couvraient docilement avant de sortir

– même si, chaque fois, comme une incantation, elles insultaient Khomeiny et tous les barbus du monde. Mais l'enfance veut des héros. Et c'est peu dire que les barbus n'étaient pas des héros pour moi. Ma mère et mes tantes n'avaient même pas essayé d'enlever, de déchirer, de piétiner le voile, comme moi, quand on m'avait fait essayer mon premier foulard. Leur manque de révolte me révoltait.

Un matin cependant, ma mère s'était réveillée étrangement agitée. Mon frère venait de naître, elle était épuisée. Et alors qu'elle tenait mon foulard-cagoule dans la main, elle le jeta par terre et sortit de son tiroir un foulard rouge à motifs indiens et transparent de surcroît. Elle me le noua autour du menton. Bien sûr, je ne passai pas le contrôle vestimentaire de l'entrée de l'école. Je fus tout de suite renvoyée à la maison. Si elle ne réitéra plus jamais ce geste de révolte sur ma tête, je me souviens de son sourire mutin, quand je descendis de la voiture, vingt minutes après mon départ. Avait-elle seulement besoin d'avoir son aînée près d'elle ce jour-là ? Ou était-ce l'absurdité de tout ce gris qui couvrait sa petite fille qui l'avait poussée à me vêtir de rouge ? Qu'importe, ce jour-là, je fus vraiment très fière de ma mère.

Et les hommes ? Comment se défendaient-ils ? Rien du tout ! Ils étaient tous pareils. Ils n'osaient pas davantage montrer leurs bras ou leurs mollets. Et rares étaient ceux qui ne portaient ni moustache ni barbe. Si des femmes ont osé les foulards colorés, et des hommes la cravate, si des femmes ont – quand même – maquillé leurs lèvres ou des hommes tenté une chemise hawaïenne à fleurs, ils ont vite été rappelés à l'ordre par un passage dans le commissariat du coin ou dans une échoppe – hier salon de thé ou salon de jeu – devenue un bureau de réglementation des mœurs. Là, ils se voyaient infliger la morale à force de cris et d'insultes. Voire plus. Mais dans ces cas-là, vous étiez bon pour la cellule. La vraie, dans une vraie prison. À en croire les barbus et les corbeaux, un avant-bras ou des mains manucurées n'étaient rien de moins qu'un déni de Dieu et une trahison à l'encontre de l'ayatollah Khomeiny – toujours lui. Mon cul nu était donc l'insulte suprême, la révolte absolue. Aujourd'hui, si j'ai compris le mécanisme de la peur ultra-contagieuse, je ne le digère pas. La facilité avec laquelle tout le monde s'est mis à ressembler à tout le monde demeure une inconnue anxiogène. Et si tous s'étaient mis à poil comme moi ? Et si d'un coup, tous les passants au hasard des rues de Téhéran s'étaient mis à retirer leurs vêtements ? Khomeiny aurait-il envoyé l'armée tirer sur une foule à poil ? Peut-être que la Révolution n'aurait pas duré un jour de plus.

Les gardiens de la Révolution étaient les seigneurs de la rue et il m'était impossible de m'y dévêtir. Ils étaient autrement plus coriaces que les corbeaux de la cour d'école. Ils étaient incontrôlables, persuadés de leur bon droit, victorieux. Non seulement j'étais toujours accompagnée, mais le voile n'était pas obligatoire dans la rue pour les fillettes de moins de huit ans. Tout dépendait du quartier où il fallait se rendre. Dans le bazar ou dans les quartiers administratifs, ma mère me couvrait toujours la tête, alors qu'on pouvait laisser mes cheveux visibles dans les quartiers bourgeois du nord de Téhéran. Tout le monde était obsédé par le corps ou plutôt par l'absence de corps. Téhéran n'était plus peuplé que de visages.

Ma tante cadette – ma préférée, dotée d'un décolleté généreux – était à Paris lors de la Révolution. Elle revint à Téhéran juste après, en *vacances* – elle a longtemps été la plus optimiste de ses sœurs avant de tomber dans le piège de l'amertume. Dans l'avion qui la ramenait vers sa ville d'origine, elle s'était couvert la tête. Dès qu'elle descendit de l'avion, dès qu'elle croisa un soldat ambitieux du nouveau régime – voyageurs banals, bagagistes, douaniers, police secrète et moins secrète, agents dissimulés – elle se sentit nue. Elle était pourtant couverte de la tête aux pieds et se souvient d'avoir transpiré dans ses chaussures trop fermées pour l'été téhéranais. Mais elle se sentait nue quand même. Dans le regard de ces « messieurs-dames la morale », ses lèvres étaient trop ourlées, ses yeux trop en amande, son corps trop habitué à être libre de ses mouvements. Et pour ces « messieurs-dames la morale », elle était une insulte à la bienséance, à la religion, à l'ayatollah Khomeiny. Plus tard, dans les rues, dans les restaurants et jusque dans la salle d'attente du médecin, partout où la mixité existait bon gré mal gré et où la femme devait être couverte, elle avait continué à se sentir nue. Agressée. Elle était retournée dare-dare à Paris se faire draguer sans avoir l'impression d'être à poil. Car c'était ça surtout qu'induisait le voile des femmes : la concupiscence généralisée.

Mon cousin plus âgé que moi raconte comment il s'était senti bouleversé lorsque, jeune adulte, il avait effleuré par mégarde le doigt de notre cousine germaine de treize ans, voilée. Il ne l'avait jamais trouvée jolie, elle était, par ailleurs, trop jeune et très pratiquante, mais ce contact inattendu avait éveillé ses sens. Aujourd'hui, homme d'une quarantaine d'années vivant en Europe, il se souvient encore de la sensualité de ce petit bout d'index.

Dès l'entrée d'un homme dans la cage d'escalier, dans un supermarché, dans le bus, dans le bureau de la directrice, dans l'ascenseur, il y avait ce geste devenu automatique : remettre le foulard en place. Vérifier qu'aucune mèche ne s'en échappait. Et justement, ce geste attirait le regard, attisait le désir. C'était une coquetterie déguisée en bigoterie pour la majorité des Iraniennes sous le voile. Mais je connaissais une femme qui ne jouait pas la fausse pudeur. C'était une amie de la famille connue pour la sensualité qu'elle déployait en remettant son foulard en place : c'était la danse des sept voiles, à l'envers peut-être, mais c'était tout aussi attirant. J'ai appris récemment qu'elle s'était mariée pour la quatrième fois à Miami. À Téhéran, dans les années 60, elle avait repris l'entreprise de son père, pâtissier de son état. Elle avait développé l'entreprise régionale en réussite nationale. Lorsque j'étais enfant et qu'elle me fascinait – comme elle fascinait mon père qui a passé des nuits entières à boire et débattre avec elle – elle avait une belle quarantaine et n'était jamais sortie sans maquillage, ni *avant* et encore moins *après* la Révolution, et sa tenue réglementaire était d'un gris si pâle qu'on ne voyait qu'elle dans les rues sombres. Elle se disait trop âgée pour avoir peur. À chaque arrestation, elle se faisait libérer grâce à ses nombreuses relations. Elle tenait bon. Mais en 1982, elle décida de rejoindre San Diego et sa communauté iranienne qui vivait comme à Téhéran avant la Révolution. Je sais qu'elle joue encore tous les soirs aux cartes, parfois toute la nuit, et qu'il lui arrive de réveiller son fils à quatre heures du matin pour qu'il lui avance de l'argent afin de finir sa partie. Je me souviens qu'elle riait de toutes les médisances et qu'elle avait un langage si fleuri que ma mère rougissait avant même qu'elle n'ouvre la bouche. Cette amie de la famille était la seule femme qui me félicitait ouvertement pour mon cul nu. Elle se penchait vers ma mère et lui glissait : « Réjouis-toi d'avoir une fille comme ça, malgré le balai que toi et tes sœurs vous avez dans le cul. » L'amie de la famille était la seule autre femme que je connaissais qui montrait aussi son cul.

Dans le bus les regards se fuyaient pour mieux se chercher. C'était très étrange : il ne fallait jamais, mais vraiment jamais, croiser le regard d'un inconnu, d'un homme qui ne soit ni le père, ni le frère, ni le mari, ni le fils. Il fallait garder les yeux vissés au sol. Il suffisait d'oublier un instant, de rêver les yeux dans le vague, de croiser, par hasard, par inadvertance, par maladresse, un regard d'homme pour être perdue comme une brave fille du XIXe siècle était perdue en offrant son pucelage à l'amant qui n'était pas un mari. Un jour, ma mère s'était fait suivre par un homme dont elle avait croisé, par mégarde, le regard dans un bus. Il avait pris cela pour une invitation. Plus elle le fuyait, plus il était vexé. Il a fini par la traiter de pute. Il n'y avait pas que les seins merveilleusement galbés de ma tante qui la sexualisaient. Même l'enfant que j'étais, et à qui « le vieux en noir & blanc » avait fait pousser des seins, était considérée comme un objet sexuel.

Dans ce contexte-là, se mettre nue pour une enfant transformée en femme par la loi, c'était retrouver de l'innocence, l'exact contraire de la concupiscence provoquée par l'enfoulardement. Tout le monde s'était mis à épier les traces visibles du corps dans l'espace public. Dans les rues, dans les salons, dans les supermarchés, chacun devenait une bête furtive qui surveillait les unes et les autres. Il n'y avait déjà plus besoin de gardiens de la Révolution.

Paris, 2013

Si l'ayatollah Khomeiny n'avait pas décidé un beau jour de politiser sa foi, il aurait eu mieux à faire que de transformer les petites filles en femmes. Car toute enfant que j'étais, le port du voile me haussait au même niveau que les femmes. Les vraies. Les femmes avec des seins et des hanches, avec du maquillage et des enfants. Ma nuque, mes cheveux, mes chevilles, mes poignets avaient soudain le même impact que ceux des *vraies* femmes puisqu'ils n'avaient plus le droit d'apparaître dans l'espace commun. En recouvrant mon corps et ma tête de gris, de noir, de marron, de bleu marine, seules couleurs autorisées par la loi, le «vieux en noir & blanc» décidait de ne plus faire la distinction entre les âges des femmes. Et ce n'était pas suffisant. Les petits garçons comme les petites filles n'étaient plus considérés comme des enfants, mais comme des hommes et des femmes. Tous noyés dans la foule inquiétante et anonyme qui ne devait plus être qu'un cri, qu'un peuple, qu'une seule foi.

Comment dire la transformation absolue du paysage – physique et intérieur – qu'a été l'enfoulardement de Téhéran ? Comment rendre cette atmosphère si particulière ? Même en appelant au secours des photos, des films, des archives qui disent si bien l'*avant* et l'*après*, il y a un manque : le ressenti. Et ce ressenti, qui n'est pas dissociable du paysage *après* la Révolution, est commun aux femmes comme aux petites filles qui l'ont vécu de l'intérieur. Si j'ose le *nous*, c'est que nous avons toutes disparu en même temps. Soudain, il n'y eut plus d'enfants, d'adultes, d'adolescents. Il n'y eut plus de jeunes hommes branchés ni de femmes bourgeoises, de petites filles modèles et d'étudiants aux beaux-arts. Il n'y eut plus que des hommes et des femmes. Aujourd'hui, les rues de Téhéran ont retrouvé une certaine différenciation des vêtements. Les foulards de couleur sont autorisés – ou du moins plus aucun gardien de la Révolution ne chasse la mèche folle – et les femmes ne les nouent plus fermement sous le menton. Elles le laissent reposer sur des cheveux permanentés, brushés, mis en pli. Téhéran ne ressemble plus aux temps de mon enfance. Mais, *après* la Révolution, il ne fallait surtout pas voir ce qui vous différenciait des autres. C'était dangereux. Le bourgeois buvait de l'alcool et ne pouvait qu'avoir un mode de vie occidental donc dissolu ; l'étudiant était forcément incontrôlable ; la jolie promeneuse ne pouvait être qu'une pute ; l'homme en cravate ne pouvait être qu'un traître à la patrie ; la mère de famille qui sortait d'une librairie dite déviante – communiste – devenait un élément douteux.

Il fallait que règne la peur afin d'inscrire le plus profondément possible la Révolution dans les âmes. C'était l'ère du soupçon. Quelque chose était dans l'air qui collait les passants aux murs. Littéralement. La rue n'appartenait plus qu'aux gardiens de la Révolution, aux militants et aux fous. Des barbus, jeunes et charismatiques, scandaient soudain des revendications au milieu de quelques passants. Le mot d'ordre du jour

– le retour du Shah pour être jugé, la libération de tel prisonnier, la fermeture des cinémas, la destruction des Etats-Unis, la mise à mort d'une chanteuse célèbre – passait de bouche en bouche jusqu'à devenir une manifestation *spontanée*. Et s'il vous prenait la rébellion de ne pas vouloir prononcer les mots de la foule, il y avait toujours un voisin proche pour vous lancer un regard noir, et si décidément aucun mot ne sortait de votre bouche, paniqué de ce qu'il était incapable d'accomplir, il sortait son doigt accusateur et réclamait votre tête. Vous deveniez alors le mot d'ordre du jour.

Imaginez une foule sombre, agressive, hurlante et surtout terrifiée. Ce qui la rendait si dangereuse, cette foule d'*après* la Révolution, c'était la peur. Sortir, c'était toujours prendre un risque. La tension était telle que même les enfants ne bavardaient plus bêtement, ne levaient plus les yeux de curiosité, ne souriaient plus au tout-venant. Comment faire ressentir que le voile qui vous rend invisible assure votre disparition dans la foule ? Vous n'existez plus. Et le grand paradoxe de la Révolution des barbus de 1979, c'est que plus la femme était couverte, plus elle devenait sexualisée. Plus la foule vous happe, plus vous vous y noyez et plus le moindre contact visuel – ou pire *physique* – provoque une décharge charnelle telle que nul n'y est insensible.

La nudité guerrière de mon enfance m'a formée, a forgé ma personnalité et fait le lit de mes passions. Ma nudité enfantine qui s'opposerait pour toujours au voile, au corps féminin nié, caché, exclu, allait m'obséder jusqu'à aujourd'hui. Il existe ainsi une vraie relation entre Khomeiny et moi. Il matérialise tout ce qui est en rapport avec ma féminité. J'ai nourri Khomeiny avec mes lectures et mes choix de vie ; je l'ai gardé près de moi pour ne jamais oublier qu'un matin de février 1979 un « vieux en noir & blanc » a renversé la donne de ma vie ; je sais qu'il est mon meilleur ennemi. Des années plus tard, Khomeiny est encore là. Avec ses tissus, son turban noir, son apartheid sexuel. Khomeiny est en embuscade dans des sourires, dans un sein dévoilé comme dans le tissu sinistre des voiles.

Des années plus tard, je prends conscience que cette mise à nu était le seul moyen *visible* de me défendre contre Khomeiny. J'étais noyée sous les tissus gris et j'avais la bouche close par la loi. Me mettre nue, c'était montrer que ce n'était pas du jeu. Je n'étais qu'une petite fille. Je regarde les images – des archives, mais Khomeiny n'est pas encore devenu une archive pour moi : il n'est que trop vivant – et la première chose qui saute aux yeux ce sont les couches de vêtements qui le recouvrent. Plusieurs longues robes, brodées, en tissus extra-fins et ton sur ton, sans oublier le turban, noir ou blanc, selon la qualité génétique du porteur. Car seuls les descendants d'Ali peuvent se permettre de porter du noir. Khomeiny portait fièrement le turban noir. Khomeiny était le Mahdi. L'imam caché du chiisme qui viendrait sauver les musulmans. Beaucoup en ont été convaincus et beaucoup en sont encore convaincus aujourd'hui. Le turban noir des seuls descendants du premier des martyrs. Ali et ses fils et ses descendants. Et tous les autres convaincus. Le chiisme iranien, c'est le martyre mystique. C'est beau et c'est flippant. C'est beau tant que c'est de la culture, c'est dangereux quand cela devient un slogan politique, une mise en loi. Ils sont là les barbus de mon enfance et ils sont recouverts de la tête aux pieds. Non contents d'être recouverts, ils voulaient voir le monde enroulé dans des tissus. Et, comme un enfant arrache ce qui l'encombre, j'ai arraché les tissus qui m'empêchaient de respirer.

Des années plus tard, il y a eu, un matin, la photo d'Aliaa Elmahdy. La photo nue d'Aliaa Elmahdy, cette étudiante égyptienne qui voulait être libre. En bas et ballerines rouges. Pas de soutien-gorge, pas de culotte. Elle n'a pas vingt ans et il n'y a aucune malice dans sa nudité. Paradoxalement, malgré les bas, malgré la fleur dans les cheveux, malgré les poils pubiens et l'aréole des seins, elle fait davantage penser à une petite fille. J'ai commencé depuis trois ou quatre mois déjà, l'écriture de *Khomeiny, Sade et moi*. Et la photo d'Aliaa Elmahdy est là, devant mes yeux, comme pour me tendre la main à travers le temps et l'espace. Entre la petite fille iranienne qui se mettait nue et l'étudiante égyptienne qui se met nue pour réclamer d'avoir un corps, il y a le corps des femmes. Un corps – (en)jeux. La perception du corps de la femme est représentatif de l'état des lois, de l'égalité, de l'éducation. Chaque corps de femme porte l'histoire de son pays. Et il me suffit de regarder la photo d'Aliaa Elmahdy nue pour espérer. Elle non plus, elle n'a pas trouvé, trente ans plus tard, de meilleure réponse à offrir à Khomeiny.

Téhéran, avril 1979

Je n'embrassais jamais ma mère – ni aucune autre femme – avant qu'elle n'ait retiré sa grise tenue d'extérieur. Elle était une anonyme comme toutes les autres, elle n'était pas ma mère quand elle était couverte de gris. J'avais besoin de ses cheveux et de sa peau pour la reconnaître. Et naturellement, j'avais peur de disparaître – comme elle – sous l'emprise du voile. Ce sentiment précis remonte à l'anniversaire de mes deux ans. Ma mère était rentrée et avait retiré son foulard comme on s'arrache les cheveux. Elle avait jeté le journal sur la table devant mon père et avant d'avoir pu dire quoi que ce soit, mes tantes étaient arrivées les unes après les autres, chacune arrachant son foulard, chacune avec son journal sous le bras. Mon père avait lu à haute voix et elles avaient toutes répété, sur tous les tons : « On est foutu. » Ma mère avait pleuré. Une de mes tantes avait bu avec mon père et avait vomi tout le reste de la nuit. Mes oncles ne bronchaient pas. Ils étaient communistes et à cette heure-là, ils n'en menaient pas large. Je ne voulais pas ressembler à mes tantes qui s'arrachaient les cheveux et qui vomissaient en faisant des bruits affreux, je ne voulais pas ressembler à ces femmes que j'observais avec crainte, de la fenêtre du salon de mes parents, alors même que l'encre du quotidien officiel du nouveau régime, édictant la nouvelle Constitution, n'était pas encore sèche. C'était voté, proclamé, inscrit. La religion venait de fêter ses noces morbides avec la loi. Mariage contre-nature qui allait enfanter une descendance prolifique et agitée, depuis les montagnes d'Afghanistan jusqu'au port d'Alger en passant par les geôles de Tunis et les rues miséreuses du Caire.

C'était le 1er avril 1979. Date du référendum qui sanctifiait les barbus à la tête de l'État. Ironie de l'histoire, car c'est aussi le jour de mon anniversaire. Et je suis condamnée depuis à partager le jour de mon anniversaire avec celui de la proclamation de la République islamique d'Iran. Il ne reste que trois polaroïds ratés, trop sombres, de cet anniversaire-là. Ce 1er avril est la première date historique que je retins. La Révolution islamique avait déjà terriblement ébranlé l'enfant que j'étais en m'offrant une mémoire redoutable de précision à un âge précoce. J'ai dû regarder et imprimer – malgré moi – car il y avait beaucoup trop de bruit, trop de mouvements, trop peu de quotidien, pas assez d'habitude. Il n'y avait plus que Khomeiny qui était stable et il était l'Histoire.

Entre la fin du Shah et ma mise sous voile, il s'est écoulé quatre ans. Quatre ans durant lesquels je ressemblais encore à une petite fille. Je savais, depuis le 1er avril 1979, que je devrais ressembler bientôt à toutes les autres. Quand il a bien fallu aller à l'école et porter le foulard – et ce fut tragique comme les Iraniens savent être tragiques, avec de grandes attitudes et des larmes silencieuses, les grands yeux mouillés et la fin du monde au bout du voile – mon premier souvenir historique devint la litanie de mon désespoir.

Peut-être que tous les enfants de l'Histoire, balancés – par des forces qui parfois rappellent les foudres des dieux mécontents – hors de leurs habitudes, sont davantage sensibles au passé. À l'Histoire. Comme s'il existait une familiarité instinctive entre les exilés et le passé. L'exilé possède la clef vers hier car il est hermétique au futur, victime d'un mouvement quasi divin qui le dépasse, il se révèle incapable d'imaginer un avenir. Peut-être est-ce la raison pour laquelle il m'est si facile de traverser le Temps pour fréquenter Diderot, Sade ou Boyer d'Argens : je me suis toujours sentie proche du passé car je peux facilement m'y faufiler. Le présent ayant ses limites, seul le passé permet d'ouvrir les vannes de l'espoir afin de s'accrocher à quelque chose qui soit plus solide que le réel. Et rien de plus solide que le passé historique. Certains l'appellent l'identité, d'autre l'intégration, d'autres encore la perte de soi. Pour ma part, j'ai trouvé dans l'étude du passé la meilleure voie pour comprendre mon enfance et partager une mémoire commune avec le pays qui m'a recueillie après l'exil. Je suis née plusieurs fois. Une fois un jour d'avril, une autre fois en retirant mon voile et en imposant ma nudité, une troisième fois en foulant le sol français, une autre fois enfin en ouvrant un livre de Zola et en découvrant la littérature libertine du XVIIIe siècle français. Et chaque naissance pourrait être l'histoire d'un nouvel amour. L'exilé a le cœur large.

À partir de ce 1er avril 1979, toutes les dates s'impriment en moi sans distinction. Je mémorise les bornes du Temps pour me rassurer. Les dates sont mes calmants. Il y a des dates clefs et des temps morts, il y en a de glorieuses, des poétiques et des terrorisantes. Ainsi, je me souviens très bien, à la date près, du jour où *West*

Side Story a déboulé sous la forme d'une VHS miraculeuse, dans le magnétoscope que ma mère avait sauvé des griffes de la police des mœurs – en le cachant judicieusement à l'intérieur du matelas conjugal. Les autres magnétoscopes de l'immeuble ayant été emportés par la police, mes parents relièrent le leur aux télévisions des voisins par l'escalier de secours. Il fallait donc se mettre d'accord pour choisir le film du soir parmi les VHS des uns et des autres – bien maigre collection qui arrivait au compte-gouttes, des États-Unis, d'Allemagne ou de France par le biais de la famille ou parfois du marché noir qui prospérait. Je ne me souviens plus si c'était dans la librairie/épicerie/bar clandestin d'un de ses amis de l'armée que mon père avait trouvé George Chakiris et Natalie Wood, ou si mon oncle d'Amérique nous l'avait envoyé par mille intermédiaires, avec pléthore de chocolats et de chewing-gums à la cannelle. Mais je me souviens d'avoir sauté dans tous les sens, en dansant et en claquant des mains. J'ai sept ans et je n'ai jamais vu de comédie musicale. J'ai décidé de devenir danseuse : le corps qui danse, c'est encore une arme contre Khomeiny. Le langage du corps c'est un charabia hypnotisant pour les barbus et les corbeaux. Ils détestent. Et puis, à force de tout cacher comme ça, pour rien, si ce n'est pour faire peur, j'ai tout de suite eu envie de donner mon corps en spectacle. Je suivais des cours de danse classique, mais cela n'avait rien à voir avec les chemises rouges et les talons hauts, les robes à volants et les déhanchés sensuels. À partir de ce jour, la famille et les amis ont dû subir mes multiples chorégraphies – qui n'avaient de qualité que l'acharnement que je mettais à faire durer le plaisir. Dès que je rentrais à la maison, je me précipitais vers le magnétoscope et je lançais le film, puis j'imitais les pas et les chants. Un carnage. Les voisins ne pouvaient allumer la télévision sans subir pour la énième fois *I feel pretty*.

Ma passion a fini en exclusion, car il ne me suffisait plus de danser seule et j'ai monté une troupe avec des camarades de classe. Nous nous sommes fait surprendre en plein spectacle dans les toilettes de l'école et je fus renvoyée. J'avais beau argumenter que nous n'étions même pas nues et que nous préparions simplement un spectacle de *cabaret*, j'aggravais mon cas. Et ma troupe m'avait lamentablement lâchée. Les filles pleuraient en répétant que je les avais forcées. Mes parents furent convoqués et les arguments qui leur furent servis restent mémorables. Car d'après la directrice, j'avais un problème qui allait au-delà de la désobéissance : j'étais « possédée » car je n'avais aucune pudeur. Elle a achevé mes parents en leur donnant le contact d'un exorciste. Si, si. Voilà où pouvait mener une inoffensive VHS sous le règne des barbus et des corbeaux.

Je ne suis jamais parvenue à hiérarchiser les dates. Si le 1er avril 1979 m'a marquée jusqu'à la nausée, les 19 mars (1984) me font toujours chantonner *Tonight*... Ce sont les deux faces de la même histoire. Cette enfance m'a apporté tout et son contraire, la mise sous anonymat des femmes et l'amour impossible de Tony et Maria, le corps effacé et le corps langage, la laideur et l'art. Et je savais déjà que l'un pouvait combattre l'autre.

Paris, 2013

Que faire avec le passé qui vous colle à la peau ? Le déchirer risque de vous arracher la peau. Il faut le combattre subtilement, il faut ni le nier, ni le chercher. Il faut suivre son contour avec précision : si je sais comment, je saurai pourquoi et le passé ne m'étouffera plus. Il ne sera plus les dates-couteaux, les *avant* et les *après*. Il sera apprivoisé par la force du savoir. Le passé devient Histoire ce 1er avril 1979. J'avais alors décidé que j'étais née non plus en 1977 mais en 1979. Mon premier souvenir précis vient de là, je pensais qu'avant je n'existais pas car je ne me souvenais pas.

Mais, ironie qui pimente le rapport de force, cette obsession du passé est aussi l'apanage des barbus. Dans leur volonté d'imposer leurs préjugés millénaires, il y a cette volonté de revenir en arrière, de retourner aux premiers temps, aux temps du prophète et de ses victoires, aux temps des conquêtes et de l'islam qui était un empire. Ils veulent retourner en arrière, reprendre le cours de l'Histoire là où ils pensent le maîtriser.

Nous sommes là, les barbus et moi, face à face, à nous quereller pour un bout de mémoire, pour une référence historique, pour gagner du temps. Peut-être que la différence entre nous, c'est moi qui cherche de quoi comprendre et eux qui cherchent de quoi imiter. Peut-être qu'ils sont coincés dans un passé qu'ils pensent rassurant et ainsi ils reculent la rupture. Car – et c'est certain – un jour, la modernité vaincra. En attendant, il faut aider tous ceux qui le désirent à creuser des niches de modernité dans le labyrinthe des préjugés, et c'est au passé, et pas forcément à celui de l'islam, qu'il faut faire appel. Il faut donner des clefs qui cassent le schéma, qui ouvrent des voies, qui tirent la langue aux barbus. Et je pense posséder une de ces clefs, je l'ai découverte dans le passé, au cœur de l'Histoire. Il fallait bien que la Révolution française eût un cœur.

Nous sommes face à face, les barbus et moi, tant que j'aurai le désir de leur montrer mon cul et de leur crier que leur identité n'est pas dans ce lointain passé, qu'ils se plantent, que leur vérité, elle est là, aujourd'hui, dans un changement qui commencera par dépoussiérer la foi avant de la planquer à l'intérieur – là où est sa place – et d'occuper l'espace public, pas seulement avec le corps, mais avec des mots aussi. Des gros mots.

Nous sommes face à face, les barbus et moi et chacun attend que l'autre baisse les yeux. Mais j'ai déjà baissé les miens et ils n'ont rien vu venir. J'ai baissé les yeux vers des mots qui formaient un livre, né de l'imagination et de l'insoumission. Et j'ai remporté une manche. Et depuis ce jour, le face-à-face est faussé. J'ai baissé les yeux sans qu'ils aient rien vu venir et j'ai lu. Et j'ai remporté la plus importante des manches : celle de l'art contre la bêtise. J'ai lu. Ironie encore. La première injonction de la Révélation, le premier mot que prononça l'Ange Gabriel à Mahomet qui l'entendit, était : *Lis. Au nom de ton seigneur, lis.* C'est limpide.

J'ai fait comme on m'a dit, mais je me suis volontairement trompée de livre.

Je n'ai pas quitté l'Iran de mon enfance sans être armée. Et peut-être que ce besoin de fouiller le passé, de le comprendre, est la meilleure des armes pour combattre tous les Khomeiny du monde. Si l'étude de la grande Histoire est indispensable, l'étude des mœurs et l'appréhension de l'intime éclairent la grande Histoire. Posséder la connaissance de l'organisation sociale, du rapport à la mort comme du rapport au corps, savoir comment les hommes voient les femmes et comment les femmes envisagent les hommes, c'est ne jamais tomber dans la ritournelle des préjugés. Prendre en compte les détails permet d'anticiper. Et de dire moins de conneries. Je ne pardonnerai jamais à Michel Foucault d'avoir soutenu les barbus parce que le Shah était trop méchant. Et si Michel Foucault ne pouvait, dans la ligne de ses choix politiques, que soutenir un mouvement dit d'émancipation des masses contre la mainmise occidentale et l'acculturation qu'elle entraîne, il s'est lamentablement planté. Il ne savait rien du maillage moral qui soutenait la société iranienne, il ne savait rien du manque terrifiant de culture des barbus et il avait juste oublié que l'Iran n'avait jamais été colonisé. Il n'a pas même cherché à comprendre ce qu'était la société iranienne et pourquoi il ne fallait pas lui mettre Khomeiny dans les pattes. Car il était possible d'être contre la dictature du Shah sans pour autant tomber dans les bras des barbus, comme il est possible d'être aujourd'hui contre l'islam politique sans être xénophobe. Il faut pour cela savoir de quoi on parle et savoir exactement quoi combattre.

Je combats une série de préjugés qui emprisonnent la femme sous le voile qui n'est que la partie visible de sa prison intérieure. Je combats les barbus et les corbeaux qui voient dans toutes les petites filles des femmes dangereuses en puissance. Je combats ce qui soumet la femme – et l'homme – à la dictature de l'œil. Je combats la *'awra* pour réduire son espace de nuisance au minimum – à sa juste dimension, pas plus grande qu'une feuille de vigne. Je ne combats ni des hommes ni des femmes mais des concepts, la tradition malsaine et la violence du préjugé.

Il faut accepter que l'histoire des mœurs soit intimement liée à l'histoire politique. Il ne s'agit pas de réduire l'Histoire à de grandes dates et aux grands hommes ni à des anecdotes de l'intime, mais de mettre à nu ce qui les relie. L'Histoire a à voir avec l'intime : comment on fait l'amour, comment on mange, comment on ferme sa porte ou non, comment on prie, comment on se drogue, comment on lit, comment on fantasme, comment on se couche. Khomeiny n'est qu'un concept que je manipule et dont je tente de percer le mystère. Il y a longtemps qu'il n'est plus un homme. Comprendre comment cet homme s'est trouvé là, comprendre ce qui était si pertinent dans son discours pour résonner si fort dans la psyché des Persans et que cela se perpétue trente ans plus tard, voilà qui pourrait éviter qu'il se réincarne à l'infini. L'intime, c'est ce qui manque à tous les intellectuels qui pensent au-dessus des hommes qu'ils ne connaissent pas. L'intime, c'est comment les femmes sont incapables de retirer leurs voiles sans briser la dictature des pères. Et des mères.

Téhéran, 1979-1985

Des six années conscientes que j'ai passées à Téhéran après la Révolution, entre deux et huit ans, je garde un souvenir terrible des femmes. Aucun homme ne m'a jamais fait autant souffrir que les femmes-corbeaux de mon enfance. Je leur en veux encore. Il suffit qu'une femme fronce les sourcils et s'apprête à dire que l'Autre (femme) est une pute, pour que ma colère remonte. Parfois j'en pleure, parfois j'aboie. Dans les deux cas, ce sont toujours les femmes-corbeaux de mon enfance qui réapparaissent. Je ne leur pardonnerai jamais.

La première fut une militante illuminée, le regard fou et agressif, les gestes secs. Elle vilipendait d'une voix stridente les femmes qui ne portaient pas le voile. La Révolution était en cours et la gauche manifestait toujours joyeusement en compagnie des barbus et des corbeaux. Car il s'agissait d'être contre le Shah (qui était un dictateur absolu), contre la Savak (la police politique qui torturait à tour de bras) et contre la censure (qui était partout). Les barbus et les communistes se serreraient les coudes pour faire descendre de son trône le plus mauvais des monarques. Très rapidement, il fut évident que les femmes devaient porter le voile lors des manifestations puisqu'on réclamait dorénavant le retour de Khomeiny (qui était en exil en France). La Révolution a réussi en faisant régner la peur à travers cette femme-corbeau au regard de fanatique qui accusait sans cesse, qui culpabilisait, qui avilissait. Que ma mère et mes tantes aient attendu ce jour-là pour comprendre que leur Révolution gauchiste était sérieusement dans une impasse ne cesse de m'étonner. Il leur a fallu attendre l'hystérie sous des voiles noirs pour remarquer que depuis un certain temps déjà, il n'y avait plus d'idéal démocratique dans cette foule haineuse, attisée par son nationalisme vibrant, qui vociférait sa détestation de tout ce qui n'était pas douleur et laideur. C'était une foule de martyrs qui se préparait déjà à envoyer ses enfants sur le front. Cette femme-corbeau-là me fit craindre la foule. Plus personne dans la famille ne participa aux manifestations contre le Shah. Car ils venaient de comprendre, grâce à ma première femme-corbeau, que leur Révolution tant espérée venait de leur passer sous le nez.

Il y eut celle, « surveillante la morale » de la cour de récré, qui me haïssait tant de me mettre nue chaque fois que j'échappais à son contrôle – suite à mes mises à nu successives, elle venait me chercher à la sortie de ma classe et me raccompagnait jusqu'à la voiture qui m'attendait – qu'elle détecta, un matin, mes ongles trop longs. L'hygiène était une obsession de la Révolution islamique. Une vague histoire de pureté et de blanc. Tous les matins, tous les élèves en rang se faisaient contrôler la propreté des mains et la décence des tenues islamiques. J'ai toujours détesté le blanc. Rien ne m'angoisse davantage qu'une plaine déserte recouverte de neige. Ce jour de mai, la « surveillante la morale » fut très heureuse de mes ongles *trop* longs puisqu'elle m'entraîna dans l'infirmerie et me les coupa jusqu'au sang. Jamais je ne l'avais vue sourire jusqu'à ce jour. J'étais tellement étonnée de son sourire, que j'en oubliais la douleur. Elle fut renvoyée puis réembauchée – elle connaissait beaucoup de barbus importants – mais cette scène de torture fut un déclencheur pour mes parents. Ils surent que jamais je ne pourrais vivre en Iran. J'étais incapable de m'adapter, je ne voulais pas ressembler à tout le monde, je voulais être nue. Cette femme-corbeau-là a dessiné à travers mes ongles le destin de mes parents.

Il y eut encore celle qui tenait le bras de ma mère en lui répétant qu'elle n'était qu'une pute. Son foulard dissimulait mal ses cheveux. Et ma mère s'en foutait parce que j'étais dans ses bras et que je pleurais, parce que j'avais les oreillons. Ma mère – animée de cet amour absolu qui touche certaines mères plus que d'autres – ne désirait qu'une chose : m'emmener chez le médecin. Les trois gardiens de la Révolution, dont la femme-corbeau, étaient arrivés au moment précis où ma mère, moi dans ses bras, le foulard mal ajusté, sortait en trombe de la maison pour entrer dans le taxi. La femme-corbeau l'avait attrapée brutalement par le bras. Ma mère s'en foutait, mais elle finit au poste où un aimable barbu téléphona à mon père pour lui demander de venir chercher « sa pute de femme ». Cette femme-corbeau-là m'a fait aimer les putes. En criant ainsi, elle m'a fait voir combien une pute pouvait être délicate et sensible. Elle m'a appris à ne jamais utiliser le terme « pute » pour insulter une salope. Je dois à cette femme-corbeau-là une attirance pour les grandes courtisanes du XVIIIe siècle, les magnifiques horizontales du Second Empire et de la Belle Époque française. Je dois ma passion pour Ninon de Lenclos à cette femme-corbeau-là.

Il y eut aussi une cousine paternelle devenue femme-corbeau parce qu'elle était laide. La Révolution lui donna l'occasion de faire de sa laideur sa force. Elle fut la première dans la famille à enfiler le tchador ; elle fut la première qui sentit le vent tourner ; et la seule qui cessa d'avoir des relations avec les futurs indésirables, tels les écrivains, les chanteurs, les journalistes ou même la couturière que nous fréquentions et qui avait épousé un Allemand ; la seule qui s'adapta parfaitement aux temps nouveaux qui s'annonçaient. Elle rencontra son mari dans les manifestations. Sa laideur étant un gage de pureté, il l'épousa rapidement. Encore plus rapidement, il fut à la tête des *bassidjis* de son quartier, puis de son arrondissement, et finit par occuper un poste national important. La laide devint riche et respectable et prenait son rôle de « muse des barbus » très au sérieux. Mon dernier souvenir d'elle est demeuré très précis ; c'était dans sa magnifique maison dénuée de décoration, blanche, triste, immense. Nos voix y résonnaient. On lui rendait visite justement parce qu'elle était dangereuse. On m'avait expliqué mille fois que je ne devais ni parler du vin que fabriquait mon père à domicile – et encore moins dire que c'était moi qui écrasais les raisins sous mes pieds en récitant mes leçons – ni retirer mon foulard – et encore moins ma robe – ni réciter un texte humoristique anti-barbus que mon père m'avait fait apprendre par cœur pour animer les ternes soirées. Je devais me taire et sourire et surtout ne jamais répondre à une question autrement que par un sourire béat. Dès notre arrivée, nous fûmes séparés en deux camps : les hommes, les femmes. Entre femmes, j'ai osé, au milieu de l'ennui qui m'étreignait, malgré l'interdiction de dire quelque chose, réclamer des crayons de couleur et du papier pour dessiner. Que n'avais-je pas fait ! La cousine laide me répondit qu'il ne fallait pas dessiner des figures humaines. Je répondis que je ne dessinais que des chats. Ce qui était vrai. Elle refusa de me croire. Je réclamai encore et promis, la main sur le cœur, de ne dessiner *que* des chats. Je dus jurer de me cacher sous la table, derrière le canapé, dans les toilettes, pour dessiner des chats. Elle refusa. J'étais à deux doigts de me mettre à genoux et de faire le signe de croix – j'adorais faire le signe de croix depuis que j'avais découvert le film *Bernadette Soubirous* qui passait tous les Noëls à la télévision – avant que ma mère m'ordonne de m'asseoir en me jetant un regard noir. La cousine en profita pour couper court à toute autre revendication en m'assurant que Dieu voyait tout partout. Que n'avait-elle pas dit ! Je savais déjà que Dieu n'existait pas parce que mon père ne croyait pas en lui mais je n'avais jamais imaginé que Dieu était partout et voyait tout. Je ne dis plus rien. Mais quand j'entrai dans les toilettes, je ne pus m'empêcher de penser que Dieu me voyait. Dans les toilettes. C'était paralysant et libérateur. Cette cousine-corbeau-là envoya plus tard la police des mœurs chez mes parents et contraignit mon père à brûler, dans la baignoire, des livres décrétés interdits pour échapper à la prison. Ce fut l'expérience la plus difficile de sa vie. Ma mère hurlait que les livres nous tueraient – ils avaient déjà envoyé son frère en prison sous le Shah – et que jamais je ne les reverrais et que je devrais m'occuper de mon petit frère. Et qu'elle m'interdisait de continuer à aimer les livres. Cette cousine-corbeau-là m'a appris que Dieu était partout et qu'il fallait cesser de le chercher et surtout lui foutre la paix.

Un jour, il y eut – réalité ou fantasme réécrit plus tard par la force combinée du souvenir et de la peur – des centaines de femmes-corbeaux (et des barbus aussi) qui faisaient passer, au-dessus de leurs têtes, le corps carbonisé d'une prostituée. Les manifestants avaient enfermé des prostituées et mis le feu à un (des) bordel(s) de Téhéran. Ils avaient attendu que les corps soient rôtis et ils firent passer les cadavres par-dessus les têtes et les mains tendues vers le ciel de gens incapables, pour la majorité d'entre eux, de faire du mal à qui que ce soit en temps *normal*. Je ne sais toujours pas si cette scène est un souvenir d'après une photo d'Abbas ou si elle a été vécue. Ma mère se remémore la scène, mais elle ne sait plus – ou ne veut plus savoir – si j'étais avec elle ce jour-là. Je crois me souvenir parfaitement – comme si je l'avais vécu, avec les odeurs, le bleu précis du ciel, le bruit – de ce corps noir, figé dans une posture de défense ridicule et qui se confondait avec le noir des tchadors. Parfois, je ferme les yeux et c'est la photo d'Abbas, le même cadre, la même profondeur de champ, les mêmes visages qui me viennent à l'esprit. Ces femmes-corbeaux-là – qui pensaient Dieu et la Révolution en danger tant que respiraient les prostituées de la ville – n'étaient plus tout à fait des femmes. Elles se condamnaient elles-mêmes en baladant avec fierté le corps supplicié de leur liberté. Que j'aie vu de mes propres yeux la haine folle du corps féminin ou que je l'aie réinventée après avoir vu la photographie d'Abbas ne change que relativement la donne : cette séquence de la Révolution est réelle, ces assassinats furent collectifs et la joie qui a suivi la procession des cadavres, glaçante. Ces femmes-corbeaux-là m'ont appris qu'il ne fallait jamais donner crédit à *la* morale et que souvent ce n'était qu'une excuse pour laisser tuer des femmes.

Enfin il y eut celle que je pensais être le dernier corbeau de ma vie. C'était un soldat-corbeau. Elle était en charge de la fouille des femmes à l'aéroport de Téhéran. Elle avait des poils noirs au menton qu'elle arborait comme un premier prix de vertu. Elle m'avait fouillée sans aucune tendresse avec une mine de dégoût car nous partions pour Paris, en Occident, autant dire en perdition. Elle aboyait plus qu'elle ne posait des questions. Et lorsqu'elle demanda – en postillonnant de rage – à ma mère, pour quelle raison nous partions chez les « étrangers » alors que le pays était en guerre, ma mère répondit en tremblant – et en baissant les yeux – que nous allions voir ses sœurs qui étudiaient là-bas. Le soldat-corbeau demanda si elles étaient mariées. Ma mère dit que non et le soldat-corbeau se déchaîna : c'était une honte de laisser des filles seules dans une ville qui n'était que vice, c'était une honte de les laisser se prostituer et ma mère n'aurait jamais assez de ses larmes pour effacer la honte qui était sur notre famille. Le soldat-corbeau me montra alors du doigt et posa la grande question à ma mère : « C'est une pute que vous voulez comme fille ? » Voilà. J'étais déjà une pute, Paris était un vaste bordel où mes tantes exerçaient leurs talents. Le soldat-corbeau poursuivait ses invectives contre l'étranger, Paris, les putes, mes tantes, notre lâcheté, sa propre grandeur jusqu'à ce qu'un autre soldat-corbeau finît par lui demander d'accélérer la cadence. Ce fut terminé. Il n'y aurait plus jamais de femmes-corbeaux dans ma vie, il n'y aurait plus que des putes. Et c'était peut-être la seule raison pour laquelle je quittais, sans une larme, sans un regret, le pays de ma naissance, mes grands-parents paternels et des cousins que j'aimais profondément. Je savais que je ne les reverrais pas tout de suite, même pas dans un mois ou dans deux ans. Je savais que quelque chose se perdait, ici, dans cet aéroport impersonnel, mais on me l'avait promis : il n'y aurait plus jamais de corbeaux pour me couvrir la tête. Ce soldat-corbeau-là, qui *devait* être la dernière, m'a appris que les corbeaux ne connaissaient pas de frontière. Et qu'elles avaient souvent des poils au menton.

Paris, 2013

Lorsque Atatürk ou Bourguiba voulurent marquer une rupture avec le passé et moderniser et séculariser le pouvoir, ils décidèrent d'ôter le voile aux femmes. Atatürk l'a interdit tout simplement et Bourguiba joignit le geste à la parole en le retirant aux femmes qu'il croisait lors de ses bains de foule. Ce qu'ils voulaient, c'était faire entrer les femmes dans l'espace public, c'était permettre la mixité qui est indissociable de la modernité. Des images télévisées montrent Nasser en verve qui se moque, devant un parterre d'Égyptiens hilares, des frères musulmans qui réclament de mettre toutes les femmes sous le voile. Il se demande comment il pourrait l'imposer à toutes les Égyptiennes alors que le dirigeant des frères musulmans ne parvient même pas à l'imposer à sa propre fille ! Temps béni où on riait du voile chez les musulmans. Aujourd'hui, enfin depuis le 11 septembre 2001 et l'importance que soudain l'islam et les musulmans ont prise aux yeux du monde, personne ne rit plus. Ni les musulmans, ni les autres.

Un banal « dur d'être aimé par des cons », proféré certes par un Mahomet gentiment caricaturé, provoque de tels remous que je m'interroge sur la santé mentale des barbus courroucés. Mais il suffit de voir les réactions, pour le moins disproportionnées, des talibans face à une cérémonie de mariage avec musique et danse – ils tuent les convives – pour constater que l'islam a tellement peur de perdre son identité, de se dissoudre dans la démocratie, dans la modernité, dans l'Occident, dans tout ce qui n'est pas familier et inscrit dans leur passé coranique – même bien trop lointain, même absolument invivable de nos jours – qu'il cristallise sa crainte sur l'image qu'il renvoie.

C'est un préjugé qui fait loi et qui enferme la femme dans le noir des tissus qui la recouvrent. Selon eux, on n'imagine pas les dégâts que peuvent provoquer la nuque d'une femme. Les *hadith* racontent qu'un des compagnons du prophète remarqua qu'hommes et femmes étaient réunis dans une promiscuité dangereuse sous la tente qui accueillait le dîner à Médine. Les mains se frôlaient, les regards se noyaient dans ceux du voisin qui n'était ni le frère, ni le mari. Comment résister alors à la tentation ? Aussitôt, Mahomet décida de séparer hommes et femmes pour dîner. Et pour le reste aussi. Comme si le voile ne suffisait pas. Qu'il ne soit venu à l'idée d'aucun des convives et de Mahomet lui-même de répondre qu'il est possible de regarder une femme qui n'est ni sa sœur, ni sa mère, ni sa fille sans avoir envie de la troncher, c'eût été trop simple. Autant aller au bout du délire : tu ne verras plus que ta femme, ta sœur, ta fille et ta mère. Quand on y réfléchit de plus près, c'est aussi exagéré, aussi délirant, que de vider la maison de tous ses appareils ménagers pour éviter un accident domestique.

Il importe peu au final de savoir si oui ou non, le Coran demande aux femmes de se voiler. Dès qu'il en est question, on se concentre sur les fameuses sourates

33/59 et 24/30-31 du Coran. Intraduisibles ? Selon certains, elles nous disent « tu devrais », selon d'autres « tu n'as pas le choix ». En tout cas, le voile sur la tête des femmes n'est pas une nouveauté mahométane. Certaines catholiques se couvrent la tête, par respect, en pénétrant dans les églises, et quelques juives orthodoxes quittent rarement leurs perruques. La spécificité de l'islam est qu'il impose le voile du lever au coucher, foulard qui est d'emblée lié à l'islam. C'est l'une des premières mesures que prennent les barbus quand ils arrivent au pouvoir. C'est la manière la plus visible de faire *re*-connaître l'islam. Rien de plus connu et ressassé que les images impressionnantes des femmes en tchador noir et arme au poing de la Révolution iranienne, puis celles plus *modernes* des femmes bleues-cages sous les talibans. Cherchez le voile. Le voile, c'est l'islam politique. C'est la frontière privée/public portée à son paroxysme.

Des années plus tard, en étudiant l'histoire des femmes à l'université, je me passionne pour cette question. Privé/Public ou la frontière historique des femmes. La frontière que les femmes *apprennent* à traverser pour exister à l'égal des hommes. La frontière entre le domaine fermé, sous-entendu protégé, et le domaine ouvert, sous-entendu dangereux. C'est simple : les femmes ont toujours dû lutter au long des siècles pour accéder au Public. Leurs voix, leurs corps doivent s'y inscrire pour posséder des droits. C'est simple : les femmes exclues du Public n'ont pas de droits. N'ont pas d'existence légale. Ce qui m'avait paru insupportable enfant, c'était d'être soudain exclue du Public. Et pas seulement physiquement : j'étais grise comme les murs, grise comme toutes les autres, mais j'étais aussi exclue en tant que voix. Je n'avais plus le droit de parler. Comme toutes les autres.

Il existe un vrai rapport, un rapport simple entre le foulard et la modernité : ils ne vont pas ensemble. Ils ne font pas bon ménage. Le foulard est l'anathème de la modernité. Présentez-moi mille femmes voilées de tous âges et faites-leur répéter qu'elles se sentent libres, qu'elles se sentent heureuses sous le voile. Je ne les croirai pas. Elles peuvent être chef d'entreprise, féministes, politiciennes, biologistes, écrivains, ingénieurs, nobélisables, elles n'en demeurent pas moins des femmes marquées par la honte d'être femmes. Elles trimbalent avec leurs voiles des millénaires d'abus, d'infériorité, de mépris. Elles se couvrent pour cacher leur honte. Leurs réussites professionnelles ne changeront jamais la donne mentale qui les anime : une femme qui ne porte pas le voile est une impie offerte aux regards de tous. Et avant tout, offerte aux prédateurs que sont les hommes. Les hommes à qui les femmes pardonnent tout, car ils sont hommes comme le prophète fut homme. Qu'un homme viole une femme sans le voile, il n'est pas coupable. La femme sans voile est une provocation. Elle n'a pas besoin d'en rajouter en jupe et en décolleté, elle est provocation quand elle est *dé-couverte*. Riez, riez sous mon nez d'enfant prisonnière du voile islamique, l'Histoire vous donnera tort : le voile n'est pas seulement un voile.

Téhéran, 1981-1985

Je me souviens de la peur panique de mes parents face à ma franchise incontrôlable. Enfant à Téhéran et plus tard à Paris, avant chaque dîner, chaque déjeuner, chaque anniversaire, chaque concert, chaque mariage, où j'allais être confrontée à des Iraniens, ma mère et mon père me répétaient tout ce qu'il ne fallait pas dire ou ne pas faire devant *eux*. Je n'imprimais pas pourquoi il ne fallait pas dire que nous mangions du porc, alors que nous avions toujours mangé du porc devant les mêmes amis à qui il ne fallait plus rien dire du tout. Je ne comprenais pas pourquoi il ne fallait pas dire que mes vêtements venaient de Paris – mes tantes y étaient étudiantes – car tout le monde voyait bien qu'elles ne vivaient pas à Téhéran ! Je ne comprenais pas pourquoi il ne fallait pas dire, à Paris, que mes tantes étaient mes tantes. Je n'ai d'ailleurs, toujours pas compris pourquoi. Comme je n'ai pas compris pourquoi mes tantes ont tenu à préciser à l'enterrement parisien de leur père, qu'il avait fait bâtir une mosquée dans sa ville de naissance. Il n'était ni croyant ni pratiquant, et s'il avait fait ériger cette mosquée, c'était pour que les barbus lui fichent la paix. Il n'y avait pas de police politique à Paris qui surveillait ma famille et parmi les rares participants, personne n'était, un tant soit peu, « louche ».

Mais sait-on jamais. Il fallait tenir bien fort le voile au-dessus de nos têtes. Comme il fallait brûler un encens spécifique contre le mauvais œil dès qu'une bonne nouvelle était fêtée, quand la famille se réunissait, lors des naissances et des mariages. Le mauvais œil – l'œil de l'envie, l'œil de la méchanceté – était partout et il fallait s'en prémunir tout le temps. Le combat contre l'œil était permanent.

De même que le corps était devenu honteux au point d'être couvert, la vie devenait honteuse et il fallait la recouvrir du voile du mensonge. Seuls les intimes, la famille, pas même les amis proches – mais est-ce seulement possible d'avoir des amis proches dans ces conditions ? – étaient au fait de la vérité. Tout comme le voile couvrait la tête, le paraître couvrait l'être. Et de même que je ne supportais pas les tissus noirs, je ne supportais pas le mensonge. Tous les enfants le savent : la vérité se dit à voix haute et le mensonge se murmure. Notre vie devait être un mensonge puisque nous la cachions à ceux qui ne pouvaient qu'être, en comparaison, dans la vérité – les barbus et les corbeaux. Mon père essayait en vain de m'expliquer des notions comme le compromis, la dictature, la résistance, la discrétion, mais... Je n'avais ni l'âge de comprendre les subtilités politiques et humaines, ni l'envie d'entendre mon père prôner la cohabitation passive. Alors, je continuais à dire à haute voix ce qui nous différenciait des autres pour nous faire quitter le mensonge, provoquant des mini-catastrophes. J'avais fini par dire en classe que mon père fabriquait son propre vin – parce que la professeur voulait nous faire croire que l'alcool était une création du diable – et mes parents eurent droit à une nouvelle visite des gardiens de la Révolution et mon père dut jeter ses réserves précieusement accumulées ; à un dîner important pour les affaires de mon oncle j'annonçai avec une fierté éclatante que ma tante londonienne vivait avec un étudiant anglais – que j'imaginais grand et blond avec un chapeau haut de forme et une canne – et un ami de la famille croyant et pudique s'étrangla face à tant d'inconvenance ; je racontais à mes camarades de classe que nous avions passé la journée à la plage et que nous nous étions baignés en maillot de bain – sans remarquer que la fille de la directrice m'écoutait attentivement – et la plage dissimulée aux regards, où ma famille et des voisins se retrouvaient, fut envahie par la police des mœurs.

Sur de nombreuses photos, on voit mon père assis à côté de moi, les doigts repliés en tulipe, le regard par en dessous, m'assénant la somme de tout ce que je devais taire. Et moi, l'air renfrogné, boudeur, fixant les doigts en tulipe de mon père, sans vouloir rien entendre. Il n'était pas dupe, il savait qu'à la moindre occasion, je me lancerais dans la description de notre quotidien. Alors il négociait comme il pouvait : si seulement je disais tout ça à voix basse. Mais je préférais me taire plutôt que de chuchoter. Car les murmures me terrifiaient. L'impression que tout était dit *piano* rendait le confinement du voile encore plus insupportable. J'avais envie de crier. Ma mère raconte souvent que je m'étais jetée les poings en avant sur ma tante cadette, parce qu'elle refusait de répéter à haute voix ce qu'elle venait de dire à l'oreille de mon père. Je déteste toujours les messes basses, mais je ne frappe plus.

Après le déclenchement de la guerre, après les arrestations des communistes – libérés par la Révolution, puis ré-emprisonnés (voire exécutés) par la République islamique –, après les départs des exilés involontaires, les amis se sont raréfiés. Mais ce fut durant cette période sinistre – parce que tout le monde avait peur – que la surveillance de l'œil s'est effacée, pour un court laps de temps, à l'intérieur. Entre les murs rassurants, à l'intérieur tout pouvait être dit, fait, pensé. On avait rajouté des feuillages et replanté des arbres hauts. L'intérieur, c'était la peau, les cheveux, les odeurs et les seins de mes tantes. L'extérieur, c'était le mensonge, le secret, les murmures, les ombres. C'était l'extérieur qu'il fallait conquérir. Il ne s'agissait pas pour une enfant de six ans de faire la Révolution, de changer les mentalités en se mettant nue ! Il s'agissait simplement de faire rire et de faire courir. De transporter de la vie (qui était à l'intérieur) à l'école (qui était à l'extérieur).

Je me rappelle, tous les Iraniens se rappellent, les fêtes *après* la Révolution. Ceux qui le voulaient pouvaient se réunir pour boire de l'alcool interdit, écouter des musiques interdites, loucher vers des décolletés interdits, enfants comme adultes, tous ces Iraniens-là se souviennent des fêtes aux fenêtres recouvertes de noir. C'était excessif et bruyant. On y riait plus, on y chantait plus, on y buvait plus, on y disait plus que dans n'importe quelle autre fête passée ou à venir. Je n'avais que six, sept, huit ans, mais c'était merveilleux. Tout le monde se faisait des déclarations d'amitié et d'amour éternels. Ce fut la première et la dernière fois que je vis ma famille et leurs amis libérés de la force de l'œil. Ce fut durant cette période incertaine et triste, que je les ai vus – cette période-là seulement – avoir envie de mettre des mots sur leurs craintes les plus profondes et sur leurs sentiments les plus enfouis. Peut-être que c'était l'atmosphère propre à ces fêtes dont on redoutait toujours qu'elles soient les dernières – des amis proches se faisaient arrêter chaque jour et certains ne revenaient jamais – qui m'a assez durablement marquée pour que j'éprouve, depuis, le besoin de mettre des mots sur tout et de dénuder mes sentiments. Si ma famille a continué à vivre sous l'emprise de l'œil – après les fêtes et dans l'exil – je n'ai jamais pu l'accepter. L'aspect profondément culturel de l'œil ne s'était pas posé sur ma psyché. Je l'avais dévié en me mettant nue. Mais avant l'exil et avant que le naturel ne revienne au galop, les fêtes dans la grande maison de Téhéran, dont le jardin comptait quatorze cerisiers et griottiers et abritait une vingtaine de chats, continuaient malgré les barbus et les corbeaux et l'œil.

C'était souvent, de plus en plus souvent, des *goodbye parties* comme on les appelait alors. Il y avait quelque chose de désespéré dans ces *good-bye parties*. Ils savaient qu'ils ne reverraient plus ces amis d'enfance : ces étudiants staliniens qui confondaient Gorki et la politique soviétique, ces rencontres des premières heures de la vie à l'armée, au premier boulot, à un mariage d'amis, ces concurrentes féroces au mariage devenues épouses et amies, ces enfants d'amis qui ne se souviendraient plus de leurs prénoms, éparpillés qu'ils seraient entre Paris, Londres, Berlin, Francfort et San Diego. Ils savaient, malgré les promesses et les soutiens, qu'ils allaient perdre leurs souvenirs. C'était le temps des adieux et le temps de la révolte. Car ils se sentaient révoltés, ces hommes et ces femmes qui continuaient à boire, qui buvaient plus qu'*avant* et comme jamais autant qu'*après* la Révolution.

Je me remémore souvent – lorsque mes parents demeurent silencieux, la pensée ailleurs, vers un ailleurs qui leur a échappé – leurs amis d'avant l'exil. Ils ne les ont plus jamais retrouvés. Peut-être que c'était justement parce qu'ils le savaient qu'ils se parlaient si naturellement à Téhéran dans les derniers temps. Il n'y avait plus grand-chose à perdre et la réputation de tout le monde n'était-elle pas foutue ? Ils étaient déjà clandestins dans leur propre pays. Je me souviens de ma mère – si timide quand ses sœurs étaient là – qui soudain, se mit à chanter de sa belle voix alors qu'elle n'osait jamais ; je me souviens de mon avant-dernière tante – qui peint toujours en cachette, qui ne dévoile (encore aujourd'hui) ses œuvres qu'à de rares intimes – donnant ses tableaux spontanément à ceux qu'elle aimait et qu'elle ne reverrait certainement plus ; je me souviens de mon père et de mes oncles, ces pièces rapportées (futures sources de discorde) dans une famille de femmes et qui, seulement durant ces nuits-là et jamais plus ensuite, se serraient les coudes en buvant de la vodka et en riant de leurs erreurs de staliniens et des idéaux démocratiques de mon père – ce qui l'avait tout de même préservé de se lier avec les barbus. Je me souviens que ces nuits-là furent les dernières où j'étais heureuse d'être entourée – protégée – par ma famille. Plus jamais il n'y aurait de complicité et encore moins de solidarité. Ces fêtes-là furent le chant du cygne de ma famille, de sa joie de vivre, de son anticonformisme, de ses rires.

Cette atmosphère particulière, ces bruits de fête, ce trop-plein de rires et de larmes, j'éprouvais le besoin impérieux de les déverser à l'école, où tout n'était que murmure et uniformité. Je ne comprenais pas que tout le monde, en quittant l'école, le bureau, les grands magasins, le boucher, le taxi, ne rentre pas chez soi pour mettre de la musique, appeler les amis et faire la fête. Quand mes camarades de classe racontaient à leurs parents mes frasques ou rapportaient les anecdotes des fêtes familiales devenues légendaires, je perdais un nouvel ami – acquis et perdu dans le même mouvement.

J'aurais fini par me plier, mais mon père n'avait pas l'intention de me voir m'assouplir. Il y avait une possibilité d'épanouissement ailleurs. Où je n'aurais pas besoin de me mettre nue pour être une petite fille. Il lui a fallu beaucoup de courage pour prendre cette décision. Beaucoup d'amour et un brin d'idéal. Mon père ne voulait pas que je ressemble aux femmes iraniennes. Il ne voulait certainement pas me voir prendre d'assaut la place publique non plus – il est trop pudique et demeure profondément iranien – mais enfin, personne ne viendrait reprocher à sa fille, à Paris, de parler trop bien. Comme un garçon. Et à Paris, il y avait des femmes, des vraies, avec un cerveau et des destins. Avec un avenir.

Paris, 2013

Dès les premières conquêtes de l'islam, les textes rapportent la question du *paraître* musulman. Ce qui compte pour le musulman, c'est d'être tout de suite reconnaissable comme tel et qu'il se distingue du non-musulman. Être repéré tout de suite, c'est contrôler le regard de l'autre, s'en prémunir, le détourner, tout cela vient de beaucoup plus loin, d'une tradition antérieure au Coran et qui pourrit les rapports sociaux.

Étymologiquement, la *'awra*, c'est l'acte de *crever l'œil*. En islam, la *'awra* désigne tout ce qui est obscène et doit être recouvert. En général, du haut de la poitrine aux genoux pour l'homme, et tout le corps pour la femme, sauf le visage et les mains (voire les pieds pour certains mais pas pour tous). La *'awra*, c'est tout ce qui doit être couvert par pudeur. Le problème, c'est que *tout* finit par être recouvert tant la pudeur est un fourre-tout. L'œil devient l'ennemi numéro un. Le mauvais œil est dans tous les yeux.

La *'awra* peut aussi tuer. Il est cet œil qui crève – au sens propre – les impudiques. C'est la *'awra* qui pose un voile sur le corps forcément obscène de la femme, mais pas seulement. Lors d'études cliniques, des femmes contraintes d'avoir porté le voile rapportent le fantasme d'être possédées par un œil puissant. Un œil qui leur colle à la peau ou qui les traverse. Un œil qui voit sans être vu. L'œil qui les emprisonne et qu'elles ne peuvent combattre car il est invisible. Cette obsession de la *'awra* est si fortement présente dans les sociétés orientales, qu'elle est devenue son ADN. La *'awra*, c'est la plaie de l'Orient. Il n'est pas seulement le regard qu'il faut détourner de la séduction du corps. Il n'est pas seulement ce qui doit être couvert aux regards de ceux qui ne sont ni une femme musulmane, ni un père, ni un frère, ni un époux, ni un fils. La *'awra*, c'est une série de codes sociaux et de règles humaines qui empêchent absolument l'intimité et la sincérité. Ce qu'il faut recouvrir et renvoyer à la vie privée – cachée – est si vaste, que le domaine public en est réduit à son minimum. Pourquoi les femmes voudraient-elles donc le conquérir ? Pourquoi changer ce qui s'y déroule, si la vie continue si bien entre les murs avec les siens ? Et est-ce que tout cela vaut la peine surtout d'y sacrifier sa sainte réputation ?

Intérieur/extérieur. Privé/public. Tout l'espace est découpé selon des règles précises qui tracent des frontières entre les sexes, entre les mondes. Tout Iranien est avant tout un schizophrène en puissance. Depuis l'enfance, il est éduqué selon des séries de règles s'appliquant d'une part à l'intérieur, d'autre part à l'extérieur. Chaque fois que je suis avec ma famille et que quelqu'un d'extérieur à la famille entre dans la pièce, tout le monde change. Les sourires apparaissent comme par miracle et les intonations de la voix se font tendres. C'est écœurant. Je retrouve mon réflexe d'enfant : j'ai envie de montrer mon cul. J'ai envie de dire tout ce qui ne se dit pas. J'ai envie de libérer ce qui les étouffe tous : l'impossibilité de dire la vérité de son sentiment et la réalité de sa vie. Le voile qui est posé sur leurs vies est le même que celui qui me couvrait la tête, enfant. Le résultat est le même : c'est terriblement étouffant.

La peur du regard de l'autre est un traumatisme intérieur qui vous emprisonne. Pour se défendre, il faut s'en prendre à une autre, à une qui est plus visible, dont l'attitude est plus ostentatoire. Une qui pourrait faire office de bouc émissaire, la fameuse pute.

Malayer – Téhéran – Paris

Ma mère est née dans une famille de sept enfants dans une ville de la province d'Hamadan. Six filles et un garçon. Ma mère et ses sœurs sont des sacrifiées. Le frère était tout. Il était génial, il était épileptique, il était le préféré de sa mère. Ce frère était un militant communiste devenu cadre du parti interdit. Il faisait du trafic de livres – nécessaires à la future révolution avortée. Il fut arrêté, emprisonné et torturé. Ma grand-mère tomba malade. Et se laissa mourir car, son fils en prison, plus rien ne la retenait sur terre. Elle laissait derrière elle six filles. La plus jeune avait dix ans. Mais que valait une fille de dix ans face à un garçon ?

Enfant, mon oncle était toujours en prison, et ma mère et mes tantes m'emmenaient le visiter. Et cela pour une raison bien précise : j'étais une très jolie petite fille et je faisais rire les gardiens pour que ma mère et mes tantes puissent passer plus de temps avec leur frère de l'autre côté des barreaux. Je pensais qu'il était un très grand homme. Ce n'est que plus tard que j'ai su que mon oncle était une terreur pour ses sœurs. Qu'il était autoritaire jusqu'à les frapper quand elles osaient remettre en cause ses décisions. C'était un barbu athée. Il refusait que ma mère punaise une image d'Alain Delon dans sa chambre – « t'es une pute ou quoi ? » ; il refusait à ses sœurs le droit d'être maquillées – elles se maquillaient quand même en cachette et se démaquillaient avant de rentrer ; il refusait à l'une de ses sœurs de poursuivre ses études de médecine pour la marier – ce qui fut fait ; il décidait des lectures des unes et des autres – ma mère, qui adorait la littérature, avait découpé l'intérieur d'un livre de Hegel pour y dissimuler des romans ; il choisissait les études qui convenaient à chacune – elles ont toutes suivi son opinion sauf ma mère qui voulait être coiffeuse, qui s'est pris une claque (« t'es une pute ou quoi ? ») et qui a fini en biologie alors qu'elle détestait les études et au final a tout perdu et pas appris grand-chose. Il jetait les parfums qu'il trouvait en fouillant dans leurs chambres, mais aussi les lettres d'amoureux et les robes trop voyantes. S'il n'avait pas été emprisonné, l'une ne serait pas partie étudier à Londres ni trois autres à Paris. Si l'épisode de son emprisonnement a été une tragédie, tuant la mère et entraînant une suite d'événements d'importance – dont le mariage de mes parents, mon oncle étant du temps de leur jeunesse un intime de mon père – il n'en demeure pas moins que son absence a profité à ses sœurs. Mon oncle a été libéré par la Révolution des barbus. Il n'a plus jamais été stalinien. Il a abandonné la Révolution et la politique. Il est devenu traducteur de livres scientifiques et journaliste. Il est toujours aussi brillant. Il est le seul de la famille maternelle qui soit demeuré en Iran. Ses sœurs, entre Paris, San Francisco et San Diego, le vénèrent toujours.

Lors d'une de ses rares visites à Paris alors qu'il était pour moi aussi important que pour elles, et qu'il discutait avec moi de cinéma et de littérature en buvant des litres de bourbon, j'ai eu la surprise de voir ma grand-tante, d'une cinquantaine d'années, enfiler un tee-shirt informe sous sa belle robe décolletée. Quand je l'interrogeais, elle roulait des yeux vers son frère. Je n'y comprenais rien et j'insistais. Elle finit par mettre des mots sur son roulement d'yeux : le tee-shirt, c'était pour ne pas choquer son frère, qui avait l'air de se foutre totalement du tee-shirt sous la robe trop sexy d'une femme qui était sa sœur aînée. Suite à cette découverte qui ne cessait de me travailler, j'ai interrogé chacune des sœurs et elles ont parlé longuement de leur enfance et de leur adolescence sous l'emprise du frère. Elles n'avaient pas oublié mais il n'était pas question de lui en parler, à lui, ni de crever l'abcès. C'était le passé. Mais leur passé à elles pesait sur mes épaules à moi, alors j'ai voulu savoir.

J'appris que tout comme on m'emmenait en prison pour distraire les gardiens, ma tante cadette avait été utilisée par son grand frère pour détourner l'attention lorsqu'il se livrait à son trafic de livres interdits. Il l'emmenait manger une glace et il en profitait pour laisser un colis de livres derrière lui, où un autre camarade venait prendre sa place avec une autre petite fille qui aimait les glaces à l'eau de rose. J'ai appris que la quatrième des sœurs – plus maligne que les autres – avait tout fait pour fuir Téhéran et son frère, mais aussi ses sœurs. Elle n'avait pas choisi Paris mais Londres et si elle répugne à le raconter, elle a laissé échapper quelques phrases qui disent la peur qu'elle avait de ce frère. Elle ne craignait pas de se faire battre – il ne le faisait pas ou rarement et seulement parce que « t'es une pute ou quoi ? » – mais de devoir se marier contre son gré ou d'être entraînée malgré elle dans un combat politique qu'elle avait été la seule à savoir perdu. Elle avait fui. Et je ne cesse de me dire que c'est bien triste de n'avoir plus que le choix de la fuite.

Mon oncle s'est marié deux fois. Deux enfants sont nés du premier mariage. Mon oncle a élevé sa fille aînée à l'occidentale et son fils est un artiste qui ne manquera pas de faire parler de lui. Il n'est plus question pour lui d'enfermer les femmes dans les limites de la tradition mais de les libérer. Tant mieux pour ma cousine et mon cousin. Ce que je ne parviens pas à lui pardonner c'est la douleur encore vive de ma mère, conséquence de ses brutalités. Alors que mon oncle a bénéficié du luxe de voir toutes ses erreurs pardonnées, ses sœurs portent encore les blessures de son autorité bornée. Et elles l'aiment toujours d'un amour si absolu qu'il me vient l'envie de les frapper pour qu'elles l'oublient. Comme si, parce qu'il était un homme, il ne pouvait être coupable de rien, et qu'étant des femmes, ses sœurs étaient condamnées à assumer pour l'éternité leur jeunesse pourrie.

Je n'ai plus eu l'occasion de voir mon oncle de Téhéran suite à des brouilles de famille devenues définitives. Mais j'aurais aimé l'interroger. J'aurais aimé qu'il m'explique. J'aurais aimé qu'il me raconte comment il a pu être un tel tyran, se faire tout pardonner sans même demander le pardon et me parler d'égal à égal sans prendre en compte mon sexe. Le frère qui était le préféré de la mère et des sœurs. Le frère auquel il s'agissait de tout sacrifier. Le frère qui a simplement eu « la chance » d'être un homme dans une famille de femmes.

Le nœud gordien de ma famille vient de l'enfance des sœurs. Six filles mal aimées, mal considérées, portant comme la plus grande faute d'être nées femmes.

S'il y avait eu plus de garçons, cette famille n'aurait pas été aussi malheureuse. Même si personne ne le disait à haute voix, tout le monde le pensait. Ma grand-mère – que je n'ai jamais connue – était une femme triste et certainement dépressive. Les conséquences chez les sœurs ont été les mêmes : elles sont devenues des pessimistes absolues. Elles sont à peu près incapables de confiance dans les autres comme dans l'avenir. Toutes, sauf ma mère – et peut-être l'avant-dernière sœur qui est si sensible qu'elle en fait peur. Ma mère est née à la mauvaise place : entre l'unique frère et la plus belle des sœurs. Les deux plus aimés de la fratrie. Entre l'espoir qui ne se décline qu'au masculin et la beauté qui est le seul passeport vers le bonheur lorsqu'on naît femme. Elle s'est fait briser émotionnellement et a passé le reste de sa vie à tenter de se faire aimer sans jamais croire que cela puisse être possible. Ma mère était une garçonne, débrouillarde et drôle. Personne ne la prenait au sérieux et quand il a bien fallu nourrir la famille après l'emprisonnement du frère, c'est elle qui a abandonné des études qu'elle n'aimait pas pour travailler comme secrétaire. Elle a payé pour les études de toutes ses sœurs, a nourri la mère pendant que le père tentait la fortune – il y parvint après le décès de sa femme et la famille déménagea à Téhéran –, a refusé des prétendants et n'a jamais été remerciée en retour.

Des années plus tard, à Paris, alors que ma mère n'était que souffrance et que les choses tournaient vraiment mal, elle n'a jamais reçu d'appel de son frère. Jamais. Et quand les enfants de ce frère étaient à Paris, ma mère n'avait pas le droit de les voir. Il fut décidé que mes parents habiteraient en province pour éviter toute tentation. Qu'est-ce qui a bien pu pousser ses sœurs à la cacher et ma mère à l'accepter ? La honte. La honte qu'on dise à Téhéran que ma mère était une ratée à Paris. Son appartement était trop petit, son métier trop humiliant – « assistante maternelle » n'était pas exactement un signe de réussite aux yeux des bourgeois de Téhéran –, sa beauté s'était fanée. Ma mère qui a honte de son parcours dont ses sœurs ont honte, est pourtant la seule à toujours avoir travaillé et la seule à avoir toujours été indépendante. Et elle est douée : une pure créatrice, capable de retaper un salon décati comme de coudre une robe de soirée sublime ou de fabriquer des robes pour mes rares poupées dans de la lingerie usée ou de couper les cheveux de toute la famille avec un talent certain. Ma mère, qui est une héroïne de roman, complexe et extravagante, n'a jamais été qu'une ratée irrécupérable aux yeux de sa famille.

Terrible souvenir de mon enfance où ma mère, prise en étau entre les personnalités flamboyantes et fortes de ses sœurs, était réduite à n'être que « maman 1 ». Mes autres tantes étant « maman 2 », « maman 3 », « maman 4 », etc. J'ai retrouvé une cassette audio où ma mère m'enregistre chantant une comptine enfantine. En guise d'encouragement, elle me demande de faire des efforts, non pas pour faire plaisir à mon père, mais à mes tantes. Recommence pour ta tante, recommence pour faire plaisir à tes tantes. Ma mère est le résultat le plus abouti de la mauvaise éducation à l'iranienne : complexée et seule. Elle n'a aucune malice et a intégré absolument les interdits, les absurdités et les limites liés à son sexe. Au contraire de ses sœurs, elle n'a jamais maîtrisé l'hypocrisie qui permettait de vivre sa vie malgré tout, à la dérobée. Ma mère savait pourtant que quelque chose ne tournait pas rond dans sa vie, elle savait qu'incapable de prendre une décision sans en référer à ses sœurs, elle ressentait un mal-être qu'elle ne voulait pas me transmettre. Alors, elle a tenté de m'élever en toute liberté tout en déversant sur moi des tonnes d'amour – fardeau bien encombrant quand il s'agit un jour de vivre sa vie. Elle me voulait aussi libre que son frère avait pu l'être tout en craignant mes provocations, et aussi belle que sa sœur pouvait l'être tout en craignant que je me fasse trop remarquer.

Mes tantes ont voulu me faire croire durant toute mon enfance et encore plus tard, que mon père ne m'aimait pas, qu'il préférait les garçons. Pourquoi ? Elles n'aimaient pas les hommes. Elles n'appréciaient pas davantage les femmes mais les hommes étaient des ennemis. Elles avaient si souvent entendu qu'elles n'étaient *que* des femmes, elles avaient tellement perdu en étant femmes, qu'elles n'aimaient (mal) que les filles.

Il est tentant de régler mes comptes ici. Il est tentant d'inscrire en toutes lettres ma rage de tout ce que je peux reprocher aux sœurs de ma mère. Mais justement, il y a ma mère. Il y a son amour absolu pour ses sœurs, il y a son incapacité à vivre sans elles. Et si elles sont la preuve que quelque chose ne tourne pas rond dans l'éducation des femmes au pays des barbus – avant même qu'ils ne soient au pouvoir – je dois me retenir pour revenir à Khomeiny et ne pas dire tout ce qui m'a brisée, tout ce qui a isolé ma mère, tout ce qu'a souffert mon père. Et pourtant. Ma colère d'aujourd'hui est à la hauteur de l'amour que j'avais pour ces femmes – et que j'ai presque malgré moi *encore* pour elles. Elles ont peuplé mon enfance avec leur chevelure noire, leur féminité exacerbée, leur rire et leur amour. Elles m'ont aimée et je les ai aimées. Mais l'amour n'a pas tenu face à la brutalité de l'exil. L'amour de mes tantes s'est évaporé quand je me suis battue pour l'indépendance qu'elles me reprochent encore. Reste ce que je ne pourrai jamais pardonner : l'abandon de cette femme si vulnérable, si naïve, si pleine d'amour qu'est ma mère.

Je sais aujourd'hui que mon père m'aimait, même si j'en ai douté durant la maussade adolescence de l'exil. Que « mes mamans » aient voulu si fort m'éloigner de mon père n'est qu'un symptôme de plus de leurs traumatismes enfantins d'être des filles. Je n'avais pas sept ans et elles s'inquiétaient de me voir m'abîmer les yeux en lisant, avoir des opinions sur tout – je n'imitais que bêtement mon père –, annoncer aux mariages où l'on demandait aux petites filles si elles rêvaient de se marier et combien d'enfants elles voulaient, que je voulais être danseuse nue et qu'un gros ventre, c'était moche. Elles me voulaient à leur image, en intérieur, méfiante des hommes – et des femmes –, secrète et bien mariée. Mon père me voulait juste femme. Et quand il disait femme, il pensait à Simone de Beauvoir. Pas mariée, sans enfant, insoumise. Le cauchemar de « mes mamans » : pas mariée, pas d'enfant, pas de sécurité. Durant l'enfance, je voyais mes tantes comme des femmes fortes alors qu'elles n'étaient que dures. Elles n'avaient reçu d'amour de personne et encore moins de leurs parents et elles s'étaient comme rétrécies de l'intérieur, abandonnant du même coup toute possibilité de bonheur dans les bras d'un homme comme dans la conquête de la liberté. Des années plus tard, ayant dépassé la trentaine, en pleine crise d'inspiration, je me confiai à ma tante cadette. Des années plus tard, elle n'a pu que me répondre : « Tu sais ce qui te manque *vraiment* ? Ce qui te ferait redescendre sur terre et cesser de chercher l'inspiration que tu ne possèdes pas puisque tu n'as pas encore gagné de l'argent ? Tu dois faire un enfant ! Et en plus tu auras plus de chances de garder ton homme. » J'en ai eu la nausée. Et c'est peut-être dès cet instant que je compris ce que voulait *vraiment* dire : vivre sa vie. Et j'en ai remercié mon père.

Téhéran – Paris

Je me suis souvent demandé comment j'aurais pu tourner sans mon père. Sans l'éducation que mon père a imposée. Ce qui se serait passé si mon père n'avait pas remporté la manche contre «mes mamans». Il avait choisi de m'élever sans les *limites* traditionnelles de mon sexe. Le fait d'être une fille ne devait pas altérer mes choix. Il n'était pas question d'être un garçon manqué – justement pas – mais je ne devais pas entendre: «Les filles ne font pas ça.» Il faut s'asseoir correctement, non pas parce qu'on est fille, mais parce que c'est plus poli. Il faut éviter d'élever la voix, non pas parce qu'on est fille, mais parce qu'on ne se fait pas entendre en criant. Il faut garder son calme, non pas parce qu'on est fille, mais parce qu'on n'est pas des sauvages. Alors, il m'est facile de sursauter quand j'entends des mères de mon âge répéter le contraire à leurs filles. À des futures femmes.

Mon père passait pour un excentrique en Iran. Je me souviens de beaucoup de cris autour de la liberté de ton que mon père m'inculquait. Il s'agissait de ne pas se laisser faire. Il s'agissait de se défendre... Comme un homme! Au sein même de ma famille, on s'étonnait. On avait peur que je devienne folle, hystérique, lesbienne, asociale. Quand mon père a décidé de me laisser lire Zola à douze ans, nous étions déjà à Paris, mais il ne fallut pas moins de deux réunions de famille dont les arguments contradictoires ont fait trembler les murs pour qu'on me laisse faire. Ma mère et sa famille – libérale et athée peut-être mais pense-petit quand même – craignaient que je ne perde toute sensibilité féminine. Ben voyons. Zola allait tuer la femme en moi. Comme on imaginait – jusqu'au milieu du XXe siècle en Occident et encore ailleurs de nos jours – que le sport tuait le système reproductif de la femme.

Mon père est un mystère. Comment cet homme est-il devenu ainsi dans le contexte où il a été élevé ? Comment a-t-il pu être le meilleur ami de mon oncle maternel sans partager ni son stalinisme ni son mépris des femmes ? Comment lui était-il apparu comme évident qu'une femme valait autant qu'un homme et méritait le même accès au savoir sans discrimination ?

Mon père dit que cela tient autant de son propre père que de la littérature. Il dépensait son argent de poche en livres. À partir de ses dix ans, il avait décidé de lire, chaque été, toute l'œuvre d'un auteur classique. Et il commença avec Victor Hugo. Méthodique et passionné, il découvrit Tolstoï et Flaubert, alors que les enfants de son âge achetaient des bonbons et couraient après des ballons. Mon grand-père paternel n'était pas un intellectuel. Ce n'était même pas un grand lecteur. Il était né dans le nord de l'Iran, pauvre et quasi analphabète. À Téhéran, il était devenu technicien dans la téléphonie, qui en était à ses débuts et, petit à petit, il gagna assez d'argent pour se marier et construire sa maison. Il n'imposait jamais rien. Il débattait de tout. Il était aimé parce qu'il était incapable de juger qui que ce soit. Il était le plus croyant de ma famille et il fut le premier à rire à gorge déployée quand je lui racontai ma course cul nu. Il était droit dans ses bottes et adorait l'insoumission. Je me souviens que devant les plaintes d'une autre de ses petites-filles, qui ne parvenait pas à entrer à l'université, il lui avait tout simplement répondu : attaque-les là où ils t'attendent le moins. Elle avait quitté la littérature pour être ingénieur. Le directeur de l'école fut tellement surpris qu'une femme se présente devant lui – un an à peine après la Révolution alors que les femmes n'osaient pas cligner les yeux – qu'il l'inscrivit sur-le-champ.

Mon grand-père quasi analphabète avait mis la maison et tout son argent au nom de sa femme. Pour l'exemple. Pour bien montrer qu'il ne faisait aucune différence entre les hommes et les femmes. Il avait une fille et un garçon, il les voulait égaux. Toutes les décisions étaient prises collégialement. Il n'y avait pas de *pater familias* dans l'enfance de mon père. Mon père a reproduit le même schéma : toutes les décisions – des plus anodines aux plus graves – étaient prises après discussion avec ma mère et plus tard avec nous, les enfants. Mon père n'a jamais respecté que la démocratie et seule la tyrannie éclairée pouvait sauver notre famille.

Mon père m'a raconté comment, un soir après dîner, il avait annoncé son athéisme précoce à son père, soufi pratiquant, sage respecté – autrement dit un musulman mystique, qui ne juge pas, qui ne condamne pas, se fout de voiler les femmes comme de manger du cochon ou boire du vin, mais qui prend Dieu très au sérieux – un vrai croyant en somme. Mon père a dit à son père : je ne crois pas en Dieu. Mon grand-père n'a semblé ni surpris, ni blessé. Il a répondu au fils de huit ans qui choisissait une autre voie que la sienne : « Ta croix ne sera ni plus ni moins facile à porter que la mienne. » Mon père me répondrait la même phrase si je lui annonçais croire en Dieu.

J'ai donné un surnom à mon père, alors que j'avais déjà une bonne vingtaine d'années. « Haute-Tolérance » avec des majuscules. Il tolère toutes les petitesses et les faiblesses, toutes les larmes, tous les cris. Il a toujours appliqué à la lettre, dans sa vie, à l'égard de tout le monde – même la pire de mes tantes – sa compréhension des médiocrités de la vie, et sans faire de discours, sans annoncer comme tant d'autres : « Tu sais comment je suis, tu sais comme je suis tolérant. » Quand quelqu'un le lui fait remarquer, il fait les yeux encore plus ronds que d'habitude : « Ah bon ? » et il baisse la tête vers le livre ouvert sur ses genoux. Il est naturel pour mon père de tolérer les folies, les malaises ou les coups bas. Je l'ai détesté pour cela parfois, je l'ai adoré pour cela souvent. Mais il n'est jamais facile pour aucun enfant de si peu faire réagir son père. Il écoutait, il proposait, il mettait en débat, mais jamais aucune décision n'était définitive, aucune logique n'était imposée. Il nous laissait non pas la liberté de faire ce qu'on voulait, mais la liberté de *réfléchir* à ce qu'on voulait. À l'adolescence, ce fut un enfer.

Si j'ai si vite aimé les livres, c'était à force d'observer mon père. Depuis que j'ai des souvenirs, j'ai toujours vu mon père avec des livres près de lui. J'ai voulu l'imiter. Je prenais une pile de livres – alors que je ne savais pas encore lire – et je le suivais à la trace pour m'installer près de lui et faire semblant de lire. Quand il fut temps de fréquenter les librairies, je voulais des livres avec beaucoup de lettres et peu d'images. Je voulais que mon père m'aime et j'avais vite compris qu'il aimait surtout les livres. Si j'ai voulu être écrivain, c'est parce que mon père aimait lire. Il aimait le cinéma et le théâtre aussi. Mais les livres, c'était tout le temps, tous les jours, partout.

Dans le laboratoire de chimie où il travaillait, son supérieur était une femme. Une femme qui me fascinait car elle était la seule «vieille» de mon entourage à être mariée et à n'avoir pourtant pas d'enfant. Elle venait dîner à la maison et je me souviens que systématiquement le lendemain, ma mère pleurait après avoir eu une de ses sœurs au téléphone. Elles n'aimaient pas la chef de mon père. Elles en avaient peur. Elle était trop louche, car trop libre dans ses choix comme dans son corps. Aux yeux de ma mère et de mes tantes, elle ne pouvait que «coucher facilement» – est-il nécessaire de préciser tout ce que recouvre cette expression ? Elle nous dit: coucher c'est difficile, coucher son corps contre celui d'un Autre est d'une telle difficulté que celles qui semblent y prendre du plaisir sont dangereuses. Si j'ai voulu être indépendante, c'est que mon père ne respectait que les femmes qui faisaient pleurer les autres femmes. Je l'ai revue une seule fois à Paris. Elle était de passage – elle vivait à Stockholm et était à la tête d'un labo prestigieux – et j'avais quatorze ans. Elle s'était intéressée à moi. Je lui avais dit comme elle me fascinait, enfant. Jusqu'ici tout allait bien. Et puis, il faut bien demander à une ado comment elle voit son avenir comme il est demandé aux adultes comment ils gagnent leur pain. Quand je lui avouai que je voulais écrire, elle avait souri: «Tu devrais d'abord devenir médecin ou ingénieur. Écrire pour une femme, c'est bon pour les paresseuses.» Elle préférait mon frère, qui était un petit génie des mathématiques. Les femmes finissent toujours par me décevoir.

Je ne milite pas contre les hommes, je milite contre les barbus. Contre tous les barbus. Et les corbeaux aussi. Je dois trop à mon père et à mon grand-père pour leur faire l'injure de croire que tous les hommes sont des barbus. Mais il y a toujours chez la femme, la tentation du corbeau.

Paris, 2013

Je ne peux dire mieux qu'Olympe de Gouges. Je ne peux, quelques bonnes poignées de siècles plus tard, que reprendre son interrogation et son dépit. Comment est-il possible que des femmes élèvent des hommes comme *ça* ? Par quel miracle sont-elles les premières à inculquer à leurs fils les armes qui les détruiront demain ? Olympe de Gouges faisait visiter l'Hôtel-Dieu à des députés de la Constituante et leur montrait du doigt les femmes agonisantes qui accouchaient de garçons qui, devenus hommes, se bouchaient le nez en passant devant elles ! Elle réclamait l'ouverture de maternités et préconisait l'hygiène pour sauver des vies. Beaucoup de vies de femmes, de futures mères. Elle exhortait les hommes à respecter celles qui les mettaient au monde.

Les femmes pardonnent rarement et les mères toujours. J'ai beaucoup de mal à observer les mères et leurs fils. C'est incroyable comme elles oublient tout ce qui les faisait souffrir, tout ce qui les bloquait dans leurs carrières, tout ce qu'elles reprochaient à leurs cohortes de belles-mères. Elles élèvent un petit garçon comme un chevalier cynique et broyeur de femme. Mais pour se venger de qui ? De ceux qui ne les ont pas assez aimées ? C'est terrible une femme quand elle devient mère d'un homme. Comme s'il était devenu soudain normal qu'une petite fille serre les jambes et qu'un petit garçon pète à table. J'entends les mêmes absurdités aujourd'hui en France qu'hier à Téhéran. Je me souviens de la remarque d'une Iranienne, grande dame qui, choquée face à ma logorrhée d'enfant de sept ans, se tourna vers mon père, dépitée : « Elle est trop intelligente. Il faut la brider avant qu'il ne soit trop tard. » Je me souviens d'une mère de famille trentenaire, branchée parisienne, qui pour faire cesser les pleurs de son fils de cinq ans lui assénait calmement : « Tu ne vas pas pleurnicher comme une fille quand même ? » Et il faudrait qu'il respecte, dans vingt ans, une pleurnicharde ? Ce qui m'étonne, c'est qu'on s'étonne. Ce qui m'étonne c'est qu'une femme française, critique littéraire, la cinquantaine indépendante et mère quand même, m'interrompe, alors que je raconte ma découverte déchirante d'Hemingway, et sans ciller me lance : « Mais enfin ! Hemingway c'est de la littérature pour homme ! Vous ne pouvez *naturellement* rien y comprendre ! » comme si elle s'adressait à une paysanne qui venait de débarquer de Téhéran en babouches. Mais non, ma chère dame, Hemingway c'est de la bonne littérature et personne ne porte de babouches en Iran. Et si je ne suis pas capable de comprendre le défi, la foi, le sacrifice du personnage, je suis juste bête. Mon sexe n'y est pour rien. Ni pour le meilleur, ni pour le pire. Il faut faire lire Hemingway aux filles sans pour autant faire jouer les garçons avec des Barbie.

Comment les mères orientales peuvent-elles continuer à entretenir leurs filles dans la stricte séparation des sexes ? Comment est-ce seulement possible qu'elles inculquent à leurs filles les principes qui les ont empoisonnées toute leur vie durant ? Ce qui préside à la transmission des mères à leurs filles, c'est la peur. L'homme est celui qui possède. Celui qui nourrit. Celui qui est indispensable. Sans l'homme, il n'y a que misère. Où trouver la force, la référence, l'idée même d'offrir à sa fille l'autonomie ? Elles sont prises au piège dans un système social et politique, qui les soumet plus ou moins, mais qui les soumet toujours, à l'homme. Parfois, les mères doivent penser qu'il n'y a pas plus grand danger pour leurs filles que des désirs d'indépendance. Elles ont vu ce que sont devenues celles qui ont pris une autre route. Des femmes qui ne sont même plus reçues dans leurs propres familles. La hantise. Être mal vue. L'œil toujours. Être mal considérée. L'œil encore. Parfois, les choses peuvent aller loin. Un père peut perdre une situation à cause des désirs d'indépendance de sa fille.

Il n'est pas question ici des études supérieures. Les femmes étudient, en Arabie Saoudite comme en Iran ou au Maroc – bien que ce soient surtout celles issues des classes supérieures qui accèdent à l'université. Des Saoudiennes ou des Qataries étudient à Londres ou à Paris. Ces femmes ont donc accès au savoir et goûtent à la mixité. Mais elles poursuivent la transmission. Les diplômes en poche, parfois elles exercent, parfois jamais. Mais tout dépend du mari. Ou du père. Ou du frère. Le tout plus ou moins selon le pays (en Arabie Saoudite ou en Afghanistan totalement, en Iran, au Maroc et en Tunisie pas tout à fait mais un peu trop quand même – pour l'instant). Il existe toujours beaucoup d'exemples contradictoires. Mais il est un fait qui est certain : celles qui étudient demeurent toujours des riens. Des moins que des hommes. Et les mères continuent d'entretenir les préjugés qui les enfoncent un peu plus à chaque génération. Combien de fois ai-je pu entendre comme elles étaient malheureuses, celles qui mettaient au monde des filles. Elles savaient très bien ce qu'elles allaient subir. Un garçon, non seulement il est plus fidèle – cette légende qui veut que toutes les filles soient infidèles parce que toute leur éducation les pousse à fonder un nid et à qui on reprochera quand même de l'avoir fait – mais il aura toujours moins d'ennuis. C'est plus facile un garçon, il y a moins de restrictions à lui inculquer et moins de principes à lui répéter. Une fille, c'est une victime dès qu'elle naît. Il faudra la protéger toute sa vie. Lui apprendre la mesure, penser à la marier dès son plus jeune âge. Surtout, il faudra bien lui dire à quelle vie de merde, comme celle de sa mère et de sa grand-mère, elle est vouée. En espérant qu'elle reste dans le rang. Qu'elle soit cultivée d'accord, qu'elle ait vécu à l'étranger d'accord, mais qu'elle ne s'amuse pas à appliquer à sa vie ce qu'elle a appris dans les livres et dans les villes d'étrangers ! Ne goûte pas à la liberté, elle aura mauvais goût, de retour à la maison.

Ce serait rendre justice aux pères que de leur donner, pour une fois, la place qu'ils méritent dans la libération de leurs filles. La mère d'un ami, femme de soixante ans intelligente et voyageuse, curieuse et indépendante, née au Maroc dans une famille française, ayant vécu en Afrique noire, ayant des amitiés tout autour du monde, me raconte combien pour beaucoup de ses amies orientales et africaines, aujourd'hui libres et militantes, leur père a été important. Un père qui brise la tradition pour donner autant de chances à sa fille qu'à son fils, c'est l'assurance pour une femme de ne jamais se croire inférieure à un homme. Si le premier dialogue s'est déroulé à égalité avec le premier homme de votre vie, vous avez toutes les chances d'être fière de votre sexe et de ne jamais croire les hommes seuls coupables. Dialoguer à égalité avec son père, c'est ne jamais être une victime.

Téhéran, 1983-1985

Les essayages de ma tenue réglementaire pour mon entrée à l'école furent l'occasion de beaucoup de larmes. Et il fallut bien la porter et il fallut bien y aller, à l'école. Mais dès que ma mère avait le dos tourné, je rajoutais une broche rouge sur ma blouse, je cachais des bracelets bruyants sous mes longues manches, je renversais le lait sur mon pantalon en espérant que la blouse suffise, je faisais des trous de cigarette dans le foulard-cagoule, je cachais toute ma tenue sous le linge sale en espérant que la manie du propre de ma mère me sauverait du gris. Une fois, j'étais parvenue à partir pour l'école avec une paire de sabots. Ce fut l'enfer pour ma mère. J'étais intenable. C'est fascinant comme les mères sont capables de patience. Et si ma mère n'est vraiment devenue dingue qu'une seule fois – me poursuivant autour de la longue table de la salle à manger et me lançant tout ce qui lui tombait sous la main, assiettes, verres, vases – elle a été une mère courage remarquable supportant, avec amour, les frasques d'une enfant qui lui échapperait toujours.

L'école que j'ai connue durant deux ans à Téhéran n'était pas une école qui se raconte avec des rires d'enfants, c'était trop ordonné, trop silencieux, trop disciplinaire et trop anonyme pour des enfants. Et ce n'était pas « zéro de conduite » non plus. Car le carcan n'était pas seulement à l'école, il était dans la rue, sur l'écran de télévision, dans les conversations des adultes. Il ne suffisait pas d'ouvrir les fenêtres des salles de classe pour respirer. L'air était tout aussi malsain à l'extérieur. Ce n'était pas encore la fin de la Révolution que c'était déjà la guerre, et les enfants sont aussi sensibles que les autres à l'environnement. Il y avait danger et c'était l'occasion pour les mollahs de s'imposer un peu plus. Les dictatures se maintiennent dès la crèche. Et le rire, franc, contagieux, libérateur, est toujours le premier des ennemis. Les dictatures n'aiment rien de mieux que le murmure, les rues désertes et les cours d'école en sourdine. C'était une école avec du savoir expurgé et des silences imposés, des notes de « moralité » et des appels à remercier « le vieux en noir & blanc » de nous avoir sauvés de l'enfer. Ce n'était pas l'école, comme je la connaîtrais à Paris. Mais, à ce moment-là, il serait trop tard pour la petite fille que je ne serais plus.

L'école, c'était peu de camarades – mes vrais amis étaient mes cousins germains et ma voisine – et beaucoup de professeurs. Des femmes et un homme.

Je confondais mes professeurs femmes. Elles étaient pareilles avec leurs foulards noirs et leurs tchadors noirs par-dessus, lorsqu'elles quittaient la salle de classe en dehors de laquelle il y avait possibilité de croiser des hommes. La professeur de calligraphie était peut-être plus tendre que les autres puisqu'elle nous permettait de retirer le foulard-cagoule lorsque la chaleur était trop forte. Peut-être que ce n'est qu'un faux souvenir que je me suis inventé pour adoucir l'école. Elles étaient toutes si cruelles que l'atmosphère en était viciée. C'étaient des yeux toujours en mouvement qui cherchaient un péché à débusquer ; c'étaient des gestes brutaux, la règle qui s'écrase sur le bureau, la main qui rabat brutalement le foulard qui s'est détaché ; c'était ce choix éducatif qui consistait à gommer toute douceur et toute compassion. Comme si, en étant si froides et si renfrognées, mes professeurs prouvaient leur grandeur d'âme.

Comment pouvaient-elles être si persuadées qu'un sourire ou un geste tendre était un acte terroriste contre la République islamique ? C'étaient des inadaptées de l'émotion, des malheureuses, des frustrées. Elles nous faisaient subir ce qu'elles avaient subi toute leur vie durant : être femme et devoir se le faire pardonner.

L'homme était le professeur de « religion ». Il nous enseignait les leçons du Coran – une sorte de catéchisme qui consistait surtout à nous répéter qu'il fallait être pudique et propre. C'était le cours le plus ennuyeux et le seul où toutes mes camarades étaient d'accord avec moi. C'était nul. Il était monocorde et avait l'air d'une poupée de cire, tant il était immobile. Ce professeur « lavage de mains » et alors que j'avais huit ans, avait répondu à mon insistante question sur le pourquoi du voile par un lapidaire : « Parce que vous êtes, vous les femmes, des objets dangereux. » C'était méprisant et salvateur. Sa voix résonne encore à mes oreilles. Sa voix me rappelle à la vigilance lorsqu'on naît femme. Sa voix et sa certitude hautaine de professeur « lavage de mains » me font toujours redresser la tête. Il me disait clairement que tout était ma faute. Si j'avais besoin d'être couverte, c'était pour lui éviter un danger. Ce qui était impressionnant avec cet homme, c'était son degré de certitude.

Professeur « lavage de mains » avait déjà eu maille à partir avec ma manie de la dissection des insectes. Mon père m'avait offert un microscope. Depuis, tous les insectes qui me tombaient sous la main étaient disséqués. C'était fascinant et instructif. J'avais décidé de faire l'exposé de mes découvertes plutôt que de raconter un épisode de la vie d'Ali, gendre du prophète et fondateur du chiisme. Mais le professeur « lavage de mains » m'interrompit en me traitant d'assassin. Je contrecarrais les plans de Dieu et j'intervenais dans l'équilibre de l'Univers en tuant des animaux innocents. Malgré ses pellicules et sa mèche de cheveux crasseuse, malgré ses mains toujours repliées sur elles-mêmes, immobilisées et posées sur son ventre, malgré le regard terne rivé sur le sol ou levé vers le ciel mais qui ne se posait jamais sur nous, malgré tout ce qu'il y avait de dégueulasse en cet homme, il m'avait touchée en me dénonçant comme un assassin. J'en étais devenue malade. Comment accepter qu'effectivement, je tuais des insectes innocents ? J'étais tellement honteuse que je n'osai pas même en parler avec mon père. J'avais huit ans et j'étais un assassin parce que je tuais des insectes de Dieu. *Mais* j'étais aussi Dieu, puisque je perturbais ses plans tout en me prenant pour Lui. Je m'en suis sortie en préférant être Dieu plutôt que l'assassin, puisque je pouvais être l'un ou l'autre d'après le discours merveilleusement paradoxal de mon professeur « lavage de mains ». Et j'ai continué à disséquer des insectes en jubilant au mal que je faisais à mon unique professeur du sexe opposé dont les leçons n'ont jamais porté.

Qu'est-ce qui motivait professeur « lavage de mains » dans sa pédagogie de dénigrement de la femme ? Il nous louait d'être de futures épouses pudiques, propres et quand même instruites. Il faut savoir lire et écrire pour soutenir le père, l'époux et le frère. Mais il nous trouvait dangereuses. C'est peut-être là, dans cet aveu de faiblesse, que se trouve l'une des clefs pour sortir du schéma figé où la tradition a enfermé la femme. J'ai huit ans et je fais si peur que ça ? Avec mes cheveux, mes poignets et mes chevilles de rien du tout, je fais peur à un homme tellement plus vieux ? Au point que je dois me fondre dans le décor et que même après ça, il n'ose pas me regarder ? Mais alors ? J'ai des super-pouvoirs ? Toutes les femmes ont des super-pouvoirs ? Mais alors quoi, pourquoi acceptent-elles de cacher si docilement leurs pouvoirs sous le voile ? Si cette question m'a taraudée toute ma vie, je ne l'ai résolue en partie que plus tard, à Paris, alors que le « problème du voile » déchirait la société et la classe politique. En attendant ce jour, je ne savais qu'une chose : j'avais un super-pouvoir, mais personne ne le savait.

Téhéran, 1984-1985

Quand la Révolution libéra mon oncle de la prison d'Evin, la famille n'eut pas le temps de célébrer ses retrouvailles que la guerre Iran-Irak débutait. Ce ne fut qu'un léger choc pour l'enfant que j'étais, car rien ne changea dans les premiers temps. Puis, un oncle architecte qui en avait l'âge dut aller sur le front dessiner des abris pour les glorieux soldats, et tout le monde prit peur. Et surtout, il se murmurait déjà des choses sur les enfants. J'écoutais aux portes – c'est le seul moyen de se tenir au courant en Iran – et j'appris dans la pénombre, ce qu'il en était des enfants. On engageait des gamins de dix ans, de huit ans, parfois de six ans, et on les habillait en soldats. On les photographiait pour laisser un souvenir prestigieux aux parents. Et ils se lançaient à l'assaut des champs de mines pour baliser le terrain pour les soldats plus aguerris, dont la Révolution avait tant besoin. Et les familles récupéraient « les morceaux » de leurs enfants – c'était le terme exact utilisé par mes parents : des *morceaux* – qui avaient l'honneur suprême d'être enterrés dans le cimetière des martyrs dont la fontaine ruisselait matin et soir du (faux) sang des martyrs millénaires. Les mères étaient fières de savoir leurs fils-martyrs au paradis et les pères se gargarisaient d'un tel sacrifice. Ils étaient bénis parmi les bénis. Si j'ai craint, un instant seulement – cachée dans le couloir, écoutant mes parents terrorisés qui chuchotaient –, d'être emportée par les barbus sur les mines, je me rappelai soudain que je n'étais qu'une fille et qu'aucun barbu n'oserait me toucher du bout des doigts et encore moins m'emporter, même pour m'abandonner sur des mines. Si j'étais sauvée parce que j'étais une fille, je ne visualisais pas du tout les enfants en morceaux. Si j'ai tout de suite tenté l'expérience en disloquant en plusieurs morceaux mes poupées, il me paraissait trop horrible de faire ça à de vrais humains. Si j'ai démembré des fourmis, des mouches, des vers de terre, des araignées, ils ne ressemblaient toujours pas à des enfants. Si j'avais vu des visages en sang, des bras disloqués, des jambes brisées, des torses taillladés dans les rues pendant la Révolution, s'ils étaient couverts de sang, ils bougeaient, ils criaient, ils pleuraient et… ils étaient entiers. Si j'étais habituée à la violence, la mort d'un enfant demeurait impossible pour l'enfant que j'étais, et encore moins la possibilité d'un corps en morceaux. Je pensais que seuls les vieux mouraient. Les autres n'étaient que des blessés temporaires. Ce n'était rien. Rien qu'un pansement, un sirop ou un baiser ne pouvait guérir. Ce n'était pas grave de saigner du genou – la peau repoussait – ou de perdre un œil – il devait repousser aussi.

Quelques jours après cette découverte, j'assistai à une procession de l'Achoura – mes parents étaient parvenus à m'éviter ce spectacle jusqu'à ce jour. Nous avions tardé à partir pour la mer Caspienne et la ferme familiale, et nous nous sommes retrouvés coincés au milieu d'hommes qui s'ouvraient le crâne – juste ce qu'il faut pour rester en vie tout en faisant gicler assez de sang pour prouver leur foi quand même –, d'autres qui se lacéraient le dos à coups de martinet et le tout accompagné de cris. Ils étaient quasiment nus à force de déchirer leurs vêtements. Le temps que mes parents se décident – ma mère voulait m'empêcher de voir, mon père s'y opposait, craignant mon imagination plus que tout – j'ai eu tout le loisir de voir. Je n'ai rien dit, je n'ai rien demandé. Personne ne m'a posé de questions, mais mon père m'a succinctement expliqué que ces hommes se flagellaient en souvenir d'un certain Hussein qu'ils n'avaient pu protéger et qu'ils se punissaient en se frappant et en psalmodiant : « Hussein a été assassiné ! Hussein a été assassiné ! » Je n'écoutais que d'une oreille. Une idée venait de germer dans ma tête et me fit comprendre que le corps humain ne pouvait se morceler ! La preuve en était ces hommes qui se frappaient tant et tant que leur sang giclait sur le pare-brise de la voiture, mais ils demeuraient entiers. C'était un mensonge du « vieux en noir & blanc » pour faire peur aux grands. Mes parents et les autres grands ne pouvaient pas le savoir parce qu'ils se trompaient toujours. Ne m'avaient-ils pas dit qu'après le Shah tout le monde serait plus heureux ? Ils se faisaient encore avoir par les barbus ! Ils croyaient qu'on pouvait découper des enfants en morceaux ! Même pas vrai.

Mais la procession dramatique de l'Achoura m'avait aussi donné une nouvelle solution pour régler le problème du voile. Le lendemain matin, je suis apparue au petit déjeuner mes vêtements et mon voile lacérés à coups de couteau – heureuse de mon coup de génie. Si pour avoir le droit de se balader presque à poil il fallait déchirer ses vêtements, j'étais prête à le faire. Tout le monde a poussé un soupir de soulagement : la vue du sang et de la violence ne m'avait pas traumatisée plus que cela. On me punit – je fus privée de cerises toute la journée et mon cheval resta dans les écuries – pour avoir déchiré ma robe qui venait de Paris et qui coûtait très cher.

La guerre n'était finalement que la Révolution en pire, rien n'avait vraiment changé, sauf quelques grands cousins qui disparaissaient, revenaient, repartaient. Il ne se passait rien de particulier sauf que les barbus étaient encore plus nerveux et que tous les jours, dans la cour de l'école, il fallait faire une prière pour les soldats qui se battaient pour nous. Il y avait déjà longtemps qu'on ne riait plus dans les rues de Téhéran : la guerre ne fit qu'accentuer la tristesse des rues et les mines ravagées des passants ; les femmes étaient déjà laides sous leurs oripeaux, elles n'étaient plus maquillées depuis longtemps, mais dorénavant il était de bon ton d'avoir les yeux rouges d'avoir trop pleuré pour sa patrie. Certaines se frottaient les yeux avec des oignons avant de sortir faire de maigres courses. C'était n'importe quoi en pire. Tout le pays était en deuil. Le plus grand drame fut quand même la télévision. Le pire drame pour moi, s'entend. Il n'y passait plus rien, si ce n'est les prêches interminables et les journaux télévisés délirants qui louaient les pertes irakiennes et faisaient défiler les grands dirigeants et les non moins grands soldats iraniens, à longueur d'onde. C'était la guerre et comme dans toutes les guerres, les choses allèrent de mal en pis.

La vie devenait difficile, car il fallait faire des provisions de peur de manquer. Des Iraniens qui fulminaient contre Khomeiny le fanatique religieux furent séduits par Khomeiny le fin politique, qui réveillait la Grande Perse dans leur cœur d'Iraniens. Mes parents y perdirent encore des amis. Et la guerre lancée par le moustachu permit de renforcer la Révolution des barbus. Le monde se réorganisa autour de la guerre. Si la guerre a débuté très vite après la Révolution, je ne l'ai vraiment perçue qu'à partir de la « guerre des villes ». Dès 1984, les bombardements de part et d'autre commencèrent. Les fenêtres étaient déjà calfeutrées pour les fêtes, il fallait dorénavant qu'il en soit ainsi dès la nuit tombée. Tout le monde se ratatina. Une année s'écoula sous les bombes. Tout était devenu tellement menaçant que le monde se mit à chuchoter. Il y avait dans l'air, avant que le jour ne tombe, une nostalgie qui nous prenait à la gorge. C'était la peur de ne jamais retrouver un lendemain. La « guerre des villes », c'était Guernica ressuscitée chaque soir. Faire paniquer, étaler des corps sans vie à la vue des civils, c'était déprimer assez pour gagner sûrement. Le moral des soldats se forge à l'arrière. Malgré les bombes et les peurs, la Révolution était trop proche, l'atmosphère trop électrique pour ne pas soutenir la guerre. On ne parlait que de ça et rien n'était plus hypnotisant que la peur de mourir dans son lit, la nuit, sous les bombes. Ce n'était pas le moment, du tout, du tout, de combattre Khomeiny ou les barbus ou les corbeaux. C'était le moment de se défendre contre la mort qui planait, de plus en plus proche. Tout le monde a courbé l'échine devant cette priorité. Les arrestations se poursuivaient et les gardiens de la Révolution n'avaient pas l'intention de lâcher du lest. Et les Iraniens détestaient encore plus le moustachu que le barbu. Alors ? Alors il fallait faire taire l'opposition tant que les bombes tombaient. Et bien qu'elles soient tombées régulièrement, elles ont beaucoup moins traumatisé l'enfant que j'étais que le voile de Khomeiny.

Car grâce à ma mère la peur des bombes s'effaçait avec un tube de rouge à lèvres. L'abri de la grande maison familiale – qui accueillait aussi les voisins, ma famille aimait plus que tout être aimée – était confortable et surtout, pour y accéder, il fallait traverser le rez-de-jardin, qui n'avait jamais été aménagé, mais qui avait les proportions et le décor mural d'une salle de bal. Interminable salle de bal voulue par ma grand-tante et dont l'aménagement avait été interrompu par l'arrivée des barbus. Cette salle de bal qui n'abriterait jamais de bal et qu'on devait traverser dans toute sa longueur avant d'atteindre la cave où tapis épais et canapés moelleux permettaient d'attendre la fin de l'orage de fer, était devenue à mes yeux le passage secret d'un monde à un autre. Car avant d'atteindre la cave, il fallait se préparer. Comme pour aller au bal.

C'est ici qu'il faudrait rendre hommage à l'œil – pour une fois. À l'apparence qu'on se doit d'avoir devant les autres. À cette crainte d'entacher sa réputation qui animait ma mère et qui l'anime encore aujourd'hui, comme elle anime toutes les femmes de la famille et les hommes aussi – mais un peu moins. Dès que l'alerte éclatait, souvent en pleine nuit, la première chose que faisait ma mère, c'était de nous habiller avec nos plus beaux vêtements. J'avais même droit au rouge à lèvres. Aux yeux de ma mère, il était essentiel que nos cadavres soient bien habillés. Elle craignait davantage le regard des autres que les bombes du moustachu. Aucune alerte, aucun bombardement, aucun cri ne furent plus forts que le plaisir de se réveiller en pleine nuit et de *bien s'habiller* et de descendre retrouver les amis. Et très vite, c'étaient des rires, des jeux, des histoires drôles. Mieux que ça : personne ne pensait à recouvrir la tête de personne. Si ma famille était toujours en grande tenue, il n'en était rien pour les autres qui avaient jeté sur leur corps encore endormi ce qui leur tombait sous la main. C'était débraillé et joyeux. On détonnait toujours dans le paysage, mais ma mère était heureuse et j'avais le droit de veiller. Après l'effondrement d'un immeuble voisin, personne ne pensa plus à raconter d'histoires drôles pour faire rire la peur. Il y avait eu un bruit si terrible qu'il nous avait assourdis. On n'entendait plus rien, c'était une panique silencieuse. Cette nuit-là, même moi qui refusais toujours de pleurer quand tout le monde était triste, je ne l'avais pas ramené. J'avais compris que je ne reverrais plus jamais cette camarade de classe blonde comme les blés et qui me cherchait toujours querelle ou cette femme – tellement belle même sous le voile – qu'elle devait s'enlaidir avant de sortir pour échapper aux gardiens de la Révolution. Il n'y eut pas d'autres tragédies qui nous touchèrent autant. Les bombes ont continué de tomber, mais ce ne fut jamais plus à deux pas. On s'habillait toujours pour se réfugier dans les abris et personne n'avait les cheveux couverts ou les épaules dissimulées. Mais plus aucun enfant ne courait et plus aucun adulte ne poussait du coude son voisin avant de raconter une blague cochonne qui nous faisait rire, nous les enfants, qui n'y comprenions rien.

La guerre a transformé les barbus en héros. Ils étaient légitimés dans toutes leurs décisions. Critiquer la République islamique, c'était trahir sa patrie, son sang, Dieu, son père et sa mère. Ce qui est terrible dans la guerre, c'est qu'elle transforme les nations en régimes policiers. C'est la peur qui se réfugie dans l'exaltation. Les femmes ont serré leur foulard plus fort. J'ai cessé de me mettre nue. Il ne servait plus à rien de se battre. Je savais, comme tout le monde, que les barbus et les corbeaux avaient gagné. Et malgré la discrétion que mettaient mes parents à organiser notre départ – surtout vis-à-vis de moi tant ils craignaient ma folie de toujours dire la vérité – je savais que nous allions partir. Mais, pour une fois, je n'ai rien dit. Je n'en avais même plus envie. Il y avait beaucoup de silence les six derniers mois, malgré les alertes et les bombardements.

Une après-midi, alors que nous étions de sortie dans les grands magasins, mes parents et moi, une alerte a précipité dans la panique tous les clients aux yeux cernés par des nuits d'insomnie. Nous avions perdu mon père dans le mouvement désordonné de la foule qui se précipitait vers les sorties. Nous étions déjà à l'abri sur le trottoir d'en face lorsqu'une bombe a explosé à l'intérieur. C'était une bombe artisanale et ce sont souvent les plus meurtrières, fabriquées par des amateurs qui mesurent mal la violence de leur ressentiment. Cette bombe artisanale fit un mort et une vingtaine de blessés. Mon père n'était toujours pas en vue. Ma mère était en larmes, les passants curieux, les gardiens de la Révolution à l'œuvre, et les yeux secs je cherchais mon père. Il est apparu derrière nous. Il était vivant et entier. Je n'ai jamais eu tant envie de quitter Téhéran et les barbus que lorsque j'ai retrouvé la main moite et le visage impénétrable de mon père. Ma mère séchait ses larmes et mon père nous proposa d'essayer de trouver des bananes au marché noir – depuis le début de la guerre, il y avait pénurie de bananes – et c'était peut-être la meilleure conclusion à cette peur qui nous avait étreints que d'espérer trouver des bananes introuvables. C'était la fragilité de Téhéran, la fumée des incendies pour un oui pour un non, les regards furtifs et le sentiment général du danger imminent que j'avais envie de quitter et qui m'accaparaient tant que je ne voulais plus me mettre nue.

Il y eut encore des fêtes mais les rires s'étaient tus. Je savais que quelque chose se brisait dans la vie de mes parents et que j'en étais confusément responsable. Je ne savais pas me tenir sous les barbus et, parce que mon père avait choisi et que mes tantes étaient déjà à Paris, nous devions partir. Encore aujourd'hui, si je me pardonne sans hésitation d'avoir fait courir les corbeaux et d'avoir dit à haute voix la vraie vie que je menais à l'intérieur, j'ai toujours beaucoup de mal à me pardonner d'avoir précipité mes parents dans l'exil. Certainement, ils seraient partis de toute façon. Peut-être. Mais déjà petite, j'entendais mes parents parler – toujours planquée dans le couloir – et ils répétaient souvent en hochant la tête que je n'étais pas tout à fait iranienne. Il y avait quelque chose en moi qui avait échappé à mon environnement. Il arrive parfois que les enfants croient assez à leur enfance pour la poursuivre une fois adultes.

La femme-corbeau qui m'avait coupé les ongles jusqu'au sang était sur le front comme infirmière. Elle était partie le lendemain de la mobilisation générale. Tous les jours, dans la cour de l'école, avant la prière quotidienne, son nom était aboyé dans la liste des combattants glorieux contre les moustachus irakiens. Un matin, son nom est passé dans l'autre liste, celle des glorieux martyrs tombés pour que vivent la foi, la Révolution, l'ayatollah Khomeiny. Il n'y avait même plus d'ennemis à combattre. Ils tombaient tout seuls. La veille de notre départ de Téhéran, il ne restait plus beaucoup d'amis, c'était triste et vide. Il était vraiment temps de partir.

Mon enfance, c'était peut-être du sang et des larmes, mais ce fut surtout un apprentissage de la liberté. C'est dans mon enfance que j'ai appris qu'il n'y avait pas grand-chose à faire quand on était enfermé. Il fallait se libérer. Il est impossible de négocier sa liberté. On la choisit et on la prend. N'avoir jamais connu la peur – qui est venue plus tard et qui a été assez traumatisante pour chercher d'autres armes plus affûtées – face aux barbus et aux corbeaux m'a sauvée du plus grand des dangers : mettre l'ennemi sur un piédestal. Khomeiny n'était qu'un ogre, sorti des pires contes enfantins. Il fallait pour le faire fuir brandir son tube de rouge à lèvres.

Paris, 2013

Peut-être que la guerre m'avait davantage marquée que je ne le disais. Peut-être que j'avais encore peur des enfants-soldats en morceaux. Car si j'avais refusé – en le décrétant impossible – le lien entre les enfants en morceaux et la mort, c'était tout de même demeuré un souvenir assez fort pour que les sensations qui y sont liées me reviennent instantanément. Et entre-temps, j'avais appris qu'il était possible pour un corps – même celui d'un enfant – d'être en morceaux. J'étais une enfant dotée de beaucoup d'imagination – par chance et par incitation parentale – et j'étais de surcroît une solitaire – l'ingrédient qui préside à l'élaboration de tout univers intérieur solide. En me racontant des histoires, je fondais un monde où les corps des hommes demeuraient entiers. Je ne voulais pas seulement grandir, je voulais comprendre, sentir et même oublier. Peut-être que j'avais besoin de mettre un peu de couleur sur mon enfance et que cela n'était possible qu'en appréciant des traits particuliers de ma culture d'origine.

Il m'a fallu attendre mes vingt-huit ans pour enfin donner un sens à ce dialogue murmuré entre mes parents et comprendre qu'il m'avait imprégnée davantage que je ne me l'étais jamais avoué. La preuve était qu'il me manquait quelque chose pour comprendre, et je ne le sus qu'en découvrant *Le Tazieh* et ce ne fut possible qu'à Paris, grâce à la programmation du théâtre de la Bastille, friande des œuvres ethnico-culturello-inattendues. Autant dire que *Le Tazieh* d'Abbas Kiarostami remplissait parfaitement le cahier des charges. J'y suis allée avec mon père et un premier – et unique – ami iranien à Paris qui m'aimait et que je n'ai jamais réussi à désirer parce qu'il était iranien et que rien n'avait été totalement réglé avec Khomeiny.

Le Tazieh, c'est l'*Iliade* et l'*Odyssée* des chiites, la naissance mythologique du martyr Hussein, le fils d'Ali, le petit-fils de Mahomet et troisième des imams. *Le Tazieh* – très long, très mélodramatique, très larmoyant – se situe lors de l'ultime bataille de Kerbala lorsque le *fils de* fut tué dans des conditions atroces par ceux qui deviendraient les sunnites, après avoir erré dans le désert durant dix jours avec son armée en déroute. Le dispositif mis en place par Kiarostami tient du génie car il permet une simultanéité de l'action (la pièce) et de la réaction (les spectateurs) : trois écrans vous font face ; à gauche et à droite, sur deux grands écrans en noir et blanc, les spectateurs du *Tazieh*, femmes d'un côté, hommes de l'autre – évidemment depuis la Révolution les hommes et les femmes sont séparés dans les gradins – et au milieu, un petit écran où en couleur se déroule *Le Tazieh*. Le dispositif permet de suivre en direct, sur les visages et sur les corps des spectateurs, les émotions qui les étreignent tout au long du spectacle. Ils mangent, ils s'interpellent, ils souffrent, ils boivent du thé, ils pleurent, ils crient, ils boivent du thé, ils s'abandonnent. Hommes comme femmes – enfants des mêmes catégories – pleurent, gémissent et se frappent le torse et la tête avec passion aux instants les plus aigus de la tragédie du *fils de*. C'était poignant. Je n'ai peut-être jamais aussi bien compris l'Iran et j'ai remercié l'art – encore une fois – de nous faire toucher la vérité avec tant de force.

Tout ce simulacre de malheur, de cris stridents, de gestes grandiloquents qui m'insupportaient chez les Iraniens, prenait son sens dans cette salle volontairement cool d'un théâtre branché parisien, par la mise en scène d'un cinéaste iranien de festival européen qui livrait peut-être là, la part la plus juste de toute son œuvre. Sans déconner : être élevé là-dedans, dans toute cette mélasse de mauvais sentiments, de sacrifices inutiles – qui se payent comptant au paradis –, cette mascarade de la mort devenue la vie, cette jouissance face à l'agonie, cette joie dans la perte... Merde ! Comme les Iraniens ont besoin d'être aimés ! Et comme ils souffrent dans leurs corps. Comme si le corps ne pouvait cesser d'être un poids que dans la mort. C'est poétique d'accord mais que c'est lourd ! *Le Tazieh* de Kiarostami ne me parlait pas seulement des enfants martyrs mais aussi du corps. Le corps dans *Le Tazieh*, c'est le souvenir du premier des martyrs qui vous condamne à vivre le corps dans l'horreur. Dans le drame d'Hussein qui fonde le chiisme, il y a le corps en souffrance pendant dix jours dans le désert, sans eau, sans espoir, puis c'est la capture et le carnage et enfin, la décapitation. Mais ce n'est pas tout, il y a encore la veuve d'Hussein et ses enfants qui doivent subir le sadisme de Yazid – l'imam omeyyade victorieux – sur les restes de leur mari et père. C'est cette atteinte insupportable au corps, réceptacle de toutes les souffrances, qui fonde le chiisme. C'est pour ne jamais oublier ce corps martyrisé que chaque année, durant les dix premiers jours du mois de muharram, les Iraniens revivent les souffrances d'Hussein au cours d'interminables processions où les corps sont soumis à l'autoflagellation et *Le Tazieh* en est le point d'orgue. Il n'est pas non plus anodin que les spectateurs du *Tazieh*, captivés et couverts – par le voile et les chemises longues, ne rendant visibles que les visages et les mains –, réagissent si physiquement au drame qu'ils connaissent par cœur : les mains se lèvent par mimétisme et atteignent là, la tête, là, le torse. Et plus la fin approche et plus les larmes sont bruyantes. Les spectateurs sont parfaitement unis dans la célébration de la souffrance du corps. C'est glaçant de ferveur. Ce que j'y ai vu, c'est pourquoi on couvrait ce corps : il avait perdu la guerre un jour d'octobre 680 et il était puni depuis. Si le corps d'Hussein, petit-fils de Mahomet, l'avait trahi, que dire du nôtre ? Autant accepter qu'il ne soit qu'un (sale) problème du temps du vivant, jusqu'à la délivrance dans la mort, ou mieux dans le martyr.

Et pourtant, *Le Tazieh* est la seule forme d'art dramatique avec livret de tout l'islam. Il est fascinant et riche, mystique et profond. Car le martyr a aussi accouché de la mystique de l'islam – qui n'existe pas chez les sunnites. Les soufis – la forme la plus aboutie du mysticisme – sont pleins de magie, de croyance ambiguë, de messie, de révélation absurde, de conte ironique, de rire, de danse et de musique. La face claire de la force obscure en quelque sorte. Le meilleur et le pire d'un même venin. Depuis *Le Tazieh*, j'ai si bien appris la différence entre la foi et la culture que j'ai pu de nouveau m'intéresser à ma culture d'origine sans craindre que Khomeiny ne me saute à la gorge au détour d'une anodine page de roman.

Paris, 1985-1986

Il y eut le départ au petit matin et les adieux. Il ne fallait pas trop en faire, nous faisions mine de partir en vacances – il ne fallait pas se faire remarquer comme traîtres, ne pas faire voir que nous partions pour de bon. Et ce fut le vrai départ. Et pendant le voyage vint le moment étrange, irréel, où l'hôtesse annonça que l'alcool était autorisé et que les foulards pouvaient être retirés. C'était fini. Aussi simple que ça. Nous ne survolions plus l'espace aérien iranien. Il n'y avait plus rien à ajouter. C'était fini comme cela avait commencé. D'une voix neutre. Avec une phrase anodine.

La famille se recomposa et, si tout le monde était soulagé d'être en sécurité à Paris, personne n'était dupe. L'appartement de mes tantes était petit et les illusions enfouies sous les barbes mal taillées. Je sentais que tout allait s'effondrer mais je n'ai pas eu le temps de m'y attarder. La télévision était allumée et Madonna se déhanchait, les seins débordant d'un bustier noir. Elle vous regardait droit dans les yeux et rien ne pouvait la faire cesser. Elle était femme, elle était torride et elle était forte. Je n'arrivais pas à détacher son corps de sa force. Après plus d'un an de barbus en prêche sur l'écran noir, Madonna m'a bouleversée au plus haut point. Je n'avais jamais vu ça. Elle était le corps qui allait avec la voix qui avait annoncé la fin du foulard. Madonna m'a offert une arme : la fierté. Il ne s'agissait plus de se mettre nue, il s'agissait d'être fière d'être une femme – même avec des vêtements. J'allais adorer Madonna pendant longtemps. Je me foutais d'assister à ses concerts ou d'acheter ses disques, je n'étais pas fan. Non, j'aimais ses vidéo-clips, ses arrestations et ses crucifix. J'aimais les provocations – puériles et faciles peut-être mais provocations quand même – qu'elle balançait au visage de la pudibonderie. Chaque fois qu'elle apparaissait, des barbus frissonnaient. C'était l'héroïne de mes huit ans. Il lui avait suffi de danser pour exister sans honte. Comme ils avaient l'air ridicule ceux qui levaient les bras pour lui jeter des pierres et qui s'immobilisaient parce que, enfin, elle n'était qu'une chanteuse pop. Mais elle était visible. Et de loin.

Ce qui se passe quand vous avez été une petite fille qui préférait la nudité à la tenue réglementaire de la République islamique d'Iran et qui soudain se retrouve à Paris, où il n'y a plus besoin de retirer un quelconque foulard, c'est que vous êtes perdue. Il ne me restait plus de munitions en réserve. Il n'y avait rien à combattre. C'était l'ennui. Mais Madonna était là. Elle était là pour donner du grain à moudre après que j'ai découvert qu'il existait des femmes, à Paris, en France, qui portaient volontairement le foulard.

C'était dans le métro et j'ai serré si fort la main de ma mère qu'elle en a gardé un bleu une longue semaine. J'étais en panique. Ce foulard-là n'avait rien à faire là. Qu'est-ce qu'un corbeau fait dans le métro parisien ? Est-ce qu'elle me suit ? Est-ce qu'elle n'a pas le choix ? Mais enfin ! Qui, en France, à Paris, pourrait

Alors, j'ai tapissé les murs de ma chambre de corps de femmes. Dès qu'il y avait un bout de corps qui apparaissait dans un magazine, dans un beau livre, qu'importe ! je déchirais la page et elle couvrait le mur. À défaut de montrer mon cul – cela n'avait plus aucun intérêt – j'affichais des nus sur mes murs. Je me souviens des mères qui venaient récupérer leurs enfants à la maison – enfants qui avaient encore des affiches de chevaux inoffensifs sur leurs murs. Elles faisaient les gros yeux quand elles entraient dans ma chambre. Elles cherchaient le regard de ma mère, quémandant une explication et ma mère faisait l'Orientale, autrement dit *comme si de rien n'était*, pensant sincèrement détourner l'attention par un charmant : « Vous prendrez bien une tasse de thé ? » et surtout éloigner les mères de moi, car ma bouche était déjà grande ouverte et je cherchais à donner la bonne explication : « C'est comme l'ail avec les vampires : ça fait fuir les barbus. » Je ne sais pas si c'était clair pour elles. La plupart ne m'ont jamais répondu. Elles n'arrivaient pas même à rire pour cacher leur gêne. Elles me trouvaient juste étrange. Une seule mère a eu une réaction différente. A eu une réaction tout court, d'ailleurs. Elle avait vécu en Algérie et en Syrie avec un mari brésilien dans les affaires. Elle avait épousé un Français en secondes noces et était libérée dans le sens où cela se voit. Elle était remarquable. Avec ses bijoux, sa blondeur de bon goût et une tendance à dévoiler ses belles jambes. Elle m'avait regardée dans les yeux, puis avait posé sa main sur ma tête avant de m'ébouriffer les cheveux en soupirant à haute voix : « Pauvre petite ! »

Elle avait tort. Elle n'avait rien compris du tout. Elle me croyait traumatisée par la guerre et les hommes, forcer une femme à se couvrir la tête ? Il n'y a que des putes à Paris ! Il y a des cheveux découverts, des filles et des garçons assis côte à côte dans des cafés et des jupes courtes et il y a Madonna qui lance le rappel ! Riez, mais pas trop. Je n'avais que huit ans et je venais à Paris avec une promesse : il n'y a ni corbeaux ni barbus. Il y a des hommes et des femmes et des enfants et personne ne m'en voudra jamais plus d'être une femme. C'est avec cette promesse vissée au cœur que j'ai croisé mon premier corbeau parisien. C'était violent. Je n'avais rien gagné du tout. J'étais trahie. Mon père m'avait menti. C'était comme si la femme-corbeau maître *es* morale de la cour de récré qui était morte sous les bombes, sur le front, s'était réincarnée. Elle était là avec son manque pathologique de sourire et ses rides d'amertume alors qu'elle n'avait pas trente ans. Elle sera encore là, plus tard, dans une autre cour de récréation et elle aura seulement douze ans. Et encore plus tard, dans la salle d'attente d'un hôpital, réclamant de se faire ausculter par une femme médecin. Et encore plus tard, sur l'écran de télévision, sous les traits de mères de famille, à la sortie d'un tribunal, hurlant à la mort que leurs fils étaient innocents et qu'ils n'avaient violé personne, parce que personne était une fille et que c'était une pute. Et bien sûr, la femme-corbeau réincarnée a jeté son regard lourd de reproche, plein de mépris vers ma mère et mes tantes. Elles étaient trop colorées, trop déshabillées, et par conséquent, elles étaient volontairement offertes à la concupiscence généralisée sous le regard de ma première femme-corbeau du métro parisien. Rien n'était changé. Il y aurait toujours une femme-corbeau dans ma vie.

elle rajoutait : j'ai connu ce *genre-là*, *là-bas*. L'Algérie et la Syrie n'ont pas beaucoup à voir avec l'Iran, mais enfin, voyez-vous ? c'est un peu la même chose, non ? Et voilà. Elle savait. Elle n'est plus venue chercher sa fille dans ma chambre aux murs tapissés de nus. Elle n'avait plus le droit de me fréquenter. Et puis elle est partie avec son second mari et sa fille pour la Californie. Elle n'avait rien compris à rien. Elle avait vécu au Brésil, en Algérie et en Syrie. Elle n'avait fait qu'y transporter ses certitudes. Elle n'avait rien appris, rien réfléchi, rien observé. Je me demande ce qu'elle aurait pu dire en voyant mon père m'offrir un exemplaire original de *Thérèse philosophe* pour l'anniversaire de mes dix-huit ans. Elle aurait alerté les services sociaux. Une conne remarquable.

Mais chaque fois que nous recevions des amis iraniens, il fallait changer de costume et changer de décor. Il fallait recouvrir les murs de ma chambre, et il fallait mettre une robe qui n'avait rien à voir avec moi. Et ne pas dire que je voulais écrire. Surtout pas ! Il fallait aimer les paysages pastel et porter une robe à nœud rose et vouloir être médecin ou ingénieur. Pour préserver la *réputation*. Qui n'a de sens que parmi une vague communauté iranienne que nous fréquentions à peine, et de moins en moins avec les années, et plus du tout aujourd'hui. En quoi mon goût pour la robe noire et mes désirs d'écriture pouvaient me transformer en pute aux yeux des Iraniens, je ne le saisis pas encore tout à fait bien, mais ce lien semblait tout à fait logique pour ma mère. Que *ma* réputation *à Téhéran* puisse importer à ma mère *à Paris*, est une équation que je ne peux résoudre. L'œil ne connaît pas de frontières. C'est alors que j'avais seulement trouvé le bon remède contre les barbus. Elle a dit plus tard à ma mère qu'elle comprenait les raisons *profondes* de mon homosexualité précoce. L'homme devait me dégoûter *profondément* car j'avais dû voir des choses terribles. Peut-être même que mon père... Là, ma mère a décroché. Elle ne maîtrisait pas le français et se demandait franchement pourquoi sa fille était homosexuelle à cause de son mari qui, lui, avait un problème avec les femmes. Ma mère est toujours très pudique face aux choses du sexe. L'imaginer face à une imposante blonde au parlé parfait, rythmé par les seuls mots qu'elle saisissait – à savoir : homosexuelle, mari, sexe et fille – me procure toujours beaucoup de joie. Ma mère nous raconta plus tard qu'elle avait d'abord pensé que la blonde lui annonçait son homosexualité, ensuite qu'elle couchait avec son mari et avec une autre femme – en même temps – puis qu'elle pensait que mon père était homosexuel, et enfin que j'étais homosexuelle. C'est à ce moment-là qu'elle lui a proposé de boire un autre thé, avec un sourire si innocent et si franc, que la remarquable mère de famille comprit que ma mère la congédiait. Cette mère de famille convaincue – atteinte de la maladie incurable de la curiosité – avait fini par rencontrer mon père. Il lui avait expliqué que je n'étais ni homosexuelle, ni précoce, ni traumatisée par les hommes. J'avais juste besoin d'user de la liberté d'expression que m'offrait l'exil. J'avais vécu entourée de femmes emmurées dans leurs tissus, et là je célébrais la beauté du corps féminin retrouvé. Je crois que la femme remarquable avait vraiment trouvé tout le monde très bizarre. C'est ce qu'elle disait depuis sa conversation avec mon père : bizarre cette famille. Et certainement dans cette bouillie de contradictions, qui couvrent la nécessité de soutenir la réputation, que se niche la maladie du voile qui n'est que la face visible d'une liberté rendue impossible. Bien entendu, comme je refusais absolument le voile, j'ai refusé absolument le nœud rose et les paysages mièvres. J'ai juré de me mettre nue, à nouveau, si ma mère me forçait à poser – encore – un voile sur ma vie. Je lui ai promis de ne pas dire que je voulais écrire, mais que je voulais devenir directement une pute, pour clarifier les choses tout de suite. Et que de toute façon, c'était pareil : les écrivains et les putes sont payés pour faire bander. Et rien ne fait davantage bander que l'imagination. Ma mère a capitulé devant la violence de mes mots. Ma mère savait confusément que j'étais libre grâce aux mots. Mais ces mots-là étaient coincés dans sa gorge.

Madonna est formidablement revigorante pour une enfant de huit ans qui débarque d'une ville enfoulardée. Mais j'étais – comme tous les exilés – dans une nécessité de comprendre où j'avais bien pu atterrir. En somme, il me fallait tomber amoureuse de la France pour devenir française. Et mon père me fit apprendre le français en ouvrant devant moi *Les Misérables*. Ce n'était pas exactement une lecture, plutôt une étude ardue, mot par mot, phrase par phrase. Mais c'était bien joué de la part de mon père. J'aimais déjà les mots en persan, j'allais adorer les mots en français. La mélodie de la langue française allait s'imprimer en moi, jour après jour, et j'allais comprendre, même lentement, même difficilement, que ce qui se joue dans une histoire, c'est être impatient d'en découvrir la suite. Pour suivre les aventures de Jean Valjean, j'ai appris la mélodie de la langue très vite. C'est une évidence de dire que Victor Hugo est un grand écrivain. Et s'il est un écrivain génial, c'est qu'il a su raconter, mieux que personne, tout l'éventail des réactions humaines. Un Chinois, un Iranien, un Péruvien ou un Anglais se reconnaissent aisément dans ses personnages. Ils se foutent du décor : ils se voient vivre et réagir. Et ils veulent connaître leur propre dénouement, alors ils tournent les mêmes pages avec la même fébrilité. Le seul moyen – accessible à tous – d'apprendre à vivre dans un nouveau pays, dans une nouvelle culture, c'est de s'approprier ses mots. Je ne crois pas qu'on puisse être heureux dans un pays dont on ne partage pas la langue. Je dois à Victor Hugo mon amour de la langue française. Il fut aussi mon passeport vers la vraie vie qui venait enfin de frapper à ma porte. Ouvertement. Il n'était plus question de se cacher.

Si j'ai mis de longs mois à prononcer « grenouille », les mots se sont enchaînés très vite et soudain, je pensais en français. Encore trois ans et je n'allais plus rêver qu'en français. J'ai très vite perdu ma langue maternelle. La faute à Hugo, certainement. Mais surtout à Khomeiny. Le persan était trop lié à Téhéran et aux barbus, et mes parents ne cessaient de me répéter – pour se convaincre – que nous n'allions plus jamais rentrer à Téhéran et qu'il fallait que j'apprenne la France par cœur. Il m'a fallu beaucoup de temps pour retrouver de la beauté à ma langue maternelle, mais je n'ai plus jamais été capable de lire et d'écrire en persan.

La littérature française m'a sauvée de l'isolement. Je me constituais une nouvelle mémoire. Et cette mémoire était censée me défendre contre tous les barbus du monde. Si Madonna fut le corps, les mots firent le reste.

Ce furent, après Hugo, d'autres romanciers qui m'ont tenu la main pendant que j'apprenais. Le corps des femmes n'était plus un problème. Rien ne devait être dissimulé. Je jubilais de voir Madonna se faire arrêter à la sortie des concerts, le sourire aux lèvres, consciente d'avoir gagné quoi qu'il arrive. Et je lisais pour ne pas être qu'une provocation. Les mots des autres m'ont soignée. Pourtant, il m'était difficile de me retrouver dans la peau des héroïnes. Thérèse Raquin n'était pas exactement un exemple à suivre et Emma Bovary pas plus que Gervaise ou Rachel ne résonnait en moi comme les héros que j'adorais : les Rubempré, les Sorel, les Duroy. Et les premières héroïnes françaises que j'avais connues étaient Fantine et Cosette... Autant dire que je jouais davantage à être Jean Valjean. J'avais envie de conquérir le monde – ou du moins Paris – et certainement pas de me marier avec qui que ce soit ! Pourtant, les femmes me manquaient. Je n'avais pas encore rencontré la Merteuil. Mais je ne doutais plus de la puissance de la littérature. Et des héros de romans.

Il n'est pas étonnant que le premier exposé que j'aie demandé à faire, en classe de CM2, se soit intitulé « les reines de France ». Mon père fut convoqué : il n'y avait pas de documents *à mon niveau* pour que je puisse faire mon exposé. Mon père s'est proposé de m'aider à faire le tri dans la documentation pour adultes mais l'instituteur – dubitatif devant l'accent féroce de mon père – préférait que je choisisse un sujet dans sa liste. Tout était pris et j'ai hérité de celui sur la reproduction. Sans rire. Je me revois encore, traumatisant mes camarades de classe avec les étapes de l'accouchement. Mes parents aimaient le travail bien fait. Ils m'avaient fait photocopier – en couleur s'il vous plaît – les étapes précises d'un accouchement. Les images étaient dans un livre de la bibliothèque pour les 8-12 ans. À mon niveau. J'ai gardé le dossier cartonné de ce premier travail. C'était effectivement… dégoûtant. Je n'ai pas d'autres mots et je me revois debout devant mes camarades, confuse mais sérieuse, élevant haut la voix – comme je m'étais entraînée à le faire –, récitant par cœur ce que j'avais mis tant de jours à rédiger – dans mon français encore approximatif –, leur pointant – à l'aide d'une règle – les étapes progressives et colorées de la dilatation à l'expulsion. L'instituteur n'était pas plus à l'aise que ses élèves, il ne m'avait pas imaginée travaillant – en six images d'un réalisme éprouvant – avec une telle précision. Il regrettait amèrement mes reines de France.

Et moi, je continuais de découvrir que s'il y avait encore des corbeaux à mes trousses, il n'y avait pas tant de femmes que ça non plus pour m'aider à les combattre. Je m'attendais à étudier des femmes. Je voulais des exemples. Dans les livres et dans l'Histoire. Le chapitre en fin de manuel scolaire qui rassemble l'histoire des femmes – toutes époques confondues – je l'avais tant lu que je le connaissais par cœur. J'enrageais de voir qu'*ici* aussi les femmes étaient cachées.

J'ai retrouvé un pseudo-journal intime de l'année de mes dix ans, où j'écrivais que je voulais être Madonna ET Émile Zola. Jusqu'à l'âge de treize ans, je suis restée persuadée que *Émile* Zola était une femme. Émile sonnait trop comme Émilie à mes oreilles néophytes. Mais il n'est certainement pas innocent que j'aie transformé Zola en femme. J'en avais sacrément besoin.

Paris, 2013

Les petites filles manquent de référent féminin solide. C'est l'une des raisons pour laquelle on s'emmerdait tellement ensemble, les filles et moi. Il est inutile de tergiverser avec des lois et des parades : il est plus difficile pour une fille de se projeter en Napoléon que pour un garçon. Nous débattons, aujourd'hui en Occident, pour savoir s'il est discriminatoire ou non de différencier les femmes mariées et les autres. Et il est soudain décidé que oui – à la suite d'un débat surréaliste – et le terme « mademoiselle » disparaît des documents administratifs. C'est déjà hallucinant de prendre en compte un postulat qui fait du statut matrimonial des femmes une discrimination, car mariée ou célibataire, le statut des femmes les condamne. Pour certains, c'est mademoiselle qui est discriminatoire, pour d'autres madame. Et les filles continuent de faire les magasins le samedi et les garçons regardent le foot. C'est navrant. La loi instaure la parité, et tous s'étonnent que les femmes ne fassent pas la queue pour se présenter sur les listes électorales.

Et pourtant, il suffirait de peu : donner une autre place aux femmes dans les manuels scolaires. Si les femmes sont présentes dans l'Histoire, elles ne se retrouvent pas dans les manuels censés former de futurs citoyens. Comment une petite fille aurait-elle envie de faire de la politique quand elle sera grande, si elle n'a jamais côtoyé de modèles historiques ? Serait-ce si malsain d'introduire Olympe de Gouges, Madeleine Pelletier ou Ninon de Lenclos dans les manuels scolaires ? Est-ce que Simone de Beauvoir et Marie Curie doivent rester d'uniques références quand il s'agit de parler à des écoliers des «femmes célèbres» ? Est-ce qu'il n'existe pas d'autres femmes qui peuvent officier à leurs côtés pour élever le niveau de mixité des chérubins ? Bien sûr qu'elles existent et qu'elles sont des femmes puissantes ! Marguerite Durand, Jane Dieulafoy, Mary Wollstonecraft, Hannah Arendt, Alexandra David-Néel, Berty Albrecht et Madame du Châtelet, mais aussi toutes les autres, Marie de Régnier, Laura de Noailles, Carson McCullers, Mary Shelley, Gerda Taro, Germaine Tillion, Madame d'Épinay, Alexandra Kollontaï. Et j'en oublie : Aliénor d'Aquitaine, Marie de Médicis, Anne d'Autriche, Catherine II, Diane de Poitiers, la reine Christine, etc. Parce que sérieusement, il y en a marre : mis à part Lucie Aubrac – mise en avant surtout pour sa démarche si follement romantique de sauver *son mari* des griffes de la Gestapo – et qui a l'honneur d'être une résistante reconnue par le public, elles sont où toutes les autres ? Seules des femmes rassurantes, aimantes et douces sont autorisées à entrer dans la mémoire collective. Une Hubertine Auclert à qui nous devons la première grève de l'impôt, lancée avec le slogan «je ne vote pas, je ne paye pas», *pique*. Sa logique, sa combativité et sa colère détonnent dans le paysage historique enseigné à l'école de la République qui préfère Madame Roland ou Julie Récamier, vaguement étudiées pour leurs salons et leurs fréquentations célèbres. Et ce, bien que ses contemporains aient caricaturé Madame Roland sous les traits du réel ministre de l'Intérieur – la fonction officielle de son mari. Mais là encore, ce qui est enseigné se résume à : « Madame Roland, muse des Girondins. » Où étudie-t-on ses textes politiques ? Fanny Blankers-Koen, athlète néerlandaise, seize records du monde dans huit épreuves différentes – excusez du peu – et qui avait la malchance d'être mariée et mère de deux enfants, est devenue une célébrité sous le surnom de « ménagère volante »... C'est quand même un peu fou, tout cet effort d'imagination, pour ne jamais faire oublier qu'une femme – même une championne olympique – demeure une ménagère avant tout ! Même quand elles sont là, elles sont tronquées de leurs réels pouvoirs et influences. Les femmes posent joliment dans des pages censées raconter la Révolution française et il est difficile de les imaginer prenant part aux affaires du pays. C'est le contenu des manuels scolaires qui doit être considéré comme discriminatoire envers les femmes, et non leurs statuts matrimoniaux !

Dans tous les domaines – selon la formule consacrée – il existe des femmes qui peuvent être des modèles, des exemples et des voies à suivre pour des petites filles qui ne parviennent pas à se projeter en Danton ou en de Gaulle. Comment des femmes peuvent-elles sérieusement croire que sans éducation ni culture il est possible d'espérer davantage de femmes politiques ? Comment fait-on pour désirer posséder du pouvoir, exercer une autorité quelconque, lorsque rien de rien, dans notre environnement culturel et éducatif, ne nous y invite ?

Les néo-féministes font voter des lois pour protéger les femmes du harcèlement sexuel – qui ne les victimisent que davantage – et oublient qu'il suffit d'être assez sûre de soi, assez consciente de sa féminité, pour envoyer un genou dans les couilles de l'assaillant. Attention ! je ne dis pas que les femmes victimes de harceleurs compulsifs, de violeurs minables – les violeurs sont toujours des minables – et de brutes épaisses n'existent pas, ou ne méritent pas notre compassion. Elles sont des victimes. Mais légiférer seulement, en se lavant les mains devant l'éducation et la culture qui sont les clefs de tout, ne sert à rien. Les hommes continueront de se coller à leurs secrétaires dans l'ascenseur pour leur caresser les fesses, et les femmes continueront d'hésiter avant d'alerter la hiérarchie et en feront une dépression, avant d'aboutir au procès – si elles aboutissent au procès. Une femme qui est aussi fière de sa féminité qu'un homme peut l'être de sa virilité, ne permettra jamais à un homme de la harceler – aussi haut placé soit-il dans une quelconque hiérarchie. La liberté, cela s'apprend. Et l'autonomie aussi.

Paris, 1985-1988

Il ne serait pas juste de réduire mes premières années parisiennes, entre huit et douze ans, à une batterie de livres lus et à une langue inconnue se transformant en unique moyen d'expression. Il y avait quelque chose dans l'air dont je ressens encore fortement le souvenir. C'était lié au son : c'était cotonneux. Je ne comprenais ni ce qui se disait dans la rue, ni ce qui se disait à la télévision. Au début, je ne savais que lire.

Ce n'était pas désagréable, cela accentuait la bulle dans laquelle nous vivions, iraniens encore, pas tout à fait conscients de l'exil et de sa portée. De juin à septembre 1985, j'apprenais le français avec Victor Hugo et mon père, et les rues parisiennes avec ma mère, au gré des promenades à l'aveuglette. Je n'étais pas encore scolarisée, il y avait mes parents, mes tantes et oncles, mes petits cousins, des amis exilés de la famille et la télévision. Au début, j'ai aimé entendre sans comprendre et mieux imaginer. Et puis, c'est devenu rageant. Alors j'ai appris plus vite. Mais durant deux longues années, même après l'école, il y avait toujours ce quelque chose de pas net dans le son. Il me fallait être très concentrée pour retirer le filtre qui m'empêchait d'entendre clairement. C'était aussi à cette époque que ma myopie s'est déclarée. Mais j'étais dans une atmosphère sonore si imprécise, que j'ai mis du temps à remarquer que le regard s'était embué aussi.

Quand je tente de retrouver les contours nets de cette époque, tout est flou. Je me souviens de l'école, de ma classe «Clin» durant un an (des cours réservés aux enfants d'immigrés et où nous apprenions le français tout en tentant de rester au niveau du programme officiel, avant d'intégrer une *vraie* classe) et puis mon intégration en CM1 et le début de ma scolarité comme tous les autres petits Français. Je me souviens d'avoir reçu des prix pour mes succès en français, je me souviens de mon institutrice qui était venue dîner chez mes parents plusieurs fois. Je me souviens des jeux dans la cour avec des camarades qui ne comprenaient pas mes robes si bourgeoises dans un quartier populaire. Je me souviens de courir aussi vite que les garçons et des bagarres que je provoquais. J'avais tendance à jouer du poing quand je ne comprenais pas. Je me souviens qu'il y avait un autre Iranien dans l'école et que nos parents se fréquentaient et qu'il avait pour mission de me «protéger». Je me souviens qu'il avait pris beaucoup de coups qui m'étaient destinés – des années plus tard, je l'ai revu, étudiant en médecine, prétentieux et demeuré parfaitement iranien : il savait distinguer, et avec fierté, les putes des femmes qu'on épouse. Il en a épousé une qu'il fallait épouser et qui a un problème notable de communication : elle ne parle pas. Je me souviens d'avoir beaucoup rêvé et d'avoir commencé un roman – qui est encore dans un tiroir – rédigé sur la machine à écrire bleue que mon père m'avait offerte. J'avais repris tous les membres de ma famille et je leur avais offert un passé et un destin français. Je me souviens encore de la première phrase : « Je suis née le premier avril 1977 dans une famille vouée à l'échec » – j'avais déjà un sens certain de la dramaturgie. Il était une fois, six sœurs et un frère qui vivaient en Bretagne et que des événements dramatiques entraînent en exil... à Paris, après le décès de la grand-mère et la libération du frère de prison. Le frère qui était un régionaliste, bien sûr, et c'est pour ça qu'il était en prison. Son meilleur ami était un poète solitaire et incompris (mon père), qui tombait amoureux d'une des sœurs, la plus drôle et la plus garçonne (ma mère), qui l'épousait contre l'avis de tous sans jamais croire à son amour. L'intrigue était concentrée sur la découverte de Paris et sur la dislocation de la famille, racontée par Apolline, la narratrice de dix ans, qui était mon double francisé. Je me souviens que j'avais donné à Apolline les traits de caractère de Scarlett O'Hara, ma première héroïne de cinéma, qui était libre et indépendante et qui gagnait – de l'argent – toute seule, contre les autres femmes (surtout) et contre les hommes (un peu moins). Une emmerdeuse peut-être, mais amorale et isolée. Je me reconnaissais en elle au millimètre près.

J'ai des images, des souvenirs, mais tout ressemble à une photo floue. Il y a seulement les mots – ceux que je déchiffre dans les livres qui sont précisément définis, et ceux que j'écris. C'est dire combien je vivais à l'intérieur de ma tête. Il y avait par ailleurs trop de questions à poser et il devenait évident que les réponses n'étaient plus dans le camp des adultes. Ils ne savaient pas plus que moi comment manger des escargots. Il n'était pas seulement difficile de s'adapter, il était difficile de comprendre. Un événement aussi anodin que la fête des mères était la preuve que *nous n'étions pas encore dedans*. Nous ne le savions pas – peut-être qu'en 1985, la publicité n'était pas aussi hystérique et mes parents étaient aussi cotonneux que moi – et le lundi matin dans la cour de l'école, j'étais la seule à n'avoir offert ni parfum, ni torchon, ni jupe, ni théière à ma mère. Je suis rentrée à la maison, absolument désespérée, encore plus à l'écart que d'habitude, et je m'en suis ouverte, en larmes, à mon père. Après quelques minutes de réflexion, mon père m'a dit que c'était une fête instaurée par le maréchal Pétain, qui était l'ennemi du général de Gaulle, qui était notre héros (mon père avait onze ou douze ans lorsque de Gaulle effectua une visite d'État à Téhéran et s'en souvient parfaitement, faisant partie des écoliers saluant l'arrivée du Général). Je suis retournée à l'école l'humeur guerrière et j'ai insulté tous mes camarades : fascistes ! Traîtres ! Assassins ! Voilà comment on ne se fait pas d'amis, mais personne n'avait pensé à me le dire. Nous n'avons plus jamais fêté la fête des mères de Pétain, après que mes parents ont été convoqués pour la bagarre qui en avait résulté dans la cour de récréation.

Il y avait aussi un certain nombre de programmes télévisés comme « La Classe » et le « Collaricocoshow » qui furent les seuls vrais chocs culturels. Je partageais la consternation de ma famille devant cet humour français dit populaire. Je ne comprenais pas plus que je ne riais. Je trouvais ça con. Ou c'était parce que mon père trouvait ça con. Qu'importe, j'étais hermétique, je préférais le drame. Par contre, ce qui me heurtait et ce que je cherchais des yeux avec avidité, c'était les corps des femmes. Dans l'une et l'autre émissions, il y avait des femmes à poil. C'était l'heure de passer à table et des millions de Français étaient réunis devant le poste de télévision pour voir des femmes à poil. C'était absolument gratuit et c'était cela qui me choquait et me ravissait. Et suite à mon intérêt évident – les yeux écarquillés, la bouche entrouverte en une question que je n'ai jamais osé poser, le corps immobile presque crispé – mes parents décidèrent que je ne verrais plus ces corps de femmes nues. Et bien sûr, la gêne était telle de part et d'autre que je ne négociai pas. Mais au final, il était pire d'éteindre la télévision ou de m'envoyer dans ma chambre. Ces « corps gratuits » peuplaient mes nuits. Je ne comprenais pas et je n'osais pas demander : les deux mamelles du trauma. Les seins et les fesses des femmes étaient pourtant présents partout – entre autres sur les murs de ma chambre – mais si personne ne trouvait à redire quand mon père me faisait découvrir *Il était une fois en Amérique*, *Boccace 70* ou *Duel au soleil*, il était hors de question de me laisser voir les vidéo-clips de Mylène Farmer. Comme si le corps n'était visible – pour une enfant – que dans un contexte présumé intelligent. J'en ai conclu que tout le monde était aussi perdu que moi et que le corps des femmes n'avait pas fini de m'obséder, de me chercher, de m'abandonner, de me motiver, de m'inspirer. Et tout cela ne m'a pas aidée à me faire des amis, ni à nous comprendre avec mes parents qui flottaient de plus en plus.

Les livres étaient tout ce qu'il y avait de solide, tout le reste était mal défini, mal foutu, pas réel. J'étais comme coupée du vrai monde. Ce n'était plus tout à fait l'Iran mais ce n'était pas encore la France. Il était évident que nous avions tout à apprendre et que nous étions très seuls et que ma mère et ses sœurs n'allaient plus jamais s'aimer. Les éclats de voix allaient devenir quotidiens. Les membres de ma famille se parlaient de moins en moins et se criaient dessus de plus en plus. Je m'enfermais davantage mais je n'étais pas malheureuse. J'apprenais dans mon coin. Mais il est impossible de rester dans une bulle. Tout était trop brouillon depuis l'exil, tout était flottant. Et soudain, tout s'éclaira. Rien ne serait plus jamais flou. Ce fut le jour où mon grand-père maternel tenta de m'embrasser sur la bouche en me tenant le visage entre ses deux mains flétries. J'avais neuf ans et le réveil fut rapide, et toute mon éducation, toutes mes lectures, toutes mes peurs ont remonté le long de ma jambe, et mon genou a fini entre les siennes. Il est tombé vieillard pitoyable et désarticulé qui tenait son entrejambe entre ses mains tremblantes. Je me suis levée et j'ai quitté ma chambre, où il était censé faire une sieste et où j'étais venue chercher un livre. Je ne pouvais que chercher un livre. J'étais seule à la maison avec lui. Il n'a pas osé quitter ma chambre avant le retour de mes parents et de mes tantes.

Comment j'avais pensé à taper là où j'étais sûre de gagner, je n'en sais rien. Peut-être une image dans un film (je voyais beaucoup de films) ; peut-être que j'étais tout simplement une femme et qu'il n'était qu'un homme et que la nature ne pouvait diriger mon genou que contre ses couilles. Je ne sais pas d'où est venu ce réflexe, mais il m'a sauvée. Non seulement je ne me suis jamais sentie honteuse suite à l'accident, mais il n'a plus jamais cherché à croiser mon regard alors que je le toisais toujours de haut – c'était aussi habituellement une attitude de princesse en exil que j'avais adoptée. Je n'en ai parlé à personne sur le moment. J'ai bien pensé à mon père mais tout était déjà très compliqué et très bruyant. Et mon grand-père n'en avait plus pour longtemps. Et mes tantes ne m'auraient jamais crue. J'avais dans les vingt-cinq ans lorsque je me suis confiée à mon père. Il m'a dit que j'avais fait ce qu'il y avait de mieux à faire : me défendre et ne rien en dire. Il y avait un brin de fierté dans son sourire, mais le monstre pudeur a fait cesser la conversation là. Puis, il m'a raconté mon grand-père : qu'il avait voulu se remarier après le décès de ma grand-mère mais que ses filles l'en avaient empêché. Leur mère devait demeurer la seule à être passée dans son lit. Il en avait beaucoup souffert. Vers la fin de sa vie – durant la période où il m'avait prise pour cible – il jetait son dîner et ne dormait plus. Il devait penser aux femmes qu'il aurait pu épouser. Comment quelque chose d'aussi intime a pu se savoir, c'est que ses filles avaient l'habitude de fouiller ses poubelles. Ce n'était qu'une piètre consolation, mais cela allait dans mon sens : il avait un sacré problème avec son cul. J'ai raconté aussi l'anecdote à une de mes tantes, la plus jeune, celle que je sentais la plus proche. Je n'ai jamais su si elle m'avait crue. Et j'avoue que cela m'a toujours peu importé.

Mon grand-père est mort deux ans plus tard. Et ce fut l'occasion de voir ma mère et mes tantes ne s'épilant plus, ne se maquillant plus, ne souriant plus. Mais, par lassitude ou parce que Paris ne permettait pas ce genre de faute de goût, ou parce qu'il y avait trop d'autres problèmes, au bout de dix jours, tout rentra dans l'ordre. Il n'y eut plus que ma mère qui réussit à tenir le deuil un bon mois. Ma mère est une grande sacrifiée, c'est sa caractéristique et sa respiration. Elle ne vit que pour les autres. Ses sœurs et ses enfants d'abord.

Tous les autres inconnus ensuite. Pour nous *protéger*, la famille décida – contre l'avis de mon père, mais il était le seul à être de son avis – qu'il fallait cacher le décès du grand-père à tous les enfants – moi compris, nous avions entre cinq et onze ans. Les femmes étaient en noir – alors qu'elles abhorraient le noir – et pleuraient en découpant des courgettes ; les hommes arboraient des mines méditatives – ils se demandaient comment empocher le reste de l'argent – ; les enfants pleuraient en demandant pourquoi tout le monde était bizarre et mon père regardait cela en souriant dans sa moustache. Je m'étais approchée de lui et j'ai dit : « Il est mort. » Mon père a confirmé d'un hochement de tête. Depuis nous nous demandons comment un de mes cousins a fait pour ne pas le comprendre dès ce jour – il avait six ans – où la mort était si évidente. Jusqu'à aujourd'hui, il pense que son grand-père – centenaire au moins – est en voyage d'affaires. Vous me direz qu'il ne sait toujours pas que sa mère a eu un premier mari. La parole est rare dans ma famille. Dans cette branche-là, cela touche à l'absurde. Alors imaginez – moi, la grande gueule, qui se proclamait déjà « écrivain français » sans savoir écrire une phrase sans faute, débarquant au milieu de ce silence et déclarant : grand-père a essayé de m'embrasser avec la langue. Impossible. Même moi je l'avais compris.

Je m'en foutais : j'avais mis un homme à terre. Et grand-père ou pas, il n'existait plus de différence entre homme et femme. L'égalité absolue. Tu m'attaques, homme ou pas, je te démonte, femme ou pas. Rien ne me ferait plus quitter cette certitude. C'était la mise en pratique de tout ce qui s'était déroulé dans ma vie jusqu'à ce jour de juin. Et j'avais en plus l'impression de venger ma mère et ses sœurs. Car la présence de mon grand-père signifiait qu'elles allaient jouer aux prudes, qu'elles poseraient un châle sur leurs décolletés et qu'elles iraient fumer dans la cuisine. Ce qui était vraiment ridicule puisque l'appartement était doté d'un balcon traversant et que quelques minutes après leur disparition dans la cuisine, les volutes de fumée finissaient leur course dans les narines du grand-père. Tout le monde le voyait mais tout le monde faisait semblant. Je détestais ça. J'avais envie d'allumer une cigarette sous son nez. Et cette fois où il avait surpris deux de ses plus jeunes filles à une terrasse parisienne, cigarette à la main, sirotant un innocent monaco, ce fut un drame. Disproportionné. Et tout le monde s'évertua à boire de la limonade à la grenadine – à tous les déjeuners de famille – pour lui prouver qu'il n'y avait pas d'alcool dans sa composition. Je déteste la grenadine. Et en quoi cela avait-il de l'importance puisque tout le monde buvait du vin à table devant lui et lui le premier ? Eh bien, c'est que cela se passait à l'extérieur. Devant les autres. Ce ne serait décidément jamais fini. L'œil parisien semblait les émouvoir autant que celui qui sévissait en Iran. Mon genou dans ses couilles, c'était aussi pour venger ce *statu quo* stupide, qui maintenait ma mère et ses sœurs sous la domination morale d'un patriarche qui ne tournait plus rond dans sa tête depuis l'exil et qui avait pu imaginer qu'il pourrait assouvir un quelconque désir avec une petite fille de neuf ans. C'était l'Iran qui mourait d'un coup avec lui. Écrit comme ça, les choses semblent simples. Mais c'était dur. Il n'y avait plus de repères, j'avais mis à terre mon grand-père et je n'étais même pas culpabilisée. Je découvrais que j'étais seule, mais pas vraiment : il n'y avait que les livres et les livres n'étaient pas capables de trahison.

    Il était clair aussi que ma liberté – mon corps – était encore sujet à débat entre mes parents. Il était question de la longueur de jupe que je pouvais porter à l'école, des boucles d'oreilles jaunes, de la robe décolletée dans le dos que ma mère m'avait offerte, des goûters d'anniversaire de garçons et ceux de filles, du transparent à lèvres et de l'éventualité d'aller à la bibliothèque municipale, seule. Mais comme la guerre était déclarée au sein de la famille, mon corps était aussi devenu l'enjeu des tensions familiales. Quand mes parents se disputaient, ma mère me faisait porter mon dos nu et quand tout allait bien, ma mère criait qu'il était hors de question que je sorte *comme ça*. Comme il avait été décidé que ma culture concernait mon père, mon corps intéressait ma mère et mes tantes. Elles me voulaient jolie – je ne l'étais vraiment plus entre douze et seize ans – et entendaient que je sois vêtue et coiffée selon leurs goûts. C'était un jeu de massacre : il n'y a rien de pire que d'habiller joliment une adolescente moche. Mon corps réclamait du noir et du discret et ma mère m'offrait des pulls roses qui me faisaient prendre vingt kilos et s'accordaient trop bien avec mes boutons d'acné. J'avais arrêté en arrivant en France la danse classique, la natation et l'équitation, ce qui eut pour conséquence directe de me faire prendre du poids. Rajoutons à cela que mon cycle menstruel se mit en marche alors que je n'avais que neuf ans et demi, imaginez seulement le résultat. J'avais des seins trop gros pour mon âge, de la pilosité précoce et des robes roses.

J'avais l'air d'avoir au moins quinze ans, avec un visage d'enfant et des robes de petite fille.

Mais le résultat était le même : je ne m'aimais pas et ce corps, qui n'était pas à moi, ne me convenait pas. J'avais tellement été nue que j'aimais mon corps de ce temps-là plus que tout autre. Au moment de devenir femme, je perdais le fil de mon corps. Je ne savais pas ce que c'était d'avoir ses règles. Quand je suis sortie des toilettes et que j'ai glissé à l'oreille de ma mère que j'avais une « diarrhée de sang », j'ai vu son regard sombrer. Elle s'est levée à la recherche de mon père qui – très sérieusement et scientifiquement – m'a tout expliqué. Ce n'était pas gênant, c'était flippant. Voilà, j'étais une femme. Autrement dit, je pouvais procréer. Super. Non, vraiment, j'étais abasourdie. Je venais à peine d'enlever mon foulard qu'on me collait des enfants probables dans le ventre. C'était n'importe quoi ! Une prison pour une autre, condamnée à être une femme. Et pas autre chose. Je me dis aujourd'hui que si mon grand-père avait embrassé les lèvres de l'adolescente boulotte que j'étais devenue, j'aurais été nettement plus traumatisée. Il aurait rajouté de la honte à la honte et le dégoût eût été trop grand à porter. Mais la petite fille que j'étais s'aimait vraiment et aimait son corps et n'avait jamais eu peur.

Je me souviens m'être dit que les femmes étaient cernées de toutes parts. Le coup pouvait venir autant de l'intérieur que de l'extérieur, qu'importe ! il y avait toujours quelque chose pour me différencier des hommes et me rappeler que j'étais une femme. Finalement, à Téhéran comme à Paris, j'étais une femme. Je me souviens m'être surtout inquiétée de savoir si *toutes* les femmes avaient leurs règles ou seulement les

Iraniennes. Ce fut le seul point sur lequel mon père parvint à me rassurer. Pour le reste, je devais me débrouiller avec ce corps qui débordait, et les barreaux de ma prison de plus en plus visibles.

Paris, février-mars 1989

1989 fut une grande année. Qui fut amorcée dès 88. Mais étrangement, je ne me souviens pas des prémices de l'affaire Rushdie. Comment ma mémoire si vive a-t-elle pu effacer l'apparition de Rushdie sur la place publique ? Peut-être qu'il fallait que Salman Rushdie gravite plus près de Khomeiny pour attirer mon attention. Il ne s'était passé que dix ans depuis la descente d'avion du « vieux en noir & blanc » et il était d'autant plus présent que je constatais ce qu'il avait fait – avec la dextérité d'un magicien noir – à ma famille. Dans l'exil, ma famille a disparu, car il n'y eut plus jamais de famille dans le sens d'un refuge. Il n'y eut plus jamais de solidarité, de générosité, et encore moins d'amour. Il ne s'agissait plus de préserver ce qui avait été péniblement sauvé – l'argent et un peu d'amour – mais de tout faire pour empocher le tout au détriment des autres. Des clans se sont formés, des mots affreux furent dits, des cris furent définitifs et l'oncle chéri, qui était presque le grand-père, regarda mon père dans les yeux, me montra du doigt – alors que j'étais devant la porte en partance pour l'école – et jura sur ma vie de lui apporter son chèque le lendemain. Mon père, qui avait encore du cœur et préférait la littérature au gain, signa. Il ne revit son argent que dix ans plus tard. Sans que jamais personne y fasse référence. Mon père attendait. Ma famille fuyait. Entre-temps, nous avons eu faim et personne n'est venu à notre secours. Et mes parents furent déchirés, se déchirèrent, se déchirent encore et ont payé au prix fort cette guerre à domicile fomentée par Khomeiny en personne. Il me paraît alors naturel de n'avoir connu Rushdie qu'en février 1989. Et dès lors, tout me semble précis. Je n'avais pas encore douze ans et le « vieux en noir & blanc » balançait sa *fatwa* contre Salman Rushdie. Puni de mort pour avoir mis des mots bout à bout. Ce qui s'est passé en moi, pour moi, c'est le passage des mots à la parole. La parole, c'était *Les Misérables* et Madonna qui avaient fait un enfant. Et c'était *Les Versets sataniques*.

Dès notre arrivée en France, le journal de 20 heures était un rituel obligatoire avant de dîner. Tant que la guerre se poursuivait dans le pays d'origine, mes parents étaient à fleur de peau et ils avaient besoin de se tenir au courant, de suivre les opérations, de se rassurer d'avoir fait le bon choix de l'exil. Et je m'installais avec eux, comme une grande, pour suivre les nouvelles du pays natal qui me touchaient de moins en moins. Après la guerre, l'habitude était restée. La *fatwa* lancée par Khomeiny ouvrit un soir le journal. Pour une fois, ce n'était pas la guerre. Ou si : c'était la guerre mais sous nos fenêtres. De nouveau. Mais nous ne le savions pas encore. Ma mère s'était mise à crier qu'elle n'en pouvait plus de Khomeiny qui lui collait la honte à Paris, pendant que je demandais en hurlant – pour couvrir la voix de ma mère – qui était *fatwa* et pourquoi il voulait tuer l'écrivain avec de drôles de sourcils. Mon père essayait de répondre à tout le monde et ma mère décrétait que lorsqu'on nous poserait la question, il faudrait dorénavant répondre que nous étions d'origine arménienne. Elle le fit dès le lendemain matin. Et je ne m'y fis jamais. Je continuais d'être d'origine iranienne et ma mère arménienne. Elle s'y est tenue jusqu'à ce que l'Iran soit plus respectable aux yeux de ses fréquentations – autrement dit le jour où, dans le film *Syriana*, George Clooney prononça quelques mots en farsi où il insultait un Arabe de ne pas connaître la langue persane. On ne saurait jamais assez remercier George Clooney, *Persepolis*, Shirin Ebadi, *Lire Lolita à Téhéran* et *Une séparation* qui ont rendu à ma mère sa véritable origine après des années d'exil en Arménie. Et moi, je continuais d'être iranienne d'origine pour bien faire comprendre que j'étais la plus légitime et la plus grande ennemie vivante de Khomeiny. J'étais encore une enfant dans le fond. J'avais beau ne plus jouer à la poupée et préférer lire et écrire, je continuais de croire que Khomeiny connaissait mon existence et que je devais me montrer à sa hauteur : être son ennemi absolu au quotidien. Exactement comme, avant même d'avoir lu un de ses romans, j'avais décidé que Salman Rushdie était mon nouveau meilleur ami. L'enfance a du bon, on s'y fait des amitiés tenaces et de qualité et des ennemis tout aussi coriaces. Qu'ils n'aient aucune idée de mon existence n'était pas envisageable pour l'enfant que je demeurais : l'un m'avait voilée, l'autre m'avait écrit une longue lettre – sous la forme d'un roman. C'était suffisant pour créer de véritables relations.

Ce que j'ai pu lire et comprendre à la première lecture du livre de Rushdie se résume simplement : pas grand-chose. Si j'avais vraiment fait l'effort de lire le livre, je n'avais pas encore les moyens de le comprendre. Ni le vocabulaire, ni le bagage intellectuel. Ce que j'en ai compris, c'est ce que mon père m'en a expliqué. C'est l'histoire de deux hommes (originaires d'Inde) qui survivent à un attentat terroriste, et qui prennent des chemins opposés, des chemins surréalistes, des chemins symboliques. L'un se transforme en diable – physiquement –, l'autre se découvre une auréole et ne peut plus se permettre de dormir car il revit dans ses songes la vie du prophète Mahmoud. Ils interrogent l'exil et l'identité et traversent leurs vies avec des questions plein la tête et des rencontres qui démontrent la diversité des sentiments et la force des émotions comme du préjugé et de la tradition. Le tout dans un style baroque – dixit mon père. Et au cœur de ce récit, il y a une question, un trait d'imagination, une folle supposition, qui a rendu tous les barbus et une grande majorité de non-barbus complètement dingos. La question interroge les *vrais* versets sataniques. Il s'agit d'un récit des fondations rapporté, entre autre, par Tabari. Il y est question de Mahomet avant l'Hégire, lorsque Satan sous les traits d'un ange serait apparu au prophète et l'aurait mené par le bout du nez. Les choses se sont vite rétablies et Mahomet a pu recevoir toute la Révélation sans que Satan s'en mêle de nouveau. Et Salman Rushdie d'*imaginer* : et si Satan n'avait jamais été débusqué et si toute la Révélation était faussée par le diable ? Question improbable, question enfantine, question absurde : et si on vivait ailleurs ? Et si ma mère n'était pas ma mère ? Et si j'étais une princesse enlevée par des roturiers en attente de rançon ? La ritournelle des *et si* est un manège fascinant pour les enfants et les adultes qui écrivent. Réécrire l'histoire, interroger toutes les variations d'une même action, faire défiler tous les témoins et découvrir mille versions possibles. Les *et si* sont la matière première de l'homme d'imagination. Le crime absolu de Rushdie est donc d'imaginer et de faire œuvre de fiction. Ce qui n'a rien de religieux : ce n'est pas un traité théologique. Il n'est rien d'insultant dans une œuvre de fiction qui n'est qu'un mirage de la réalité : le monde des *et si*.

Mais ce n'était pas cela qui rendait malades les barbus et les corbeaux. C'était la parole qui les avait bouleversés. Prendre la parole. Dire. À haute voix. Brr... C'était écrit. Il n'avait pas le droit d'écrire, de prendre la parole, de changer l'histoire, de s'amuser avec, de tordre sa logique. D'ouvrir. Salman Rushdie a ouvert sa gueule. Il me paraît logique que je l'aie adoré, tout de suite. J'y étais préparée depuis mon enfance. Il faisait comme je voulais faire pour le restant de mes jours. Je voulais ouvrir des portes, en claquer d'autres, débusquer l'absurde sous le voile de la logique, m'amuser des vérités qui ne sont que des variétés du préjugé, passer par la fenêtre, montrer mon cul aux curés. Rushdie avait toute mon admiration avant même que je ne devienne familière de ses mots. La censure allait sévir un peu partout et je souffrirais avec lui, comme j'avais souffert avec mon père brûlant les livres qu'il aimait pour échapper à la prison. L'objet livre, l'action d'écrire, la patience de lire allaient devenir mes armes. Et ces armes étaient beaucoup plus solides que de se mettre nue. Et pourtant – et c'est pourquoi j'ai choisi le livre – ils provoquaient la même réaction démesurée et pathologique.

Jusqu'à Rushdie je ne connaissais et ne respectais que les auteurs morts, Salman Rushdie s'inscrivait dans le présent. Dans mon présent ! On était deux, c'était le début d'une armée en marche !

Jusqu'à Rushdie – malgré les corbeaux et les barbus que je croisais dans la rue – j'étais persuadée que tous les Français étaient du côté des *Versets sataniques*. Je n'aurais jamais cru quelqu'un qui m'aurait dit : je n'ai pas aimé le discours d'Isabelle Adjani recevant le césar de la meilleure actrice. Moi, j'en avais pleuré. Je n'aurais permis à personne de la trouver nulle. Elle était encore plus belle que Madonna et elle savait lire. « La volonté, c'est de ne pas être d'accord, de ne pas se soumettre, s'opposer. » Une pause. Puis : « Salman Rushdie, écrivain. » Une pause. Enfin : « *Versets sataniques.* » J'en ai encore des frissons et la larme à l'œil. Qu'elle ait tenu à préciser : *écrivain*, c'est ça qui me colle des frissons. Salman Rushdie, homme d'imagination. J'étais fière d'être française. D'autant plus qu'Adjani ne l'était pas totalement.

Mais ce n'était pas encore le pire. Le pire était que j'étais la seule Iranienne de mon collège. Que mon collège était situé dans un quartier populaire et qu'une majorité de Maghrébins y était scolarisée. Le pire, c'est que je ne savais pas que Khomeiny pouvait être aimé à Paris par des enfants de mon âge. Ce printemps 1989, j'ai entendu des collégiens dire que Rushdie était un fils de pute. J'ai entendu des camarades, tout à fait normaux habituellement, jurer qu'ils le tueraient s'ils le trouvaient devant eux. J'ai entendu dire que je devais avoir honte d'avoir le livre chez moi. Après mars 1989, Adjani aussi était une pute. Et c'était pire parce qu'elle était arabe. Elle méritait de crever. Je bouillonnais, j'étais désespérée et, pire, j'apprenais à me taire pour ne pas perdre les rares amis que je m'étais faits. Ce que les barbus n'étaient pas parvenus à faire – me faire taire, me faire baisser la tête, me faire sentir honteuse – mes camarades de classe y sont parvenus avec facilité. Comment ils ont pu me faire taire, je ne le sais que trop bien. On m'avait prévenue, mais cela ne m'était jamais arrivé avant : j'ai eu peur. J'ai eu peur pour la première fois. À Téhéran, mes camarades riaient de mes mises à nu et des misères que je faisais subir aux corbeaux de la cour de récréation. Même s'ils rapportaient tout à leurs parents qui leur interdisaient de me voir, ils continuaient de m'applaudir dans l'enceinte de l'école. À Paris, je ne pouvais imaginer que des enfants me disent qu'ils tueraient un homme pour crime d'imagination. J'étais profondément persuadée que nous étions tous français. C'est idiot : cela voulait dire que nous étions protégés. Personne ne m'avait prévenue que les barbus pouvaient faire des dégâts ailleurs qu'en Iran. C'était assez traumatisant pour que je me taise.

Mais le 4 juin 1989 – encore une date historique que je retins tout de suite – mon père m'a réveillée, au petit matin, pour m'annoncer la mort de Khomeiny. C'était fini. J'ai ressenti de la joie, comme si justice m'était rendue. Même si cela n'allait bouleverser ni l'exil, ni les souvenirs, et encore moins les barbus. C'était autre chose : la preuve qu'il était mortel. Donc humain, donc sujet à l'erreur. C'est bête, hein ? Mais il y en avait beaucoup qui doutaient – qu'il fût mortel – et dorénavant je pouvais les faire taire.

J'étais à peine arrivée à l'école, que des camarades me présentèrent leurs condoléances pour la mort de mon président. *Mon* président. J'ai senti monter en moi la même rage que lorsque je retirais mes vêtements avant de partir à l'assaut de la cour et de ses corbeaux. Je n'ai même pas parlé, j'ai frappé. J'ai frappé le premier que j'ai eu devant moi. Je me suis fait frapper aussi. Mais j'ai donné beaucoup de coups. Si face à la diatribe contre Rushdie, je n'avais pu réagir par peur, paralysée que j'étais, entourée d'ennemis que je ne comprenais pas, cette fois je ne pouvais laisser passer l'occasion. Des condoléances ! À Paris ! Présentées par des gamins de mon âge ! C'était trop. J'ai frappé. J'ai frappé et je ne regrette toujours pas. Mes parents furent convoqués, j'ai tenu tête, je voulais qu'on les punisse *eux* et… j'ai dû présenter mes excuses. Mes parents ont réagi en tant qu'exilés : profil bas. Il fallait que je m'excuse parce que je n'étais pas chez moi, parce que je devais faire mes preuves, parce qu'il fallait que je m'adapte. J'étais française déjà, je ne comprenais pas ce qu'ils voulaient dire. J'avais raison, je le savais. C'est eux qui voulaient tuer l'imagination et me présentaient des condoléances ! J'en voulais beaucoup à mon père. Il ne m'avait pas seulement menti – il existait bien des corbeaux et des barbus à Paris et ils avaient mon âge – il m'avait forcée à m'excuser devant des abrutis qui voulaient me mettre de nouveau sous le voile. Qu'il ne comprenne pas ça et qu'il me répète qu'il faut respecter toutes les opinions, j'étais seule avec le sentiment d'être foutue. Mais je n'étais pas prête à capituler. Je me suis excusée, j'ai ravalé ma colère, j'ai pris une nouvelle pile de livres dans la bibliothèque de mon père et j'ai continué à lire. Il a fallu laisser s'écouler une poignée de mois pour cesser de craindre mes camarades de classe qui voulaient planter un couteau dans le cœur de Rushdie. *Les Versets sataniques* sont restés longtemps dans la pile à mon chevet jusqu'à ce que je puisse le relire et en comprendre toute la portée. J'avais alors dix-sept ans et entre-temps j'avais lu une bonne partie de la littérature libertine.

Paris, septembre 1989

S'il existait des corbeaux dans le métro parisien, je n'imaginais pas croiser une fille de mon âge devenue corbeau consentante. C'était en octobre 1989. L'été avait été studieux et parisien, et la rentrée, une libération. Enfin ! J'allais voir d'autres personnes que ma famille, autre chose que des Iraniens. J'aimais l'école. J'aimais apprendre et chaque jour je ne pouvais apprendre que du nouveau. Mais cette rentrée-là fut marquée par l'entrée médiatique du voile dans ma vie française. Tout avait débuté dès juin 1989 mais c'est à la rentrée que les choses se sont envenimées. J'ai découvert que des gamines de treize ans voulaient porter le voile à l'école. Sans déconner. Que je ne comprenne toujours pas comment on peut se réveiller un matin et couvrir sa tête de noir et se justifier crânement – en se référant à Dieu, à sa foi, à sa famille – passe encore, mais qu'en plus une histoire de racisme se colle là-dessus, j'en étais folle. Et tout le monde est tombé dans le piège : être contre le voile, c'était être contre les musulmans et contre les Arabes. C'était être raciste. Autant dire que le mot nous faisait trembler en famille. C'était un mot qui se glissait à voix basse dans les conversations. Une voisine était raciste, une caissière, la femme du concierge. Pour moi, le raciste était celui qui voulait me renvoyer sous le voile, à Téhéran. Je ne cessais de demander à mon père pourquoi Malek Boutih, qui était français comme nous, voulait que des filles à peine pubères portent le voile sous prétexte que ceux qui voulaient le leur retirer étaient «douteux». J'étais douteuse aux yeux de Malek Boutih et je ne comprenais pas pourquoi. Il parlait de volonté de mettre l'islam dans un «ghetto». Dans un «ghetto»! Mais nous en venions du ghetto! C'était à Téhéran et c'était comme une prison! Est-ce que refuser la discrimination du voile c'est du racisme? J'étais perdue. La religion n'est pas capable de se tenir dans la rue, elle n'est fréquentable qu'en intérieur, dans l'intimité de la foi. À l'extérieur, personne ne devrait avoir de religion. J'étais embrouillée : si des Français se battaient pour que des adolescentes portent le voile, qu'allais-je devenir? Où pourrais-je me réfugier? Ce fut douloureux. J'écoutais les informations, j'écoutais mes parents, j'écoutais une voisine française qui s'était invitée à l'heure de l'apéritif – et alors que mes parents buvaient du vin avec elle et mangeaient des rondelles de saucisson – elle tentait de se dédouaner en disant qu'elle n'était pas raciste. Qu'elle comprendrait tout à fait que je désire porter le foulard à l'école parce que c'était important pour moi d'être fière de ma culture. J'étais si remuée que mon père m'a emportée loin de la voisine en me traînant par le bras. La voisine a cru que j'étais émue par son ouverture d'esprit. Ma mère ne l'a pas contredite et a découpé d'autres tranches de saucisson. Ils ne savaient pas plus que moi quoi répondre à des gens qui voulaient nous voir porter les signes extérieurs d'un régime politique qui n'était même pas notre culture et je ne comprenais pas pourquoi je n'aurais jamais le droit d'être libre.

Dès octobre 1989, j'ai dû me justifier sur la question du voile. Dès qu'il était dit que j'étais d'origine iranienne – et il était impossible d'y échapper : mon prénom indiquait mon origine – la première question fut – et est toujours – celle du voile. Pour ou contre. Contre bien sûr, mais... j'ai souvent vu – et à douze ans, exilée depuis quatre ans seulement, j'étais ultra-sensible aux réactions des Français – de la déception, voir du dégoût dans le regard de ceux qui s'attendaient à me voir défendre ma culture d'origine. Comme si j'annonçais que l'Iran c'était de la merde en refusant le voile noir des obscurantistes. Et si j'ai tenté de leur expliquer la différence entre ma religion d'origine et ma culture d'origine, j'ai vite compris que c'était trop compliqué. Alors j'ai subi, les regards « douteux », les réflexions – « vous n'avez pas le sentiment d'être dénaturée ? » – et la bêtise de ceux qui confondent le cultuel et le culturel. La politique et la religion. Le prosélytisme et la foi. Je compris que je ne pouvais ni fréquenter les musulmans pratiquants, ni les Français qui désiraient qu'ils le demeurent. J'étais prise en étau entre ce qui me paraissait une régression – des petites filles sous le voile – et ce qui était indispensable à l'indépendance – la liberté du corps. Je savais qu'il existait un lien – outre le cul nu de mon enfance – mais je n'avais pas assez de savoir pour expliquer aux culpabilisés de la colonisation que le voile n'était pas juste un bout de tissu anodin dont les racistes font leurs choux gras pour virer les Arabes. J'avais essayé de raconter mon enfance, de leur expliquer que le voile fait mal, que le voile c'est trop de sexualité pour une enfant, que le voile ce n'est qu'une arme dangereuse dans les mains de politiciens démagogues et obtus. Mais il est très difficile d'expliquer qu'on peut déchirer le voile sans détruire le corps qu'il recouvre. J'avais douze ans, et je savais déjà que j'allais souffrir de solitude, car j'étais incapable de me faire bien comprendre. Le voile, c'était le pire épisode de mon enfance devenu le problème de société numéro un en France où j'étais censée échapper au même voile. L'exilé croit davantage aux vertus de son pays d'adoption que ses habitants historiques. Et moi, j'y croyais plus que tout le monde. Et Victor Hugo était de mon côté et la France me donnerait raison un jour ou l'autre. Victor Hugo aurait refusé le voile comme il aurait refusé le racisme. Il aurait raconté comment une femme perd sa personnalité sous le voile et comment les autres femmes «découvertes» perdent leurs vertus. Tout est affaire d'échelle et si la femme sous voile est vertu, celle découverte ne peut être qu'une pute. C'est comme ça. Faites des ronds de jambe antiracistes, c'est comme ça et cela le demeurera toujours. Dès octobre 1989 et jusqu'à aujourd'hui, le voile est toujours là et il me crispe autant.

Le voile, c'est une jeune mère de famille, née en France, qui après une maîtrise d'Histoire à l'université Paris VII, un fils de trois ans et une toute petite fille dans les bras, me regarde dans les yeux et me confirme que son fils ne fera jamais de mal à une femme… voilée. Par contre, au vu de ma tenue, elle ne s'étonnerait pas «qu'il (m)'arrive quelque chose». Son regard s'illumine. Elle est sûre d'elle. Elle est convaincue que sa fille ne mérite d'être traitée que comme une pute si plus tard, malgré toute son éducation, elle refuse de porter le voile. Comme moi.

Le voile, c'est une commerçante de quartier souriante et gironde, née à Alger, écolière en France qui adore bavarder et qui lance, entre trois banalités de bon voisinage complice, qu'avant elle était *comme moi*. Qu'elle se baladait à poil. *Comme moi*. À ses yeux, je suis nue parce que dé-couverte. À ses yeux, je suis nue comme dans la cour de l'école de mon enfance.

Le voile, c'est la cousine d'une amie tunisienne, née et élevée à Paris, qui accouche d'une petite fille alors qu'on lui avait diagnostiqué une stérilité certaine et qui opte pour l'intervention divine lorsqu'elle accouche enfin. Alors elle se met à porter le voile, rapidement transformé en voile intégral tandis que son mari se fait pousser la barbe et les préjugés. Elle fête les anniversaires de sa fille sans chants et sans rires. Elle ne prend jamais sa fille en photo. Son miracle n'a pas le droit de dessiner des visages donc elle lui interdit le dessin tout court. Sa fille a trois ans et elle n'a encore jamais vu les cheveux de sa mère. Sa fille, son miracle, son intervention divine est une pauvre enfant vivant dans les ténèbres.

Le voile, c'est un jeune homme tunisien, beau et gentil, en couple avec une Française convertie à l'islam et qui ne porte pas (encore) le voile. C'est un jeune homme qui est un cœur et qui me raconte – sans douter un instant – que si sa mère n'a pas eu la nationalité française, c'est à cause de son voile et non parce qu'après vingt ans en France elle n'en parle pas la langue et qui rajoute que le voile c'est une question de respect – même si *jamais* il ne forcera sa future femme à le porter. Mais s'il est tellement fier de sa mère enfoulardée, comment, elle, la future épouse pourra accepter de ne pas le porter si elle veut qu'il la respecte ? Et quand je lui demande pourquoi, il me répond que tout est la faute des nuques des femmes qui attisent le désir masculin qu'ils ne peuvent *retenir*. Et quand je me cite en exemple, la nuque découverte depuis tant d'années, entourée d'hommes depuis tant d'années sans qu'il me soit jamais rien arrivé de salace, de sale, de malsain à cause de ma nuque, il répond que toutes les femmes ne sont pas *comme moi*. Certaines doivent le porter parce qu'elles ne savent pas se *retenir*. Le jeune homme avait baissé la tête et clos la conversation par un : « T'es pas vraiment une fille, tu sais. T'es quand même un peu un mec. »

Alors non, les femmes enfoulardées ne sont pas des femmes comme les autres. Elles affichent sur leurs corps toutes les heures sombres de l'histoire des femmes. Ce sont des collabos. Elles me jettent au visage leurs infériorités et m'enjoignent de rentrer dans la case où mes cheveux découverts me vouent. Une pute. Il y a toujours de la condescendance de la part des femmes voilées. Elles savent, *elles*. Dans leurs regards, vous êtes foutues. Alors quand la loi est du côté du préjugé, le danger pour la femme est immense. Se trouvant réduite soudain à ce corps de femme, objet de délit, elle se réécrit pour se sauver. Elle tisse un voile intérieur, qui couvre toute sa psyché et qui lui permet de survivre sous le voile. Si elle n'était pas intimement convaincue que ce voile couvrait sa honte, elle ne survivrait pas.

Paris, 2013

Je ne sais pas pourquoi mais c'est ma faute. C'est ma faute si un homme éprouve du désir à mon endroit. Quelle que soit la situation, c'est ma faute. Est-il vraiment nécessaire de rappeler les viols, en Iran ou ailleurs, où c'est la femme violée qui est jugée et condamnée pour incitation au viol ? Ce qui est logique puisque l'homme est libéré des contraintes morales et sociales quand il est provoqué. C'est absurde, mais c'est rudement logique. Cette femme pourrait être une fille seule dans un taxi la nuit ou une étudiante flânant dans les rues trop de sourire aux lèvres, ou encore cette femme fatiguée qui s'est endormie dans le bus où il ne restait plus que des hommes et son foulard a glissé. Il ne faut pas tenter le diable. Étrange conception du vivre ensemble où chacun est autorisé à se transformer en prédateur. Sans culpabilité. La femme est là pour être coupable pour deux. Au nom de quelle foi la femme est-elle si dangereuse pour l'homme ?

Bien sûr toutes les religions (et les bouddhistes pas moins que les musulmans chiites ou sunnites ou les juifs ou les catholiques ou les protestants ou les mormons) ont enfermé les femmes dans un linceul de préjugés. Toutes les religions ont tenté de réglementer le corps de la femme. Toutes les religions consignent la femme dans des limites au nom de Dieu et souvent *par respect pour Lui*. La femme est toujours soumise à davantage d'interdits que les hommes et ce dans toutes les religions. Soit. Mais je m'en fous. Je lis et relis des textes merveilleux d'intelligence et d'érudition qui traitent des religions. Et pourtant je n'ai pas moins besoin de réclamer davantage à mes aïeux chiites musulmans. Que je sois née dans une famille athée et que j'aie fait le choix de l'athéisme ne me donne pas moins le droit de comprendre ce qui s'est passé chez moi, dans les rues du pays où est née et où a grandi la grande majorité de ma famille. On peut appeler ça de la psycho-généalogie ou bien de la masturbation intellectuelle ou encore un autre point de vue sur notre rapport fallacieux à l'islam post-11 septembre. Rapport malsain, faussé par la peur – légitime – de nourrir le monstre de la xénophobie. Je veux comprendre pourquoi les barbus deviennent dingues à la vue d'un nichon et pourquoi ils ont perdu le sens de l'humour. Je veux comprendre pourquoi les femmes sont si mal écrites, si mal aimées, si mal envisagées en terre d'islam plus qu'ailleurs.

Car enfin, qu'est-ce qu'il y a en moi de si affreux qu'on veuille me recouvrir ? Qu'est-ce que j'ai ?

Il est répété aux femmes en islam qu'elles sont dangereuses. Il est répété qu'il n'y a pire malheur pour un homme qu'une femme. Il n'y a pas un texte où la femme n'est renvoyée à sa bassesse, sa faiblesse, ses trahisons. Aïcha, femme *préférée* de Mahomet, répétait aux femmes que *la meilleure est celle qui ne parle mal de personne et qui n'a pas pour règle de conduite de tromper les hommes. Celle qui n'a d'autres soucis que de s'apprêter pour plaire à son mari et de ne pas abandonner le soin de veiller sur sa famille.* Le prophète en rajoutait d'une subtile métaphore. *Les femmes sont des jouets. Celui qui en prend un pour lui, qu'il le garde en bon état.* Le Coran est clair : *la femme a un genre dont la tromperie est immense* (12/28). Les mères vont jusqu'à prévenir leurs gendres des malheurs qui les attendent s'ils ne *dressent* pas leurs femmes. Elles conseillent toujours de les baiser régulièrement. C'est le seul moyen de *tenir* la femme. C'est ce que les beaux-pensants ont retenu pour dire que la chair était plus présente en islam qu'en chrétienté. Dans le sanctuaire de la chambre nuptiale, tous les coups sont permis. Et beaucoup plus. La femme en islam c'est toujours moins qu'un homme. C'est une chose. Passive. Qui ne parle pas, qui ne refuse pas, qui ne trompe pas, qui demeure transparente aux yeux du monde. Il n'y a pire crime pour une femme que d'être vue.

Il n'y a rien de plus efficace que les mythes. C'est la fameuse injonction : il faut retourner au texte. D'accord. Je retourne aux textes. Et revient lancinante cette évidence : la femme est dangereuse. La femme doit être cachée. Et en relisant, un doute : mais elles sont où d'abord les femmes ? Les femmes des mythes fondateurs ? Et soudain, un constat : la Marie de l'islam n'existe pas. Pas plus que sa Marie-Madeleine. Enfin, pas vraiment. Elles existent, mais elles ne sont pas accessibles. Il faut les chercher longtemps. Il faut creuser. Comme pour éviter aux femmes d'avoir trop facilement recours à une mémoire qui justifierait l'égalité et le droit, la femme a tout simplement disparu de la mythologie. Il y en a toujours pour citer Aïcha, qui montait à cheval et ne portait pas le voile. Mais Fatima, fille *préférée* de Mahomet – qui n'a eu qu'une descendance féminine – a quasi disparu sous la gloire de son mari, Ali, cousin de son père et premier des chiites. D'ailleurs ni Fatima, ni Aïcha, ni aucune autre femme des origines n'apparaît dans les textes anciens. On les cite parfois, dans les *hadith*, Aïcha a dit ça parce que Mahomet le lui avait confié, Fatima a dit ça parce que son père le lui avait répété.

Le Coran a gardé Sarah et Marie – citées respectivement deux fois (sous l'appellation de « femme d'Abraham ») et trente-quatre fois (elle est la seule femme citée par son nom) – mais a effacé la mère et les femmes du premier des musulmans. Il m'a fallu un certain temps pour retrouver au moins la mère. La mère d'Ismaël, le premier des musulmans, d'après l'ascendance mahométane. Sa mère serait donc la première musulmane. Les musulmans remontent donc au père, le célèbre Abraham – cité soixante-dix-huit fois – et à la mère, la quasi-inconnue, Hagar – citée zéro fois.

La première faute de la femme en islam remonte à Hagar. Peut-être que mon professeur « lavage de mains » aurait dû parler d'elle pour expliquer le voile. Mais en parler, c'était déjà la faire exister. Et les femmes n'existent qu'à moitié. La faute d'Hagar fut d'être une servante et d'avoir reçu l'ordre de sa patronne, Sara – qui n'avait pas encore de *h* – de se laisser faire un enfant par son patron – Abram – qui n'avait pas plus de *h* que sa femme. Et très vite, les choses tournent mal. Hagar ne veut pas être juste un ventre et ne veut plus servir Sara. La situation devient tellement invivable qu'Hagar claque la porte. Mais l'Ange Yahvé lui apparaît et lui ordonne de retourner chez Sara, de la servir en serrant les dents et lui promet une grande descendance. Hagar obtempère. Mais Sarah – qui y gagne un *h* – accouche, à plus de quatre-vingts ans quand même, d'un fils. Un autre fils d'Abraham – qui y a gagné son *h* aussi – Isaac. Sarah, qui ne veut pas voir Ismaël et Isaac grandir ensemble, demande à Abraham de répudier Hagar. Ce qu'il fait avec la bénédiction de Dieu qui lui promet une terre pour Ismaël quand même. Abraham déculpabilisé par le divin, Hagar et Ismaël se retrouvent au désert des agonisants. C'est alors qu'Hagar nomme Dieu, *El Roï*, et ne meurt même pas, mais bénéficie d'une vision extraordinaire qui lui permet de repérer le puits invisible dans le désert et de sauver son fils. Ainsi naquit l'islam.

Hagar qui est la seule à avoir nommé Dieu. Hagar qui n'apparaît pas dans les textes. Hagar à qui les Anciens ont préféré la femme officielle, Sarah. Peut-être est-ce pour venger ce souvenir peu reluisant de la servante, de la pute, de celle qui ne devait être qu'un ventre. Hagar la première révoltée. Ne pas la décrire, ne pas la raconter, c'est l'oublier. C'est oublier qui fut la mère d'Ismaël et pourquoi depuis il faut couvrir la femme. Car la grande faute d'Hagar est d'avoir communiqué avec Dieu. Elle a pu l'appeler – elle l'a nommé sans en mourir – et il a pu lui répondre – elle a vu le puits alors qu'il était invisible à l'œil humain. Et cela a été possible grâce à son troisième œil. Qui est malencontreusement placé au-dessus du crâne de la femme. Le voilà le super-pouvoir de la femme : son troisième œil sur le crâne. Et paradoxalement, c'est ce lien privilégié avec Dieu qui transforme la femme en danger pour l'homme. Elle est dotée d'un pouvoir qu'elle n'a pas le droit d'utiliser. La femme en islam est un œil qui connaît le chemin vers Dieu mais qui n'a pas le droit de l'emprunter.

Il y a encore une autre femme, une tentatrice : Roqayya. Une Lilith aussi oubliée que Lilith qui voulait chevaucher Adam pour lui faire l'amour. Roqayya croise le chemin du père de Mahomet, le jour de sa conception, après une séquence rocambolesque où le grand-père de Mahomet est sur le point de sacrifier – assassiner – son fils, mais ne le fait pas et sacrifie des chameaux, pour une raison œdipienne pas tout à fait résolue. En échange de sa vie, son fils doit aller direct chez la femme que le père magnanime lui a choisie. Sur le chemin, ils croisent Roqayya. Elle veut le père de Mahomet tout de suite, maintenant. Mais le père de Mahomet n'a pas le choix : il vient d'être sauvé par son père qui voulait l'assassiner, alors ce n'est pas le moment de le contredire. Il plante Roqayya, mais lui promet de revenir. Le père de Mahomet fait l'amour à la femme que son père lui a choisie. Puis, visiblement obsédé par Roqayya, il retourne sur ses pas et la retrouve. Mais Roqayya ne veut plus de lui. La lumière sur le front du père de Mahomet a disparu. La graine de prophète que Roqayya a vue en lui insémine une autre femme. Il n'a plus d'intérêt pour celle qui a vu la marque de Dieu sur le front du père du prophète. Encore une autre qui a vu. Encore une qui connaît le langage de Dieu.

Khadija, première femme du prophète, avait aussi quelque chose sur le crâne. Avant la révélation de l'Angle Jibril, Mahomet est sujet à des visions. Il entend parler les pierres et les collines, il voit un être dont la tête touche le ciel et les pieds la terre et qui tente de l'enlever. Il finit par se confier à sa femme, craignant la folie. Khadija ne s'affole pas plus que ça, mais lui demande de lui faire signe quand il reverra quelque chose de ce genre. Un jour, Mahomet a une vision dans sa maison et appelle Khadija qui le prend sur son sein, retire son voile et montre ses cheveux. Puis, elle demande à son mari si c'est encore là. Mahomet répond qu'il est parti. Khadija lui dit alors de se réjouir : « Ce n'est pas un démon mais un ange. » Que serait-il arrivé si Mahomet ne s'était pas confié à sa femme et si cette dernière n'avait pas un troisième œil au-dessus du crâne qui lui permettait de faire fuir l'ange ? Car l'ange est pudeur et ne profite pas du dévoilement de la femme. Mahomet peut être confiant : il est prêt à recevoir la révélation. C'est donc sur le sein d'une femme que la révélation se dévoile. Sans Khadija et son dévoilement, pas de révélation et pas de prophète.

Les femmes des mythes sont fortes et puissantes. Elles voient. Elles communiquent. Quand Hagar, Roqayya et Khadija posent une question, Dieu leur répond. Alors pourquoi ? Pourquoi ce lien privilégié avec Dieu s'est-il transformé en danger pour l'homme ? Pourquoi les hommes ont-ils décidé de ne retenir de la femme que la négation de son pouvoir ? On recouvre la femme pour qu'elle ne parle pas. On la couvre pour qu'elle ne parle pas à Dieu. Elle ne peut parler qu'avec son père, son frère, son époux. Le chemin vers Dieu lui a été coupé par les hommes, jaloux de son pouvoir.

Enfant, face au professeur « lavage de mains », j'avais eu l'intuition de mon pouvoir. Son refus de me regarder dans les yeux et sa gêne – si visible surtout à des yeux d'enfant – m'avait fait voir ce qu'une femme *pouvait*. Des années plus tard, en rencontrant Hagar, Roqayya et Khadija, j'ai été émue de découvrir ce pouvoir partagé par d'autres femmes à travers le temps et j'ai été encore plus en colère de constater qu'aux origines du temps la femme était déjà un danger, et que la question de sa place dans la société ne se posait même pas. Elle devait être cachée. Déjà.

Des années ont passé sur le voile de mon enfance. Si j'ai beaucoup lu, beaucoup appris, beaucoup pensé, la sensation du voile sur ma tête me fait toujours le même mal. L'idée de retourner à Téhéran et de revoir le décor de mon enfance m'est impossible : je devrais couvrir ma tête. Même de couleur, même sans être noué, je ne sais si je suis capable de jouer le jeu. Pourtant, je suis capable de couvrir mes épaules si elles sont nues, en visitant une église. Je respecte ceux qui croient tant qu'ils respectent ma non-croyance. Je joue le jeu lorsqu'il est consenti par toutes les parties. Mais encore aujourd'hui, dans les rues de mon enfance, je refuse de jouer le jeu. Il m'est imposé. Je ne joue plus.

Paris, 1990

Je m'ennuiiiiiiiiiiiiiie ! Les filles sont chiantes et les garçons sont bêtes. Je m'emmerde royalement. J'ai treize ans, j'ai quatorze ans et franchement, c'est pas drôle. Je me rends bien compte que ce n'était pas dû seulement à mes amis. Ou à mon manque d'amis. Mes parents cherchaient comment m'éduquer à Paris, et je ne savais pas encore comment me comporter. Il n'empêche, j'avais beaucoup de mal à comprendre les enfants de mon âge. Le décalage était trop grand. Les filles se retrouvaient entre elles, pour revoir des concerts de Roch Voisine ou de Bruel, en se confessant des secrets inavouables qui occupaient la cour de l'école dès le lendemain. Et les garçons s'intéressaient déjà aux jolies filles or mon adolescence fut laide. J'avais quand même des amies, mais aux «après-midi filles» j'emportais avec moi le making-off d'*Autant en emporte le vent* ou *Amarcord*. Dans l'un et l'autre cas, ce fut un bide retentissant. J'avais quinze ans et pas mal de poussières quand j'ai été acceptée dans un groupe de garçons et que j'ai pu partager avec eux Kubrick et Visconti, Coppola et *La Guerre des Étoiles*. Mais en attendant ce jour béni, je n'avais que des filles avec qui partager et nous n'avions rien à partager. Ce qui m'avait marquée durant cette période, c'était les clans de filles et l'impossibilité d'y trouver ma place : il y avait les premières de la classe, timides et manquant de repartie, qui ne fumaient pas au fond de la cour et qui n'avaient généralement pas le droit de sortir, et puis le clan des jolies filles qui n'en foutaient pas une et qui se maquillaient et qui sortaient avec des garçons. Le problème, c'est que les unes et les autres n'avaient pas de passions, pas de conversation et pas de curiosité. Elles savaient à peine ce qu'elles voulaient faire quand elles seraient grandes, mais elles connaissaient déjà les prénoms de leur future progéniture. Les unes et les autres étaient obsédées par les garçons : les premières avec leurs chanteurs et acteurs préférés et les autres avec les garçons en chair et en os. Elles ne parlaient que de ça et ne lisaient que les livres qui étaient au programme de l'école. Je me souviens à quinze ans les avoir entraînées au cinéma, mes copines du collège premières de la classe, pour voir *JFK* d'Oliver Stone. Elles ont accepté parce que « Kevin Costner est trop beau ». À la fin du film, mes cinq copines dormaient profondément alors que j'étais bouleversée. Je ne les comprenais pas plus qu'elles ne me comprenaient et pour une fille qui voulait tellement être une fille, c'était difficile à accepter. Elles aussi me trouvaient bizarre (encore) : *L'Exorciste* était incompréhensible pour des jeunes filles qui adoraient le catéchisme – il y avait des garçons – et qui avaient toujours vu des crucifix sur les murs de leurs maisons ; *Orange mécanique* était un film dégueulasse, et ma passion pour *Le Rouge et le Noir* juste chiante. Et puis j'adorais la politique. J'avais très rapidement compris le lien entre Khomeiny et la politique et il m'était apparu évident que pour éviter le retour d'un autre « vieux en noir & blanc » il fallait s'intéresser à la politique. Et il n'existe rien de plus rebutant que la politique pour des adolescentes qui attendent leurs premiers baisers avec l'impatience des vierges. Et elles avaient toutes été choquées par les murs de ma chambre ; ma mère avait pourtant insisté pour que je recouvre les nus – pour le premier anniversaire que je fêtais à la maison. Les filles m'ont alors regardée avec leurs grands yeux de filles avant de faire des moues de dégoût, car elles se sont mises à penser que je préférais les filles.

Aujourd'hui – avec ce fameux recul qui permet de se souvenir sans cacher sa tête dans l'oreiller – je sais que toute cette incompréhension autour de moi était aussi une histoire d'habitude, de rythme et de tradition. L'année était découpée par des visites aux grands-parents, les réunions de famille à Pâques et à Noël, la fameuse fête des mères, les grandes vacances ou les vacances au bled. Nous n'avions même pas de vacances au bled. Nous n'avions plus de bled, nous étions des réfugiés politiques, des apatrides. Nous n'avions même plus de famille alors que nous habitions tous dans le même périmètre. Même si nous aussi nous fêtions les Noëls et cherchions des œufs à Pâques, nous n'avions pas de grands-parents à visiter et de maison de famille où passer des vacances. Je passais mes étés à Paris avec des livres et je n'avais pas autre chose à raconter à la rentrée, alors que mes camarades de classe vivaient leurs premiers émois, faisaient l'apprentissage du corps et revenaient bronzées. Nous n'avions tout simplement pas la même vie, et quand parfois elles me demandaient pourquoi, elles pensaient que je mentais quand je me laissais aller à raconter Téhéran. J'ai dû sortir des photos de la maison et des robes griffées de ma mère pour qu'elles acceptent l'idée qu'un jour ma famille avait été (très) riche et leur montrer les photos de classe pour qu'elles me voient avec le foulard. Nous vivions à quatre dans un deux-pièces et ma mère continuait de servir des tartines de caviar à mes copines quand elles passaient à la maison. Elle portait des tailleurs Lanvin en torchant des culs. J'avoue que j'aurais eu un peu de mal à croire à une si vertigineuse chute et à de si étranges restes si je n'avais eu l'habitude du roman.

Il n'y avait pas grand-chose d'autre à faire que de patienter : je n'avais pas vécu assez longtemps en France pour créer une complicité avec les adolescents de mon âge. Je n'avais pas de grand-mère championne de la tarte aux pommes, de descente de pistes de ski ou de coup de foudre au volley-ball sur la plage à partager. Et ma vie, comme mes passions, ne les touchaient pas, parce qu'ils n'en voyaient pas l'utilité. Ils se voyaient à leur place, dans un monde dont ils connaissaient les codes et n'envisageaient pas en quoi Balzac pouvait les sauver d'un danger imminent. J'avais besoin de partager mes passions et mes amies s'ennuyaient avec moi. Il est amusant que des années plus tard – j'avais trente et un ou trente-deux ans – un homme fort drôle et fort charmeur, qui avait tenté sa chance avec moi en vain, me voyant faire fuir un homme qui me plaisait – suite à une conversation autour de la littérature libertine à l'opposé de la pornographie – me rappelle en pleine nuit, largement alcoolisé, pour m'annoncer : « Si tu veux *pécho*, faut que t'apprennes à fermer ta gueule ! » J'ai eu la très désagréable sensation d'avoir toujours treize ans et d'entendre ma tante me dire : « Si tu veux des amies, ferme ta gueule avec ton Stendhal. » Je n'ai jamais su *pécho*. Ce qui est bien avec l'adolescence, c'est qu'elle finit par passer, et de bizarre je suis devenue une originale. Ce qui était nettement plus facile pour se faire des amis.

Paris, 1991-1992

Appelez ça un féroce désir d'indépendance, appelez ça un besoin de modèle féminin ou bien appelez ça provocation. Provocation qui n'était pas si éloignée de ma nudité d'enfant et qui allait bien plus loin que les nus qui s'étalaient sur les murs de ma chambre. Mais les putes, les fameuses putes de mon enfance, se sont incarnées dans les grandes courtisanes et je les citais en exemple dès que je le pouvais. À l'école elles étaient prétextes à des exposés et aux dîners où m'entraînaient mes parents, elles étaient toujours sur le bout de ma langue pour le grand malheur de ma mère.

Si je n'avais pas d'amies véritables, je me les suis inventées. Si j'avais un corps qui m'embarrassait plus qu'autre chose et dont je ne savais pas encore quoi faire, je me suis fantasmée dans les corps de mes amies imaginaires – mais pas tant que ça. Je les ai fait vivre dans mon monde fermé et je conversais avec elles quand « la vie c'est vraiment trop dur ». Avant Thérèse et Madame de Saint-Ange, avant Juliette et Fanny Hill, entre les nus du mur de ma chambre et le *Portier des Chartreux,* il y eut les grandes courtisanes. Certainement, à force d'entendre *pute* à toutes les sauces, dans toutes les bouches, je ne pouvais qu'un jour m'intéresser sérieusement à elles. J'avais quatorze ans et je manquais d'amies. Et les grandes courtisanes ont pris cette place et ne m'ont plus jamais quittée.

C'est venu avec la Belle Otero, par les souvenirs de Colette. Elles étaient dans les coulisses d'un music-hall et attendaient de rentrer sur scène. Et Otero d'en profiter pour *éduquer* sa cadette : « Souviens-toi qu'il y a toujours dans la vie d'un homme, même avare, un moment où il ouvre toute grande la main. » Et Colette de demander : « Le moment de la passion ? – Non, répond la Belle Otero, celui où tu lui tords le poignet. » Elle venait certainement de tondre un duc réputé intondable. Ce n'était rien qu'un bon mot d'esprit ? Non, c'était plus qu'un mot d'esprit : c'était l'aveu d'une guerrière. Et elle m'a touchée au point que j'ai rêvé de rencontrer des femmes comme ça et j'ai voulu tout connaître des courtisanes du début du siècle (celui d'avant, le XXe). La Belle Otero était née en Galice, s'était fait violer à dix ou douze ans, avant d'être mise à la porte par sa charmante et pieuse famille ; puis elle avait rencontré un homme qui n'était qu'un mac, qui l'avait finalement entraînée à Paris, où elle décida de l'abandonner à sa bassesse, puis elle fit fortune en toute indépendance. La Belle Otero n'était dépendante que de sa folie du jeu. Elle finit quasi centenaire et parfaitement ruinée à Nice, à quelques pas d'un casino qui lui payait le gîte et le couvert, en remerciement de tout l'argent qu'elle lui avait apporté avec ses amants fortunés, et de toute la fortune qu'elle y avait dilapidée. On ne lui connaît aucune passion amoureuse. C'est l'antidame aux camélias et ça fait un bien fou. Elle possédait un compte en banque à son nom – ce qui était impossible à toutes les autres femmes, aristocrates, bourgeoises ou prolétaires – et gérait seule les cordons de sa bourse, tout en tenant la dragée haute à toutes les têtes couronnées d'Europe. Elle avait aussi poussé au suicide un bon nombre de ses amants fortunés. Elle s'en foutait. Elle ne voulait plus jamais avoir faim et voulait être célèbre. Découvrir la Belle Otero à quatorze ans, c'est... ouah ! Il n'y a pas de honte chez la Belle Otero : c'est le corps féminin qui s'impose avec éclat, au cœur du Second Empire. Elle fut le premier mannequin habillé par Boucheron avec des sous-vêtements brodés de pierres précieuses, c'est dire combien son corps était adulé. La Belle Otero était vulgaire, clinquante et torride. Elle n'était pas exactement subtile : sa rivalité avec Liane de Pougy – étalée avec gourmandise dans les pages mondaines de l'époque – est à l'image de son tempérament excessif d'Espagnole. Un soir, à l'opéra, les deux femmes sont attendues avec impatience. La Belle Otero vient de quitter, avec fracas, un amant célèbre et fait son entrée la première : elle est littéralement couverte de TOUS ses bijoux ornés des pierres précieuses les plus rares. Le silence est à peine perturbé par le cliquetis des perles, des diamants et des rubis qui s'entrechoquent sur le corps de la Belle Otero qui savoure son succès. Soudain, Liane de Pougy rafle la mise en faisant une entrée extraordinaire : elle ne porte qu'un minimaliste collier de diamant. Mais derrière elle, sa bonne transporte sur un coussin rouge tous les bijoux de sa maîtresse. La Belle Otero a perdu ce soir-là, mais je préfère sa franchise grossière à l'hypocrisie toute bourgeoise de Liane. Liane était plus fine : élevée dans un couvent, mariée à seize ans, elle quitte son mari à dix-neuf ans et, grâce à son physique racé, son intelligence et sa culture, elle devient rapidement très riche. Elle écrivait et affichait sa préférence pour les femmes qu'elle aimait – les hommes n'étant qu'une source financière. Ce qui n'empêchait nullement ces mêmes hommes de rechercher, à coups de millions, sa présence éthérée.

La Belle Otero était une courtisane qui savait manier la langue et l'esprit et si elle manquait de culture, elle ne manquait ni de repartie, ni de pragmatisme. Elle savait depuis longtemps que les hommes finissent toujours par n'être que des hommes et que la courtisane qui tombe amoureuse est une courtisane ruinée. Autant dire qu'elle me changeait brutalement d'Anna Karénine ou de la cousine Bette. Je n'avais jamais rencontré une telle femme. La Belle Otero aurait foutu une sacrée trouille à Khomeiny ! Et puis, elle ne vendait pas son corps pour de l'argent, enfin si… mais… disons qu'elle se faisait entretenir par des hommes – comme les femmes mariées – qui n'avaient d'autre droit sur son corps que celui qu'elle leur accordait – au contraire des femmes mariées. Quand elle n'avait pas le désir de faire l'amour, ses amants devaient s'y faire. Et ils s'y faisaient souvent : elle était avare de son corps. Aujourd'hui, elle serait une multi-divorcée milliardaire qui gagnerait sa vie en partageant des couches fortunées. Elle ne serait plus du tout une révolutionnaire. Mais avant-hier, alors que les femmes n'avaient pas encore investi la place publique, c'était la Belle Otero et ses consœurs qui étaient les seules femmes libres. La Belle Otero ne faisait pas de passe, elle vivait en concubinage, le temps que le compte en banque du concubin soit vide. Je ne crois pas qu'elle ait pu être malheureuse : elle avait fait un choix et s'y était tenue. Si le jeu l'a perdue, elle ne fut victime que d'elle-même.

La Belle Otero et ses saillies verbales, ses attitudes grandiloquentes, ses folies au jeu, son indépendance financière et son esprit libre au-dessus de la moyenne, aurait pu faire fuir une armée de barbus et de corbeaux d'un clignement de cils ! Sans parler de son corps. Elle avait une telle aisance, une telle complicité avec son corps qu'elle me réconcilie avec les femmes. Elle avait choisi et assumé de ne jamais être victime de personne. Elle était donc devenue ma meilleure amie. Et elle était la meilleure des réponses que je pouvais servir, et à ma mère, et à mes tantes, et à mes « copines ».

Paris, 2013

Une après-midi, alors que je cherchais à reprendre mon souffle avant d'écrire, je me promenais du côté du bassin de l'Arsenal, à Bastille. Il y avait là un groupe de jeunes adolescentes – maximum quatorze ans. J'ai ralenti le pas, je tendais l'oreille. Un mot m'avait interpellée. *Pute.* C'était encore une histoire de pute. Les filles parlaient fort et vite. Des adolescentes comme toutes les autres qui ont besoin de faire du bruit pour se faire entendre. Il y était question d'une pute, qui était vraiment une sale pute, qui avait osé, la pute, acheter la jupe qu'elle voulait s'offrir et qu'elle devait économiser, elle, parce que « ma mère c'est pas une pute de bourgeoise comme la sienne », etc. Pute, pute, pute. Naturellement, je me suis mise à réfléchir à tout ce que recouvrait le mot pute. Dans la bouche des femmes de mon enfance comme de ces adolescentes. La pute, c'était d'abord celle qu'elles ne sont pas, c'est donc naturellement une ennemie. C'est naturellement une traître. Et souvent, très souvent, elle est sensuelle. Traître et sensuelle vont bien ensemble, c'est ce duo qui pique les maris, détruit des mariages et s'offre la jupe convoitée. La pute n'a souvent pas d'amies et elle n'est peut-être pas moins perdue que ces filles-là, et elle doit avoir sa pute à elle. J'ai soupiré bien longtemps sur le chemin du retour en me demandant si toutes les femmes sont condamnées à être la pute d'une autre.

J'ai repensé à mon enfance et à toutes les femmes qui cherchaient la pute dans toutes les autres et soudain, j'ai cru entendre Hagar dans leurs voix. Et si c'était Hagar qui était le « moule » de toutes les femmes qui sont si vite des putes ? Hagar qui n'était qu'une esclave qui a dû obéir à sa maîtresse et s'offrir à son maître. Qui n'a été qu'un ventre pour Sara et Abram avant leurs *h*. Hagar qui n'avait été qu'un bout de chair avant d'être répudiée. Même si certains voient en *la parfumée*, qu'épouse Abraham après la mort de Sarah, Hagar de retour. Pourtant, Hagar a sauvé Ismaël de la mort en voyant le puits que Dieu lui a indiqué. Mais il n'a été retenu d'Hagar que la pute. Pas la mère, pas celle par qui l'islam a été fondé.

C'était peut-être, dans la bouche des femmes de mon enfance, une insulte à la première, à celle qui a osé nommer Dieu et à cause de qui toutes les femmes sont punies dès lors. Peut-être que, sans même le savoir, c'est Hagar qu'elles insultent et qu'elles recherchent comme des affamées – fascinées ? – dans toutes les autres femmes. Peut-être que la femme qui semble trop libre dans son attitude, celle qui a décidé de s'affranchir de son voile et de balader sous tous les ciels son troisième œil, celle qui a choisi sa vie et qui la raconte comme elle est – sans honte – peut-être que celle-là est un peu Hagar. Et qu'elle est tellement honnie, tellement effacée, qu'il ne reste plus que *pute* pour la rappeler à nos mémoires.

Si les adolescentes de mon adolescence me regardaient avec un brin de dégoût quand je glorifiais les courtisanes, je n'en ai jamais souffert. Si ma mère frissonnait quand je racontais moitié en persan, moitié en français, la vie de mes courtisanes préférées, je n'en avais cure. J'en savais plus qu'elles sur les putes et elles me désolaient de ne pas saisir la force du pouvoir qu'elles tenaient entre leurs mains. Les boudoirs ou les salles à manger des courtisanes – de l'Antiquité à la Belle Époque – accueillaient les politiques et les artistes les plus écoutés, les plus en vue – ou les plus obscurs. De par leur présence, elles libéraient la parole. Elles donnaient le *la*, elles convoquaient le monde à leurs tables. Si elles étaient tant recherchées, si les grands hommes – et quelques grandes femmes – s'asseyaient volontiers à leurs côtés, c'est qu'elles n'avaient de retenue en rien et qu'elles pouvaient tout se permettre, car leurs corps étant libérés, l'esprit suivait. Et la culture aussi. Elles devaient savoir tenir une conversation, relancer une polémique – ou la provoquer. Les courtisanes sont les descendantes des hétaïres de l'Antiquité comme Aspasie – célèbre compagne de Périclès, qui recevait Sophocle et Socrate – ou Léontion – compagne d'Épicure et philosophe elle-même. Elles étaient les seules femmes de l'Antiquité qui avaient l'autorisation de gérer leurs biens. Tout comme Émilienne d'Alençon et Sarah Bernhardt des siècles plus tard. On ne s'encanaillait pas seulement chez les courtisanes. On y refaisait le monde, on y échangeait des livres interdits, on y retrouvait des libres penseurs. Les salons des courtisanes étaient comme une zone franche, où tout était permis.

Les courtisanes ont fait davantage pour la propagation des idées nouvelles que les antichambres des ministères. De Phryné qui retourna ses juges en dévoilant sa splendide nudité – jugée pour avoir introduit une nouvelle religion à Athènes qui pervertissait les jeunes filles, le modèle de Praxitèle était défendu par son compagnon, le célèbre Hypéride et échappa à la peine de mort grâce à son cul – à Madame de Pompadour qui marqua de son empreinte l'histoire de l'art et l'Histoire de France, en passant par Coco Chanel qui libéra le corps des femmes de son corset et l'aida à s'inscrire dans l'espace public, les femmes s'imposent d'abord par le corps. Mais ce corps n'a d'influence qu'accompagné de l'étude et de l'indépendance. Ces femmes-là ne sont pas de vulgaires putes. Elles ne sont même pas intéressantes pour leur beauté légendaire. Elles ont survécu malgré tout au temps, car elles sont les étapes indispensables vers l'indépendance des femmes. La nudité seule ne suffit pas. Si Phryné n'avait été qu'un corps, aussi parfait soit-il, elle n'aurait certainement pas été sauvée par lui. Elle avait autre chose, une culture, une intelligence et la certitude d'être aussi peu coupable qu'un homme peut l'être, et c'est cela qui l'a sauvée de la mort. Phryné s'estimait l'égale de l'homme. Elle gagnait sa vie en posant et elle monnayait sa présence. Intellectuelle et sexuelle. Ne prenons pas les hommes – même les grands – pour des imbéciles : ils ne dépenseraient pas tant pour une simple partie de jambes en l'air. Ces femmes-là ne sont pas les femmes d'une nuit. Elles sont à l'opposé de celles qui couchent le premier soir après une improbable rencontre sur Meetic. Les courtisanes sont les pionnières de la libération des femmes et elles ne bradaient certainement pas leur corps au premier venu. Aujourd'hui, le corps féminin est en solde tous les jours. Et l'on considère tout cela comme un progrès !

Non, pardon, c'est que les femmes ont dorénavant une vie sexuelle plus épanouie. Tu parles. Elles le proclament, et juste après, elles vont pleurer dans les bras de leurs meilleures copines, parce qu'*il* n'a pas rappelé. Épanouies, oui. Pour deux heures. Et après, c'est « pourquooooooi ? » Mais au moins, elles gagnent leur vie, et c'est le plus important. Les grandes courtisanes se le répétaient tous les jours.

Peut-être qu'aux yeux de certaines, cette ascendance semble peu reluisante. Il n'empêche qu'elles ont tort : les courtisanes étaient nettement plus libres que les respectables – qui étaient par ailleurs au centre des mêmes échanges financiers à travers le mariage et qui ne faisaient pas autre chose qu'être entretenues par des hommes tout au long de leur vie. Elles n'avaient même pas de pouvoir sur leur dot ! La seule différence, c'était le caractère officiel du mariage et celui officieux du concubinage. Les respectables avaient été vendues selon les règles de la loi, les autres étaient des clandestines. J'ai toujours préféré la marge des sociétés, elle renferme beaucoup plus d'avenir que son noyau.

Les courtisanes étaient des femmes seules et elles n'étaient pas dupes. Beaucoup – pour ne pas dire toutes – ont tenté de se racheter une réputation, en s'achetant le mari qui cacherait par son nom et son rang un passé trop encombrant aux yeux de la fameuse société. Ainsi, Liane de Pougy a épousé le prince Ghika, avant d'opter pour le monastère, où elle se fit religieuse et auquel elle a légué son immense fortune. La Païva n'eut de cesse de réécrire son histoire, multipliant les variantes au gré de son âge, inventant et oubliant, conteuse merveilleuse d'elle-même. La Païva qui – luxueusement installée dans son hôtel particulier sur les Champs-Élysées, mariée à un vrai duc qui l'aimait vraiment – recevait la haute société, dînant et philosophant sous un plafond où le corps splendide et nu de leur hôtesse s'étalait avec ironie... Elles finissaient toujours par rêver de grimper dans la société et d'être reçues partout. Il y a toujours un moment où la courtisane rêve de respectabilité et c'est toujours le moment où elles m'ennuient. C'est pourquoi je préfère la Belle Otero à toutes les autres. Elle était moins dupe que les autres. Elle était encore plus fière que les autres.

Ninon de Lenclos avait ce quelque chose de supérieur. Comme Colette, seule femme écrivain ayant eu l'honneur de funérailles nationales (en compagnie de Victor Hugo, Maurice Barres, Paul Valéry et Aimé Césaire). Colette se définissait comme une « hermaphrodite mentale », c'est-à-dire dotée de la capacité de se débarrasser des normes de genre comme référence. C'est son état d'esprit qu'elle considérait comme mixte. Et c'est cette qualité qui lui a permis de débuter comme nègre de son amant, puis comme vedette de music-hall et enfin, comme une femme de lettres reconnue et respectée. La gloire efface certes tout, mais chez Colette il existe un vrai lien entre sa réussite respectable – qui n'a jamais renié sa jeunesse – et sa capacité à se penser au-delà du masculin-féminin. Ce qui était permis à un homme, elle ne voyait aucune raison de ne pas l'appliquer à une femme. Elle a avancé avec cette certitude jusque dans sa vie intime quand – comme bien des hommes qui possèdent tout et s'ennuient vite – elle prit comme amant un jeune homme de plus de vingt ans son cadet. Il était aussi le fils de son second mari, Henry de Jouvenel. Un bon siècle plus tard, Woody Allen n'a pas fait autre chose en épousant sa fille adoptive. J'entends que l'on continue de murmurer les frasques de Colette avec son beau-fils mais personne ne semble trouver étrange qu'un homme épouse une femme qu'il semble avoir éduquée depuis son plus jeune âge pour devenir sa parfaite future épouse.

Est-il besoin de préciser que tout avait débuté pour Colette – sans Willy – sur une scène de théâtre, où libérée de Willy, elle dévoilait sa poitrine et embrassait sa partenaire Missy qui était aussi sa maîtresse ? Colette, comme pour marquer avec éclat son indépendance retrouvée, a commencé par le dévoilement. Pour ensuite s'imposer, en toute liberté et sans prendre en compte ce qui se fait et ce qui ne se fait pas. C'était rassurant pour l'adolescente en colère que j'étais : il existait des femmes intelligentes qui étaient toutes passées par le dévoilement.

Plus tard, lorsque je découvris l'œuvre et la personnalité d'Élisabeth Badinter, j'ai eu le même sentiment face à son livre. *L'Amour en plus : histoire de l'amour maternel (XVIIe-XXe siècle)* démontre que l'instinct maternel n'existe pas. Il n'est qu'une construction politique, économique et culturelle. Les femmes ne sont pas *naturellement* portées à aimer leurs enfants. Élisabeth Badinter démontre l'absurdité de croire les femmes nées pour porter des enfants, les aimer et en faire des hommes qui feront des enfants à d'autres femmes qui aimeront leur progéniture, le tout parce que c'est dans leur nature *profonde*. La philosophe dévoile la femme en la libérant du préjugé qui voudrait qu'il existe une nature féminine et une autre masculine. Il n'existe que l'éducation et la culture et dans ces domaines la femme peut être à égalité parfaite avec les hommes.

Il s'agit d'installer la femme au centre du débat politique et non dans une optique naturaliste qui n'est que son éternel purgatoire. Je n'ai jamais voulu distinguer les courtisanes des intellectuelles.

Paris, 1993

Le premier jour des grandes vacances nous prenions le bus, mon père et moi, pour le quartier Saint-Michel et sa grande librairie d'occasion. Là, dans le rayon des livres de poche, je pouvais choisir ce que je voulais dans la stricte limite du panier mis à disposition par le magasin. Plus de deux mois à Paris, il fallait m'occuper. C'est ainsi que sans aucune méthode – au contraire de mon père – je choisissais des romans, dont le dos devait être orné de l'étiquette noire ou rouge qui indiquait la remise, au gré du titre, de l'auteur, de la couverture. C'étaient *Les raisins de la colère* et *Toilettes pour femmes*, *Derrière la vitre* ou *Howards End*, *L'horloge sans aiguilles*, *Les cavaliers* ou *Mémoires d'une jeune fille rangée*. C'étaient le charme qu'exerçait un nom comme celui de Carson McCullers qui *claque* ou un titre qui promettait mille aventures, mille sentiments, mille évasions tel *Un diamant gros comme le Ritz*. Au premier soir du long été 1993, mon père m'avait fait voir *Les Yeux noirs* de Nikita Mikhalkov. C'était sublime. L'amour impossible, la beauté des décors, la mélancolie prégnante, tout participait à faire aimer ce film à une adolescente de seize ans qui n'avait jamais été amoureuse. J'étais encore pleine du charme de Marcello Mastroianni alors que je suivais des yeux les dos multicolores des livres d'occasion. Soudain, *Les Yeux noirs*. Je pris le volume et lus la quatrième de couverture : *Les Yeux noirs, ce sont ceux de trois sœurs, Hélène, Marie et Louise, les filles du poète José-Maria de Heredia. D'origine cubaine, légères, impertinentes et voluptueuses, elles promènent leur charme sur la fin du XIX*^{e} *et la moitié du XX*^{e} *siècle, au milieu d'une société étonnamment brillante d'écrivains et de poètes, de Marcel Proust à Pierre Louÿs, d'Henri de Régnier à Paul Valéry.* Je ne connaissais que les noms de Proust et de Valéry, l'auteure des *Yeux noirs*, Dominique Bona, m'était tout à fait inconnue – et vivante – et à part Rushdie je n'aimais que les écrivains morts – tout cela n'avait rien à voir avec Marcello mais j'embarquai le livre.

Et je choisis de commencer l'été avec les sœurs Heredia. J'y passai la nuit. Cet été-là promettait d'être le plus bel été de mon adolescence, car j'étais saoulée, non pas de mots, mais d'amour. Je venais de tomber amoureuse de Pierre Louÿs. Je voulais tout lire, tout connaître. Il était romantique et iconoclaste, drôle et aventurier, amoureux et charnel. Il était l'amant idéal, l'homme parfait. Mais Pierre Louÿs était aussi le plus prolifique, le plus ludique et le plus brillant des auteurs érotiques. Il avait écrit le corps féminin dans tous les sens, avec force détails, il ne vivait que pour les femmes – les brunes exclusivement, dont le sexe devenait sous sa plume *cet obscur objet du désir* – les livres anciens et la littérature. J'étais amoureuse de lui *et* je voulais être lui, torturé, inconstant, esthète, libre penseur. Mon père, d'abord franchement intrigué par ma nouvelle passion, m'aida à retrouver l'œuvre perdue, l'œuvre non rééditée, l'œuvre érotique de Pierre Louÿs. C'était la chasse aux trésors et c'était encore meilleur de partager mon premier amour avec mon père. Je n'ai pas eu conscience de ce détail qui est apparu comme *hallucinant* à tant de mes amis : mon père m'a aidée à chercher de la littérature érotique (à la limite de la pornographie) alors que j'avais seize ans et deux mois. Mon père que j'ai vouvoyé jusqu'à l'âge de vingt ans. Mon père qui n'a jamais trouvé bizarre ma passion. Mon père à qui il n'est jamais venu l'idée que toutes ces bites et ces cons, tous ces godemichés et ces sodomies pouvaient perturber une adolescente pucelle. Et le tout visiblement moins que les strip-teases du «Collaricocoshow». C'est parce que mon père ne pouvait imaginer que quelque chose de mal puisse advenir par la littérature ; c'est parce qu'il croyait profondément qu'il n'existe pire crime que la censure ; c'est parce qu'il souscrivait, en citant Diderot, à l'idée qu'*on tire parti de la mauvaise compagnie, comme du libertinage ; on est dédommagé de la perte de son innocence par celle de ses préjugés,* que mon père m'a naturellement soutenue dès qu'il s'agissait de lire, d'apprendre et de s'enthousiasmer. Et même pour Pierre Louÿs et sa plume charnelle, sa désinvolture vis-à-vis de la morale, son obsession de la pure beauté, son amertume romanesque, il en serait ainsi. Que mon entourage se montre pour le moins dubitatif face à la liberté qui m'était accordée dans le domaine des lettres n'était qu'une preuve supplémentaire de la bêtise des méthodes d'éducation qui consistent à autoriser des jeunes filles de quinze ans à s'habiller et se maquiller comme des trentenaires, mais à les punir si elles lisent un livre cochon. Si au moins elles étaient autorisées à faire les deux, elles se casseraient moins les dents sur la réalité.

Pierre Louÿs m'avait pris par la main et, non seulement il m'avait fait aimer l'amour, mais surtout il m'avait appris à rire du sexe. Du corps et de ses combinaisons amoureuses et sensuelles. Une telle légèreté et une telle adoration se dégageaient de ses descriptions du corps féminin, des poils, des aisselles, des odeurs, des anus, des bras, des fesses qu'il fallait être totalement dénué d'humour pour ne pas y être sensible. Il dédramatisait avec tant de style le corps que j'apprenais à aimer le mien. Et c'est ainsi que, comme par magie, j'ai perdu mes kilos en trop, sans même faire l'effort d'un régime. Mais Pierre Louÿs avait aussi la fibre dramatique nécessaire à ma colère : impossible de combiner l'éternité et l'amour, de faire des compromis, d'abandonner une parcelle de liberté, d'accepter les préjugés qui emprisonnent le corps, de jouer le jeu social. Toutefois, Pierre Louÿs finit par me décevoir, comme un amant peut vous décevoir au bout de quelques mois, quand la chair ne suffit plus à maintenir le lien et qu'il faut bien parler des convictions profondes. Pierre Louÿs était antisémite et il méprisait aussi les protestants qui méprisaient le corps. Il était homophobe mais il adorait Oscar Wilde – qu'il abandonna quand même lors de son procès. Il avait des faiblesses rédhibitoires. Il détestait Zola car il avait fait entrer la politique dans l'art – ce qui était inacceptable pour un disciple de Mallarmé. Mais « Haute-Tolérance » m'avait cependant éduquée, et si j'ai appris que beaucoup de mes auteurs cultes étaient antisémites – ainsi Voltaire qui combinait l'antisémitisme, l'islamophobie et l'homophobie, le racisme et l'esclavagisme – je veux croire que, née à la même époque, je n'aurais pas été du même camp. J'avais passé quatre ans au collège Anne-Frank et son *Journal* était au programme de lecture obligatoire. J'avais tant pleuré et tant aimé cette fille, qui avait mon âge et qui écrivait si bien, que je ne pouvais accepter l'idée même de l'antisémitisme. Et les premières familles qui nous avaient acceptés à notre arrivée en France étaient des familles juives qui, au contraire des musulmans du quartier, ne nous en voulaient pas de notre athéisme.

Il fallait bien se rendre à l'évidence : Pierre Louÿs ne comprenait pas grand-chose à la politique, mais il demeurait un grand écrivain. Et je pouvais toujours le tromper avec Zola. Ma rencontre amoureuse avec Pierre Louÿs s'était doublée de la concrétisation d'un autre amour. Parce que Pierre Louÿs était *ma* découverte et seulement la mienne, parce qu'il me paraissait si typiquement français – élégance, bohème, séduction, érudition – en tombant amoureuse de Pierre Louÿs, j'ai épousé la France. Je me suis approprié la Belle Époque de Louÿs comme si c'était mon passé. Je me promenais dans Paris sur les lieux où Pierre Louÿs avait vécu, j'apprenais ce qu'il aimait manger, les cafés qu'il fréquentait, les tailleurs qu'il préférait, la mode qui l'électrisait, les journaux qu'il lisait, et ainsi la culture française est descendue de son piédestal littéraire jusque dans mon assiette. Je peux parler de cette époque comme si je l'avais vécue. Plus tard, j'ai creusé avec le même appétit la Révolution française et la Seconde Guerre mondiale et mes balades intempestives dans le passé sont toujours sujettes à des taquineries de la part de mon entourage. Je connaissais le passé de leurs arrière-grands-parents mieux qu'eux et c'était un autre moyen de partager un passé commun. Aussi illusoire soit-il. L'exilé se raccroche à toutes les branches disponibles.

J'étais amoureuse de Louÿs comme mes copines étaient amoureuses d'un beau chanteur. Tout cela demeurait dans le domaine du fantasme, de la rêverie. En bref, tout cela était bien chaste et je n'ai pas eu l'idée de mettre en pratique les leçons érotiques de Pierre Louÿs – du moins avant l'âge. Paradoxalement, en lisant les célébrations plus ou moins scabreuses du sexe, en riant des jeux de mots et des situations burlesques qui naissent des désirs humains, je n'en respectais que davantage mon corps. Je ne voulais pas *juste coucher* – aucune fille ne veut juste coucher même si la plupart finissent par le faire. Je voulais tout découvrir, tout approfondir, je ne voulais partager qu'avec quelqu'un d'aussi curieux, aussi dénué de jugement moral que moi. Je voulais être amoureuse et faire l'amour mais avec goût. Je ne savais pas exactement ce que j'entendais par là, mais je voulais que la fameuse première fois qui obsède toutes les filles du monde se passe avec tout le respect possible dû à mon corps. Ce corps-là m'avait trop coûté jusque-là, il était hors de question que je l'oublie sous un prétexte hormonal ou par mimétisme social. Ainsi, tandis que mes copines perdaient leur virginité dans les larmes et les doutes, j'attendais patiemment qu'un homme plus malin que les autres m'enlève. Ce fut chose faite. J'ai fait l'amour avec beaucoup de goût dès la première fois. Il était hors de question que je brade ce corps qui était toute mon histoire, ce corps qui était le mien et qui était sujet à tant de débats, de Khomeiny à mes copines, en passant par ma mère et mes tantes. La littérature érotique de Pierre Louÿs n'avait pas fait de moi une dépravée et une impudique, mais une femme extrêmement sensible à l'importance de la volupté dans l'amour. Le corps n'était plus celui du *Tazieh*, il n'était plus le terrain des souffrances et des mauvais souvenirs. Il devenait un instrument vibrant et irrévérencieux au service de la liberté intellectuelle et morale. Et sans mon premier amour et ses comptines érotiques, je ne l'aurais jamais deviné.

Je poursuis ma collection des éditions originales et illustrées de l'œuvre de Pierre Louÿs, mais aussi de Marie de Régnier, Henri de Régnier, Gide des premiers temps, Jean de Tinan, José-Maria de Heredia. Mon cœur bat toujours aussi vite quand sur l'étal d'un bouquiniste, le nom de Pierre Louÿs s'offre à mon avidité de collectionneuse fétichiste. Un jour, alors que j'étais parfaitement fauchée, je me baladais sur le marché du livre ancien et d'occasion du parc Georges-Brassens. Je cherchais des livres d'occasion les moins chers possibles et *Aphrodite*, dans son édition originale, et *Les Trophées* de José-Maria de Heredia en maroquin blanc, m'ont rendue aveugle aux quinze jours qui restaient à vivre avant la fin du mois. J'ai négocié, comme je suis incapable de le faire habituellement, et j'ai emporté les deux volumes pour quatre-vingt-quinze euros. C'est peu dire que j'ai fini le mois morte de faim. Avec honte et un brin de culpabilité – alors que mes parents peinaient à boucler les fins de mois – je réussis à raconter l'anecdote à mon père qui a souri alors que j'attendais qu'il m'engueule pour me faire toucher terre. Il souriait parce que sa fille, sans s'en rendre compte, faisait comme Pierre Louÿs et préférait les livres anciens à un morceau de viande. Il souriait d'avoir une fille qui préférait les lettres à tout le reste. Il souriait, parce qu'il ne nous restait pas grand-chose, mais il nous restait ça. Il nous restait Louÿs et tous les autres, auprès desquels nous avions la chance de pouvoir nous réfugier pour oublier que nous n'avions jamais voyagé, jamais été insouciants, jamais été au calme.

Paris, 2013

L'éducation que j'ai reçue n'est certainement pas la plus parfaite et la souffrance qui fut la mienne quand il était impossible de parler autrement que par livres interposés avec mon père demeure le plus cuisant de mes souvenirs. Pourtant, je n'échangerais mon éducation contre aucune autre. Et quand aujourd'hui je vois des amis devenir parents à leur tour, il est rare que je ne ressente pas l'envie de coller dans le berceau de leur progéniture des livres de Pierre Louÿs. Surtout lorsqu'il s'agit de petites filles.

Passons sur l'affligeant besoin des mères de transformer leurs filles en d'insupportables princesses qui finiront par comprendre qu'elles n'en sont pas et en souffriront pour le restant de leurs jours, et concentrons-nous sur les pères – encore une fois. Des hommes de mon âge, des hommes qui – alors qu'ils décrivent toutes les femmes, avec qui ils ont couché et qu'ils n'ont pas rappelées, comme libres et consentantes – froncent les sourcils et tiennent des discours dignes des plus talentueux barbus quand il est question du corps libre et consentant de leur fille. Soudain, les filles n'ont plus le droit d'être libres, ou n'ont plus le droit de fréquenter des garçons, ou ne peuvent plus rire des blagues de cul. Ils sont professeurs, cadres supérieurs ou comédiens, mais ils sont tous des hommes limités quand ils sont pères. Limités par une peur ancestrale : imaginer leurs filles ayant une vie sexuelle. C'est cette possession-là qui est malsaine. Et pour une petite fille, entendre de la bouche de son père, littéralement dès le berceau, que le premier garçon dont elle s'entichera, il le tuera ? C'est… Comment dire ? Paralysant ? Destructeur ? Pourquoi les petites filles n'auraient-elles pas le droit d'avoir un corps ? J'aimerais que les petites filles soient félicitées comme les petits garçons, et à haute voix, des ravages probables qu'elles pourraient faire avec leur cul.

Il y a toujours un déjeuner où une dizaine d'adultes sont rassemblés autour d'un petit garçon aux grands yeux verts et tout le monde applaudit aux futurs cœurs qu'il brisera. Il y a toujours un déjeuner où une dizaine d'adultes sont rassemblés autour d'une petite fille aux larges boucles blondes et tout le monde rit en applaudissant aux blagues du père imitant la mitraillette qui achèvera le premier homme qui s'approchera de sa fille. Il y a toujours un déjeuner où une dizaine d'adultes reproduisent sans ciller les réflexes ancestraux qui différencient fondamentalement les filles des garçons. Il y a toujours un déjeuner où une dizaine d'adultes me donnent envie de sauter au cou de mon père.

Je n'ai jamais mesuré à sa juste valeur la tolérance de mon père. Il a dû subir la réprobation générale de ses choix d'éducation. « Quelle éducation ? » répondrait mon père. Oui. Quelle éducation ? Une éducation qui refuse de briser – ou de trop baliser – le chemin qu'empruntent les enfants pour devenir des adultes. Qu'il ait été un père autoritaire sans hausser la voix, peu affectueux car d'une timidité maladive, peu encourageant car très pragmatique, ne réduit en rien sa réussite en tant que mon père. Il me voulait autonome. Ce qui voulait dire consciente. Il refusait de me voir vivre dans une bulle d'innocence sous perfusion morale absurde – consistant à faire comme si le sexe n'existait pas ou la drogue ou la violence ou la misère émotionnelle.

Ainsi, quand j'eus l'âge – dix-sept ans – de sortir avec des amis, mon père m'a prise entre quatre-z-yeux et une bouteille de whisky. Ma mère et mon petit frère passaient le samedi avec des amis, nous étions seuls avec nos piles de livres et trois films à voir. Mon père a ouvert la bouteille et il m'a fait boire. C'était la première fois que je buvais comme un trou – bien que mon père m'ait fait goûter le vin dès treize ans, pour *apprendre*. Cette première cuite mémorable fut aussi la dernière. Mon père pouvait me laisser sortir l'esprit tranquille : je ne me jetterais pas sur la première bouteille venue et je ne finirais jamais une soirée ivre morte. Et il avait raison. Je n'ai jamais eu à utiliser pour justifier mes conneries l'excuse pitoyable et irrecevable : « Tu comprends... j'avais bu. » Ce qui valait pour l'alcool valait pour tout le reste. Il ne s'agit pas de trouver des excuses.

Paris, 1994

Se retrouver au café. Boire des demis de bière payés en centimes. Provoquer sans choquer. Avouer sans être jugée. Partager de la littérature et du cinéma. Rire. Débattre. Être ensemble – tout le temps pour n'importe quelle raison. N'être plus seule. C'était bon d'avoir bientôt dix-sept ans. C'était le lycée et cela n'avait plus rien à voir avec les collégiens agressifs de ma prime adolescence. C'était libérateur. Je remarquais au passage que le changement social, de la rue Trousseau à la rue de Sévigné, était palpable. Et si les habitants du Marais n'étaient ni exempts de préjugés ni de conneries, je me sentais davantage acceptée. Et avouons que la fille cultivée d'un couple de bourgeois iraniens devenus respectivement assistante maternelle et employé de labo photo, après une terrible Révolution et une terrifiante guerre, plaisait dans les quartiers plus bourgeois de Paris. C'était l'époque où je n'avais pas encore compris que c'était la place – réfugiée politique iranienne, victime de l'Histoire, maîtrisant parfaitement la langue et la culture française à qui tout un chacun commence toujours par annoncer « j'ai un(e) ami(e) iranien(ne)... » en s'attendant à ce que je frappe dans mes mains et sautille de contentement – la place donc que je devrais occuper pour continuer à me faire accepter. Ainsi si je voyais bien que tout le monde me parlait d'Iran alors que je répondais Pierre Louÿs, nous faisions tous comme si tout était pour le mieux. Et même si je ne retrouverais jamais cette confiance absolue que j'avais en moi enfant, je pouvais de nouveau dire ce que je pensais. J'avais des amis et ils étaient curieux de mes curiosités. C'était une victoire sur mon isolement, sur mes doutes, sur ma peur. Khomeiny était, pour la première fois, loin, très loin de moi. Il était confiné dans l'enfance et dans les premières années de l'exil. De loin, j'avais vraiment l'air d'une banale Parisienne.

C'était un samedi du mois de mai. Nous avions deux heures de français de 8 heures à 10 heures. Nous avions passé le vendredi soir chez une amie, dont les parents étaient absents, et nous avions veillé. Nous étions un groupe de cinq filles qui sentions encore un peu l'alcool, les yeux brillants d'avoir refusé le sommeil et la fin de l'année scolaire était proche. Tout allait bien, nous nous prenions déjà pour des grandes filles. C'était le jour de la remise des dernières dissertations dont le sujet portait sur *Les Liaisons dangereuses* de Choderlos de Laclos. C'était un corpus de textes à étudier et, si je me souviens bien, il s'agissait de montrer à travers une série de lettres, l'évolution de la Merteuil envers Valmont. Je n'avais pas encore lu le roman, mais j'aimais déjà la Merteuil. Il y avait cette lettre où, avec une pointe d'amertume déjà, elle décrivait la condition des femmes. Elle disait être née pour dominer le sexe masculin et venger le sien. Elle me parlait, elle m'était naturellement proche. Une héroïne, quoi ! J'étais confiante, j'étais certaine d'avoir réussi ma dissertation. Effectivement, j'avais récolté une excellente note et tandis que je lisais les observations de mon professeur de français, je vis qu'elle avait rayé en rouge toutes les fois où j'accolais le nom commun d'«héroïne» à celui de la Merteuil. Je levai la main. Je ne comprenais pas. Elle me répondit qu'antihéros était acceptable mais certainement pas héroïne. La Merteuil n'était pas une héroïne, c'était une méchante femme qui vivait pour le mal. «Non. Je ne suis pas d'accord.» Je refusais de lâcher le morceau, je n'avais pas lu le roman, je manquais d'arguments, mais je ne pouvais pas abandonner la Merteuil. Peut-être était-ce la fatigue ou les hormones ou seulement que j'étais une grande gueule et voulais impressionner mes camarades de classe. Je poursuivais le débat en beuglant à défaut d'avoir assez d'arguments. Je demandais à ma professeure de français si Rastignac était un héros, si Aurélien était un héros? Est-ce que le héros est forcément une victime? Et quand bien même, en payant de la mort son destin, la Merteuil devenait une héroïne. «Non, Abnousse, elle n'est pas positive. Elle ne valorise rien de bien. Elle n'a pas de morale. Elle n'évolue pas.» Je n'en revenais pas! «Ah bon? Et pourquoi? Elle se défend comme elle peut, elle manipule parce qu'elle n'a pas le choix, elle est à l'image de son siècle. Et Madame de Tourvel, c'est une héroïne parce qu'elle fait dans l'humanitaire? Et Cécile de Volanges encore plus, parce que c'est une dinde? Merde, Madame, vous pouvez pas dire ça!» Je ne pouvais plus me retenir. C'était sorti tout seul. La professeure n'a pas répondu tout de suite et je n'entendais pas le silence pesant. Je continuais de penser que je ne voulais pas réduire la Merteuil à être une anti – seulement parce qu'elle avait un cerveau et de l'ambition et je poursuivais à haute voix – «Et même si elle choisit de mettre son ambition au service du mal, elle est quand même mille fois plus romanesque, mille fois plus vivante que Tourvel ou Volanges ! Elle n'attend pas son destin comme une conne tranquillement installée près du feu, elle provoque le monde, elle joue, elle est putain d'active, merde ! » Re-silence pesant, mais cette fois je l'ai senti. Je parlais toute seule. Un élève a tenté d'intervenir je l'ai brutalement interrompu, la professeur m'a fait taire, je me suis mollement assise et la cloche a sonné. Je n'ai pas été punie, je n'ai pas perdu de points sur ma dissertation. Même si j'avais dépassé les bornes de la limite, c'était pour la bonne cause et peut-être que la professeure se rappelait que j'étais une (pauvre) réfugiée politique traumatisée par la Révolution, la guerre et l'exil. Ma Sainte Trinité à moi. Parfois aussi cela peut servir sans trop blesser.

L'après-midi même, je commençais la lecture des *Liaisons dangereuses* en long, large et travers. Je devais lui prouver que la Merteuil était une héroïne. Ou peut-être que je voulais me le prouver à moi. Que l'égalité, c'était quand les mauvaises femmes seraient des héroïnes au même titre que les mauvais hommes et surtout que personne n'attendrait plus des femmes qu'elles soient gentilles, victimes, vierges et effarouchées. J'étais en colère sans savoir exactement contre qui ou quoi. *C'est pas juste* était la seule expression dont je parvenais à me satisfaire quand je cherchais l'héroïne dans la Merteuil. La Merteuil qui avoue sa grande faille : elle est une femme et il n'est pas permis aux femmes d'être au grand jour comme les hommes. Elle est touchante et en colère. En colère parce que révoltée d'être seulement une femme. Je savais de quoi elle parlait. Je comprenais pourquoi elle avait choisi de briser des réputations, de prouver la bêtise du carcan moral, de manipuler les hommes comme les femmes, de faire de tous ceux qui la réduisaient à n'être qu'une femme, ses jouets. Elle était non seulement une héroïne, mais elle était aussi puissante. Puissante car consciente de son statut de femme, puissante car supérieure intellectuellement à tous les autres personnages, puissante car dominante. Si tout ça ne faisait pas une héroïne, j'étais foutue. Nous étions toutes foutues.

Une petite poignée d'années plus tard, j'ai compris ce que je refusais avec tant de force face à ma professeure de français qui voulait coller anti- à ma première héroïne féminine, j'ai compris ce que je ne supportais pas : les destins de femmes *courage* qui meurent pour que s'accomplisse la vérité. Et j'ai compris tout cela devant l'affreux film de Lars von Trier, *Breaking the waves*. Qu'il soit un grand réalisateur ne change rien à l'affaire. En tant que femme et en tant qu'athée, ce film est une déclaration de guerre. Bess, ce personnage immonde de sacrifiée lobotomisée est l'antiMerteuil, mais elle a l'honneur d'être une héroïne. J'étais dégoûtée. Que des femmes pleurent et applaudissent l'amour absolu de Bess pour son mari me rendait encore plus malade. J'étais encore debout face à ma professeure de français, les élèves de la classe de seconde du lycée Victor-Hugo sont à moitié endormis attendant que sonne la fin des cours et je parle, je défends, je tente de défendre les femmes seules, les femmes qui disent « non », les femmes qui n'attendent pas l'amour pour exister. Pendant ce temps, d'autres femmes, d'autres adolescentes rêvent de se sacrifier pour l'amour d'un porc. Mais c'est de l'art et la prostitution est acceptable quand il s'agit de maintenir les liens sacrés du mariage.

Par contre mes putes magnifiques qui ne devaient rien à personne sauf à leur cul et leur culture, et qui tenaient un temps le haut du pavé parisien, étaient des *vraies* putes qui ne méritaient pas de figurer dans l'histoire des femmes. Sauf la dame aux camélias qui crevait en sauvant un homme, qui crevait et alors elle devenait acceptable. Marie Duplessis était certainement la plus chiante des putes, mais sous prétexte qu'elle s'était sacrifiée pour que vive un homme, on la joue encore sur tous les tons, sur toutes les scènes du monde. J'avais envie de vomir. Je me suis engueulée avec des amis, j'ai encore perdu des amis, j'ai insulté, j'ai été insultée, mais je n'ai jamais pu accepter *Breaking the waves* comme un film d'amour. C'est un film de propagande religieuse, c'est un film qui rabaisse les femmes – mais aussi les hommes –, qui réduit le sexe à une souffrance, le mariage à un purgatoire et la mort à une libération. C'est le *Tazieh* version nordique. Bess sous la caméra de Lars von Trier était la preuve que la Merteuil était une héroïne. Mais je n'ai jamais retrouvé ma professeure de français pour le lui prouver.

La Merteuil mourrait peut-être seule de la petite vérole, la réputation entachée à jamais, la société – qu'elle méprisait et dominait – perdue et pourtant j'entends son ricanement d'outre-tombe. Elle avait perdu mais elle l'avait mérité. Elle avait été moteur de son destin et c'était cela que je cherchais à crier ce samedi matin du mois de mai où tout à coup Khomeiny m'était remonté dans la gorge. Il n'était pas parti. Il n'était même pas bien loin. Il me rappelait que j'étais une femme. Ce n'était pas encore gagné.

Paris, 2013

Ma mère me parle d'une pute qui avait ses quartiers chez un fleuriste non loin de la grande maison à Téhéran. Elle me dit qu'il lui arrivait, quand elle n'était pas avec un client dans l'arrière-boutique, de distribuer des fleurs aux passants. Elle me raconte qu'elle me trouvait si jolie qu'elle m'offrait une fleur quand nous la croisions. Et chaque fois, ma mère me reprenait la fleur des mains et la jetait quand la pute fleuriste ne nous voyait plus. Ensuite, elle me lavait les mains plusieurs fois. Ma mère se souvient que cette femme a été assassinée après la Révolution parce qu'elle continuait à distribuer des fleurs. Je ne me souvenais plus de cette femme et ma mère m'a raconté l'anecdote parce que je l'interrogeais sur des souvenirs de mon enfance. J'en ai la larme à l'œil et ma mère s'étonne. « Pourquoi tu pleures ? Ce n'était qu'une pute. » C'était hier, c'était l'anniversaire de mon père et malgré tout (notre histoire, mes passions, le voile en France), elle ne comprend toujours pas mes larmes. Je lui crie dessus, elle me dit que les putes sont des salopes et mon père nous calme parce qu'il sait que je suis en train d'écrire et même s'il refuse de me poser des questions, il sait que *Khomeiny, Sade et moi* égratigne ma famille. On aura tout le temps de se déchirer encore. Plus tard.

Mais voilà, je pleure sur toutes les putes du monde. Celles qui refusent le mariage imposé comme celles qui veulent aller à l'école, celles qui veulent exercer un métier, celles qui ne veulent pas porter le foulard, celles qui ne croient pas en Dieu. Je pleure sur toutes les femmes et les petites filles qui ne baissent pas les yeux devant les hommes, sur toutes les femmes et les petites filles qui ne suivent pas la norme, sur toutes celles qui sont mises au ban de la société, sur toutes celles qui sont mises sur le trottoir contre leur volonté, sur toutes celles qui souffrent parce qu'elles sont femmes. Toutes celles-là qui sont juste différentes, refusent de suivre un diktat moral et sont des putes. Je les pleure et que ma mère sourie de l'assassinat d'une femme qui se prostituait me fait pleurer davantage encore.

Ma mère n'a jamais rien compris au corps et a toujours craint les putes, mais c'est une femme adorable. J'aimerais lui faire comprendre que le corps ne mord pas, que le corps n'est pas honteux, que le corps est la clef de la libération. Mais je ne peux extraire de son âme son éducation, sa peur, son angoisse. Et je ne peux pas toujours me battre contre elle qui se bat depuis si longtemps pour nous nourrir. Elle a soixante-cinq ans, je ne peux pas toujours la reprendre, lui expliquer que les putes sont des femmes comme les autres et peut-être même qu'elles sont plus que les autres. Je ne peux pas toujours répéter à ma mère que les putes sont celles qui m'ont sauvée moi, alors que les prudes sont celles qui l'ont destituée elle, et qui lui font torcher le cul des enfants des autres depuis trente ans. Je ne peux plus taper sur l'éducation de ma mère pour qu'elle évacue ses réflexes de petite fille malheureuse. Je l'aime trop. Ou plutôt, non, je l'aime davantage depuis que je l'écoute sans l'interrompre. C'est peut-être ma folie à moi qui lui fait peur à elle. Ma provocation permanente. Mais je ne peux pas faire autrement, je ne peux pas. C'est plus fort que moi, c'est plus fort que tout, c'est terriblement répétitif pour ceux qui m'entourent. C'est ma folie à moi, c'est mon violon d'Ingres les femmes différentes, les femmes isolées, les femmes à voix forte, les femmes nues, les femmes dures, les femmes qui n'ont pas peur de dire *bite*, les femmes incomprises, les femmes décalées. Je sais que je choquerai toujours ma mère, comme j'ai pu choquer ma professeure de français, comme j'ai pu choquer des amis, comme j'ai pu choquer même mon père. Mais j'aimerais qu'une fois, une fois seulement, ma mère retire les voiles de son préjugé et me regarde. J'aimerais qu'elle pleure avec moi sur la pute qui exerçait ses talents dans l'arrière-boutique d'un fleuriste à Téhéran, à quelques pas de la grande maison, et qu'elle regrette d'avoir jeté toutes ses fleurs et de m'avoir lavé les mains pour effacer le contact avec ce qu'elle pensait être le mal. Ce jour-là, je n'aimerai pas davantage ma mère, mais je me dirai qu'il est possible que tout change pour de bon.

Paris, 1995

Dès notre arrivée en France, nous nous sommes installés dans le quartier de la Bastille. Nous avions à peine foulé le sol parisien que l'Histoire de France me prenait par la main. Nous étions encore dans le taxi lorsque je rencontrai le génie de la Bastille. Mon père m'avait très succinctement expliqué que c'était une prison qui était là avant la Révolution française, mais que le génie célébrait les journées de Juillet 1848, parce qu'il fallait toujours plusieurs révolutions pour faire la Révolution. J'ai d'abord pris peur : Révolution voulait dire barbus et mon père m'annonçait tranquillement que c'était pareil en France. Devant mes yeux ronds qui louchaient vers le chauffeur de taxi qui mourait de curiosité de savoir quelle drôle de langue nous parlions, mon père m'a rassurée : toutes les révolutions n'avaient ni le même but, ni les mêmes protagonistes. En France, la Révolution française, c'était « autre chose ». Cette « autre chose » m'avait ainsi fascinée dès mon premier jour parisien : qu'y avait-il dans cette « autre chose » qui la différenciait des barbus ? C'était quoi la recette pour faire des révolutions sans tuer la femme ?

Par extension enfantine, je pensais que le 85, rue de la Roquette – où nous habitions – avait aussi été construit sur l'emplacement de la prison. D'autant plus qu'avant le Père-Lachaise, il subsistait le porche d'entrée de la prison pour femmes de la Roquette et en face les dalles où la guillotine venait s'imbriquer. À mes yeux, c'était tout le quartier qui avait émergé sur l'emplacement de l'ancienne prison. De la place de la Bastille au Père-Lachaise, c'était la victoire des Lumières, des arbres et des rires, des écoles et des femmes qui courent après le bus. C'était aussi une église évangéliste, des clodos qui alpaguaient les passants la bouche pâteuse, et une synagogue. C'était une église tout ce qu'il y a de plus catholique et le théâtre de la Bastille et la librairie de mon père – rapidement transformée en papeterie pour subvenir à nos besoins – et des bars que je regardais avec envie, rêvant comme une grande de m'y s'installer seule avec un livre et un verre de vin blanc. Et personne ne trouverait rien à redire. C'était le Fify's bar et Madame Renée et ses chats, c'était le passage Bullourde – surnommé « passage de la merde » tant l'odeur était insupportable –, c'était la rue de Lappe que je n'avais pas le droit d'emprunter seule et qui était alors un coupe-gorge. C'était à chaque rue, à chaque tournant, une nouveauté, une mixité, des couleurs et des voix. Ne vous moquez pas : c'était la liberté telle que je pouvais l'imaginer enfant car tout le monde avait l'air de se foutre éperdument de ce que les autres pensaient. Nous vivions entre le théâtre de la Bastille – où mon père avait un ami algérien – et la synagogue, que fréquentait l'une de mes seules amies, en face d'un café-restaurant tenu par une famille kabyle que nous côtoyions, et à deux pas de l'église où se retrouvaient des amis portugais. C'était déjà une victoire pour moi, c'était la preuve que tout le monde se foutait des barbus de chacun, et ça, c'était merveilleux.

J'étais fascinée de savoir que dans les rues où je me promenais, chaque mur, chaque pavé, racontait comment des hommes et des femmes avaient libéré les prisonniers et instauré l'Égalité. J'ai découvert rapidement qu'il n'y avait que sept prisonniers à la Bastille dont deux aliénés et trois escrocs – et Sade jusqu'au 2 juillet 1789… – mais cela ne changeait pas l'ampleur de la révolte. C'était la prison du roi et de sa censure et c'était cette prison qu'il fallait libérer avant les autres. Je faisais encore comme si Napoléon et le Consulat, l'Empire et la Restauration n'existaient pas, comme si la Révolution française arrivait en ligne directe du XVIIIe siècle jusqu'à moi. Il y avait quelque chose de follement romantique, pour l'enfant qui ne savait pas encore le français. La preuve que tout pouvait basculer d'un coup, comme s'il suffisait de ne plus croire dans le pouvoir du roi pour qu'il se fracasse. Comme s'il suffisait de ne plus croire que Khomeiny était le Mahdi pour qu'il tombe. Ses membres dépassaient du linceul le jour de son enterrement. Il était tombé, mais les barbus s'accrochaient férocement à son cadavre. Je fus rassurée de voir qu'il fallait être patient pour tuer l'illuminé dans l'œuf. Dès que je lisais *Révolution française*, j'étais captivée. C'était comme si je retrouvais le nom de l'être aimé. Il faut tomber amoureux pour connaître la passion.

C'est ainsi que par hasard – mais certainement pas tant que ça – j'ai lu un article sur la littérature libertine. Je ne connaissais aucun des titres, aucun des auteurs (des anonymes et des pseudonymes, des inconnus et Mirabeau) mais ma curiosité était largement titillée : il y avait des femmes et du Pierre Louÿs dans la littérature libertine. J'ai commencé par *Thérèse philosophe*, parce que c'était un prénom de femme et que la philosophie était plutôt un truc d'homme.

J'ai commencé un samedi après-midi et j'ai lu d'une traite. J'étais transportée. Pas comme avec Maupassant ou Kundera et pas exactement comme avec des essais historiques. J'étais transportée autrement. J'avais l'impression de lire la vie, mode d'emploi. Il y avait une dialectique dans le déroulé des aventures de Thérèse qui forçait la lectrice que j'étais à m'y projeter tout entière. Tous les lecteurs de littérature libertine connaissent cet état : les préliminaires sont sexuels et le corps tout entier est tendu, échauffé par les descriptions précises des multiples péripéties auxquelles le corps est soumis, mais il n'y a pas de temps mort et le récit quitte les sens pour s'attaquer à la Raison. Il est alors impossible d'échapper à la rigueur du raisonnement, à la beauté des idées. J'étais conquise. Tout lecteur de roman libertin est conquis. Il ne peut se défendre : tout est fait pour faire bander le cerveau. L'érotisme, autrement dit le plaisir aigu des sens, fonctionne aussi avec la tête. Érotisme et art de la conversation vont de pair dans la littérature libertine. Ils sont à égalité et si c'est une libération, elle ne peut être que complète et totale.

Il me paraît évident que la lecture assidue de la littérature libertine a créé, entre l'objet livre et moi, une relation charnelle qui m'aura assez profondément marquée pour que je devienne incapable de vivre sans livres, sans la présence *physique* des livres. Je les aimais déjà, mais cela avait d'abord été une imitation de mon père et ensuite une arme pour me défendre dans l'exil. Mais le livre n'est devenu indispensable à ma survie que lorsqu'il s'est fait chair. Vivre entourée de livres est essentiel à mon équilibre. Ne riez pas encore : vous n'avez pas lu la littérature libertine, vous ne savez pas encore de quoi sont capables les révolutionnaires du siècle des Lumières lorsqu'il s'agit de transmuer les mots en chair et la chair en mots.

C'est tout naturellement que Madame C... – le corsage à peine reboutonné – demande à l'abbé T... – alors qu'ils viennent de *chanter le petit office* – de lui dire ses idées sur les religions. Et voilà le licencieux et brillant abbé T... qui se lance dans une démonstration métaphysique mettant au jour la contradiction entre la parole de Dieu et les lois que les hommes lui attribuent pour maintenir les sociétés en place. Il s'enflamme par la grâce de la Raison et passe à la moulinette l'origine des religions, l'illogisme de la pratique religieuse, la grandeur de Dieu et le besoin de pouvoir des hommes. J'avais l'impression de lire une description de mes barbus qui s'installent sur le trône au nom de Dieu et qui ne sont jamais que *des hommes ambitieux, de vastes génies, de grands politiques, nés dans différents siècles, dans diverses régions, (qui) ont tiré parti de la crédulité des peuples, ont annoncé des dieux souvent bizarres, fantasques, tyrans, ont établi des cultes, ont entrepris de former des sociétés, dont ils puissent devenir les chefs, les législateurs.* Dans une langue qui me fascinait, l'abbé T... et Thérèse me déniaisaient. Un cul nu n'était que les prémices de la liberté politique. Et c'est parce que les protagonistes de *Thérèse philosophe* se sont libérés des entraves du corps qu'ils sont capables de raisonner ainsi. Le corps et l'esprit sont liés pour démonter la bêtise des préjugés qui condamnent les hommes à l'obscurité, car il est évident que *pour être parfait chrétien, il faut être ignorant, croire aveuglément, renoncer à tous les plaisirs, aux honneurs, aux richesses, abandonner ses parents, ses amis, garder sa virginité, en un mot faire tout ce qui est contraire à la nature. Cependant cette nature n'opère sûrement que par la volonté de Dieu. Quelle contrariété la religion suppose dans un être infiniment juste et bon!* Remplacez chrétien par barbu et c'était un feu d'artifice dans ma tête. C'était aussi la certitude que ma solitude était somme toute bien relative: d'autres siècles avaient vécu et surtout survécu aux barbus.

Il y a dans la construction du roman libertin une clef qui ouvre la porte de l'esprit. Thérèse n'était pas une héroïne lointaine. C'était une lettre qu'elle nous avait adressée à travers le temps où elle se raconte et nous entraîne de l'acceptation de son corps à la célébration de la Raison, la chair et l'esprit se renvoyant la balle d'une rencontre à une autre, d'une découverte à une métaphysique de la vie. Et le tout est démontré sur un ton enthousiaste qui flatte le lecteur, qui lui fait partager un secret, qui l'introduit dans une sphère où tout peut être pensé et doit être pensé, remis en question, interrogé. *Comment des hommes ont-ils pu s'imaginer que la divinité se trouvait plus honorée, plus satisfaite, de leur voir manger un hareng qu'une mauviette, une soupe à l'oignon qu'une soupe au lard, une sole qu'une perdrix; et que cette même divinité les damnerait éternellement si dans certains jours ils donnaient la préférence à la soupe au lard? Faibles mortels! Vous croyez pouvoir offenser Dieu!* Et que fait Thérèse immédiatement après avoir entendu cette tirade – cachée derrière des rideaux pour espionner les étreintes de ses mentors? Elle file dans sa chambre reproduire *par écrit* les mots de l'abbé T... C'est une incitation à l'étude que la littérature libertine ! Une glorification du verbe ! Jamais je n'avais tant aimé le plaisir d'écrire et j'ai noirci bien des pages après ma rencontre avec Thérèse et c'était comme rendre hommage à toutes les révolutions qui avaient finalement réussi.

Dès les premières pages, Thérèse est rendue malade par la force du préjugé. Et ce préjugé est celui qui refuse le corps. Le corps est sale, le corps est dangereux, le corps est l'ennemi de la foi véritable. Thérèse, sous influence conjointe de sa mère et de son confesseur, subit les dogmes de l'Église, n'ayant aucune arme pour s'en défendre. Thérèse ne porte pas le foulard, mais elle est enfermée par sa mère dans un couvent – ce qui est pareil que de porter un foulard : à chaque culture sa prison des femmes. Thérèse jaunit et perd son énergie vitale parce que le corps doit être annihilé pour la gloire de Dieu. Elle sort du couvent, persuadée que son corps est une honte et que seule la flagellation – et la souffrance – peuvent la rapprocher de Dieu. Et soudain... en se dissimulant dans un cabinet de toilette, Thérèse découvre une de ses amies – aussi pénitente qu'elle – croyant subir les assauts du cordon de saint François se faire en réalité prendre par un curé des plus lubriques ayant la réputation d'un saint. Thérèse est choquée, perdue, dubitative et... excitée mais elle suit son instinct – pour une fois – et se confie à Madame C... qui saisit tout de suite ce qui est en jeu et engage un procès contre le curé licencieux... Mais nous apprenons très vite que Madame C... est une grande libertine. Thérèse le découvre en suivant ses leçons ainsi que celles de l'abbé T... et en constatant l'hypocrisie du pouvoir, de tous les pouvoirs. Ses joues reprennent de la couleur. L'horizon se lève enfin pour elle. À chaque étape de son éducation, la duplicité des hommes d'Église et la réalité du plaisir lui sautent à la gorge avec la même force. Au fur et à mesure, elle prend conscience que les femmes les plus vertueuses sont les plus salaces, et que les hommes qui prônent la pénitence ne sont que des pervers. Elle apprend que le corps est fruit de la nature et qu'il n'y a pas de mal à suivre ses instincts et qu'il est impossible que des lois écrites par des hommes la nient. Thérèse se lance à l'assaut du monde et chaque rencontre est le dévoilement d'une vérité. Les voiles du préjugé se lèvent et Thérèse peut se dresser, se dire philosophe et vivre avec l'homme qu'elle s'est choisi en décidant de ne jamais avoir d'enfant et de ne jamais se marier.

Remplacez couvent par voile, l'abbé T… par Pierre Louÿs et aventure par exil et c'est l'histoire de ma vie. Jusque dans la manie de Thérèse de se dissimuler dans les placards, dans les couloirs sombres, dans les cabinets de toilette pour découvrir la vérité. J'avais l'impression de me revoir enfant. Et dès qu'un événement était d'importance, elle se précipitait vers sa plume pour le reporter dans ses carnets. Plus qu'un roman et plus qu'un essai politique, *Thérèse philosophe* est un manuel de survie à l'adresse de toutes les femmes – et de tous les hommes – vivant sous le joug d'un pouvoir absolutiste. Les séquences d'apprentissage sexuel alternent avec les démonstrations politiques et l'ensemble a un goût de révolution. La Grande Révolution, la seule révolution : la révolution intérieure. Et c'était aussi la première fois que la vérité se dévoilait d'un point de vue féminin. La Merteuil n'était pas seule ! Elles étaient nombreuses les femmes qui osaient le « je » et qui n'étaient même pas victimes, même pas bigotes, même pas des saintes, même pas bêtes ! Elles prenaient la parole comme les hommes et leurs aventures n'avaient rien à leur envier !

J'enchaînai avec *Le Portier des Chartreux* où, dès la première page, le ton est donné : *Je suis le fruit de l'incontinence des révérends pères célestins de la ville de R... Je dis des révérends pères, parce que tous se vantaient d'avoir fourni à la composition de mon individu (...) Ah ! Surmontons ce faible remords : ne sait-on pas que tout homme est homme, et les moines surtout ? Ils ont donc la faculté de travailler à la propagation de l'espèce. Hé ! Pourquoi leur interdirait-on ? Ils s'en acquittent si bien.* C'est ainsi que débutent les Mémoires de Saturnin qui est travaillé par le désir dès son plus jeune âge et qui jette son dévolu sur sa sœur Suzon (qui n'est pas sa sœur). Quelle surprise alors de découvrir que Suzon – tout juste sortie du couvent – en sait davantage et se charge de son apprentissage sexuel... Le couvent est décidément l'école du plaisir... Et Saturnin poursuit son éducation sentimentalo-sexuelle pour découvrir que les femmes du monde s'ennuient et se languissent des hommes bien membrés, que la voie religieuse est la meilleure pour qui veut foutre en toute piété (*À juger sainement de toutes ces différentes espèces d'animaux qui rampent avec mépris à la surface de la terre et connues sous le nom général de moines, il faut les regarder comme autant d'ennemis de la société. Inhabiles aux devoirs que la qualité d'honnêtes gens exigeait d'eux, ils se sont soustraits à sa tyrannie et n'ont trouvé que le cloître qui pût servir d'asile à leurs inclinations vicieuses*) et que le préjugé est le premier des ennemis de l'homme (*Le préjugé est un animal qu'il faut envoyer paître*). C'étaient des lectures réjouissantes, des lectures aussi fantaisistes qu'intelligentes. C'était incroyable comme le fait de rire des hommes de Dieu les rendait inoffensifs !

Il y avait encore tous ces dialogues édifiants comme celui entre Angélique et Agnès (*Vénus dans le cloître* de l'Abbé du Prat) qui se lisait si vite et toujours avec le sourire et où les anecdotes de la vie des cloîtres ne sont que métaphore de l'hypocrisie de la société et où il est toujours question de transmission, de livres, d'études, de renversement des préjugés (*Tu seras étonnée d'entendre une fille de dix-neuf ans à vingt ans faire la savante, et de la voir pénétrer dans les plus cachés secrets de la politique religieuse. (...) Je sais que j'étais encore moins éclairée que toi à ton âge, et que tout ce que j'ai appris a succédé à une ignorance extrême : mais il faut que j'avoue aussi qu'il faudrait m'accuser de stupidité, si les soins que plusieurs grands hommes ont pris à me former n'avaient été suivis d'aucun fruit* et plus loin : *comme nous ne sommes nées d'un sexe à faire des lois, nous devons obéir à celle que nous avons trouvées, et suivre, comme des vérités connues, beaucoup de choses qui d'elles-mêmes ne passent chez plusieurs que pour opinions. (...) Je t'apprendrais en peu de paroles ce qu'un révérend père jésuite (...) me disait dans le temps qu'il tâchait à m'ouvrir l'esprit et à le rendre capable des spéculations présentes*).

Une éducation. L'esprit critique. Apprendre à spéculer. Ouvrir son esprit. Remettre en question. Douter. Tout le temps. La littérature libertine c'est une éducation qui aboutit à la liberté, c'est une transgression qui donne des ailes à la pensée. Tout comme les lettres d'Érosie à Juliette demeurée au couvent tandis que son amie apprend à guérir de sa haine des hommes et à jouir de la vie (*Le Doctorat impromptu* d'Andréa de Nerciat) ou encore *Le Rideau levé ou l'Éducation de Laure* de Mirabeau (l'un de mes romans libertins de chevet avec *Thérèse philosophe*) où tous les préjugés, tous les interdits sont passés à la moulinette de la réflexion pour donner la chance à Laure de dépasser son destin de femme et de connaître le bonheur sur terre et non pas dans l'attente d'un hypothétique au-delà. (*Es-tu folle, ma chère enfant ? Crois-tu que je fasse dépendre mon estime et mon amitié des préjugés reçus ? Qu'importe qu'une femme ait été dans les bras d'un autre amant si les qualités de son cœur, si l'égalité de son humeur, la douceur de son caractère, les agréments de son esprit et les grâces de sa personne n'en sont point altérés, et si elle est encore susceptible d'un tendre attachement ? Crois-tu qu'elle ait moins de prix qu'une veuve, à mérite égal, sur qui l'on aura jeté quelques gouttes d'eau et marmotté des paroles pour lui permettre de coucher avec un homme au su de tout le monde, et d'en promener les fruits avec ostentation ? (...) Les femmes sont-elles donc comme les chevaux, auxquels on ne met de prix qu'à proportion qu'ils sont neufs ?*)

Ce fut une période de lecture incroyable. Je découvrais un monde unique où hommes et femmes étaient à égalité et même s'ils ne l'étaient que cachés, dans l'intimité, dans les cercles protégés des libertins, c'était déjà le début de quelque chose de plus grand qui pouvait contaminer la société tout entière. Tous les personnages naissaient dans l'ignorance et c'était à force de lectures, de débats, de doutes, d'expériences, que la bêtise s'éloignait et que les héroïnes pouvaient vivre la vie telle qu'elle doit être, libérée des préjugés sans fondements qui ne les ont que trop empoisonnées.

Le sexe n'était là que pour renverser la toute-puissance de l'Église – s'envoyer en l'air sans procréer est le plus parfait pied de nez contre les dogmes du christianisme – le sexe n'était qu'une arme contre l'extrémisme du pouvoir, le sexe était le moyen le plus noble de renverser les préjugés. Et je comprenais que ce corps – féminin surtout – avait toujours été au centre du pouvoir, qu'il soit réduit à la transparence ou qu'il soit loué. Le pouvoir absolu et combiné de la monarchie et de l'Église ne tendait que vers un unique but : maintenir les sujets figés par une série d'interdits. C'était la monarchie des barbus et elle n'est pas bien différente de la République des barbus. Ce ne sont jamais que des hommes qui entretiennent d'autres hommes dans une prison de craintes, dans une cage de protection illusoire et qui finissent toujours par pousser le bouchon trop loin contre la nature. Tout commence toujours par une émeute de la faim et c'est le premier cri du corps. Puis, c'est la libération totale et absolue. Mais le nouveau pouvoir prend toujours peur. Il tremble de voir les corps en mouvement. Et systématiquement, la liberté du corps est entravée par sa réglementation minutieuse. Comme si l'impérieuse survie du corps politique tenait à sa domination sur le corps charnel. Souvent la femme est gommée. La Révolution française a joyeusement effacé du corps citoyen le corps féminin. Et elle a interdit aux femmes le port du pantalon. Ben voyons. Leur appréhension était si grande de les voir – ne serait-ce que physiquement – à l'image des hommes, que les révolutionnaires ont interdit le travestissement. Dis-moi ce que tu fais du corps et je te dirai de quoi tu as peur. Mais c'est toujours la même rengaine, les barbus finissent par tomber : ils pressurisent tellement le corps qu'il finit par leur exploser au visage. C'est long, c'est douloureux, mais c'est possible. Il faut s'armer. Et quoi de mieux que le roman libertin pour rire sous leur nez en troussant sa jupe ?

J'avais surtout compris avec Thérèse que je n'avais pas encore brûlé mon foulard, je l'avais seulement retiré. Car il ne suffit pas de montrer son cul et de dire « non », il faut aussi renverser toute une série de certitudes. Et argumenter. Et pour argumenter, il ne suffit pas seulement de posséder de la culture. Non. Il faut apprendre à raisonner, il faut apprendre à faire des liens entre les choses qui n'en ont pas, il faut réfléchir à la portée d'un bout de tissu, exactement comme durant le siècle des Lumières, il fallait trouver de quoi renverser le roi, le curé et les courtisans. De l'intérieur. Trouver de quoi les renvoyer à leurs contradictions, à leurs peurs futiles et à leurs petitesses. Et c'est seulement à ce moment-là...

Thérèse et ses congénères ont fait le travail pour moi : je n'avais plus qu'à lire. Thérèse avait su donner à mon passé, à mon cul nu, à mon besoin de dire la vérité, un lustre prestigieux. Elle avait ouvert les portes de la Raison et m'avait donné des ingrédients avec lesquels je pourrais me défendre : la curiosité, la patience et le doute. Il faut remettre en question, découvrir la nature cachée des idées toutes faites, les détourner grâce à une réflexion sans entraves et enfin – peut-être – au bout du chemin, découvrir la lumière. Une lumière qui dit l'universalité des droits de l'humain, qui transforme la Révolution française en méthode de pensée, qui rend immortelles et infinies les possibilités du changement. Thérèse ou la possibilité du bonheur.

Paris, 2013

La littérature libertine, c'est le mouvement. Le mouvement qui balaye, le mouvement qui libère, le mouvement qui détruit les vieux rois et les évêques poussiéreux. Le mouvement, c'est la respiration bruyante du peuple qui refuse – enfin – de s'en laisser conter par les représentants du pouvoir, qu'il soit séculaire ou divin, mais qui est toujours le pouvoir qui broie. Le mouvement, le souffle de la vie dans la mort, le refus d'accepter, l'impossibilité de se taire. Il faut écouter et accepter ce mouvement. Mais cela ne fut pas sans peine. Car c'était aussi accepter que la Révolution des barbus ait *aussi* été un « NON » énergique et incontrôlable, contre le Shah et contre la misère, contre l'Occident qui se nourrissait du pétrole et de la faim, contre ce qu'ils pensaient être une décadence de la culture iranienne. Accepter que les « NON » des barbus et des corbeaux avaient la même force et quasi la même origine que la Révolution française, et déplorer non pas la Révolution mais les choix absurdes et suicidaires de l'*après*. Mes barbus et mes corbeaux n'avaient pas eu tort de vouloir que tout change, ils avaient juste ruiné la possibilité de la démocratie en se réfugiant dans la barbe du « vieux en noir & blanc ». Ils étaient encore trop affamés et avaient peur de ce qu'ils ne connaissaient pas. Alors, ils se sont cachés dans ce qui leur apparaissait le plus familier : la religion de leurs pères. Si la littérature libertine avait fleuri sur le pavé téhéranais, peut-être qu'ils auraient eu un autre choix. Peut-être qu'ils auraient eu moins la trouille et qu'ils auraient osé. Osé l'inconnu, osé l'athéisme, osé la liberté. Rajoutons à cela la profondeur mystique de la culture persane et vous avez la Révolution des barbus et des corbeaux. Ce n'était peut-être pas grand-chose mais cela me permettait au moins de comprendre – et de pardonner. La question ne se posait pas de savoir si c'était à moi de pardonner, je me croyais vraiment une enfant de l'Histoire et je pensais avoir un droit d'inventaire. Je ne voulais pas être seulement une victime silencieuse de la Révolution, de la guerre et de l'exil. Je voulais être active, partie prenante et juge.

J'aimerais bombarder les pays des barbus avec des livres libertins. J'aimerais mettre entre toutes les mains ces livres interdits qui étaient classés dans les rayons philosophie des librairies. J'aimerais qu'ils apprennent à avoir moins peur de leurs corps et qu'ils cessent d'imaginer que le corps des femmes n'attend que la liberté pour les quitter. À force de lire, à force de vouloir comprendre pourquoi des femmes portaient des foulards à Paris, j'ai découvert des analyses qui incriminaient la colonisation. C'est parce que les hommes colonisés avaient été dépossédés de leur terre, de leur liberté, qu'ils s'étaient défoulés sur les femmes en transformant leurs corps en zone ultra-privée. Comme si la possession des femmes était la seule forme d'honneur qui leur restait. Et il n'est pas ardu d'imaginer l'angoisse de la dépossession chez un colonisé. Mais la femme enfermée dans la maison et enfermée dans son hijab est une femme emmurée. Elle n'existe plus que dans les limites du privé. Elle n'existe plus. Disparue. Et lorsque les hommes avaient été libérés par la décolonisation, ils avaient poursuivi l'enfermement des femmes. Comme s'ils avaient fini par y prendre du plaisir. Comme si c'était au-delà du problème politique, un problème culturel. Comme si les hommes ne pouvaient bander que face à la femme recouverte, pure, prude. Même si c'était faux, même si derrière les murs et les voiles elles n'étaient ni prudes, ni pures. Comme si ce qui importait avant tout, c'était qu'elles le soient aux yeux des autres. Les femmes sont restées enfermées à l'intérieur. De leurs maisons et de leurs voiles. Et des hammams.

Les films de femmes qui se déroulent dans des hammams où elles racontent leur intimité et leurs malheurs à force de langage grossier m'exaspèrent. Je me fous qu'elles se parlent les unes aux autres, je me fous qu'elles soient franches et vulgaires à l'intérieur du hammam ou d'un salon d'esthéticienne ! Je veux les voir dans la rue, face à des hommes et armées du même langage. J'en ai ma claque de ces situations qui rassurent les Occidentaux et les barbus. Tant que les femmes restent enfermées dans le hammam, tout va bien. Le hammam est assez exotique et permet de dénuder les corps, youpi ! Mais quand la caméra ne tourne plus, quand les idées reçues sur la sensualité des Orientales volent en éclats sous le voile de la domination masculine, les femmes demeurent seules, étrangement seules, étrangement silencieuses. Ce ne sont plus que des femmes battues par les hommes. Des femmes qui ont perdu, des femmes qui n'ont même pas pu jouer. C'est vrai, pardonnez-moi, j'oublie toujours qu'il y en a une parmi ces femmes qui est différente, une qui ose, une qui joue la même partition hors du hammam. C'est souvent celle-là qui fait pleurer, c'est souvent celle-là qui finit mal, c'est souvent celle-là qui est la caution réaliste des films de hammam. La réalité tout entière se niche dans son destin de femme tombée pour que les autres continuent de rire des vies des autres dans les vapeurs d'eau chaude. Eh bien non ! Ça ne va pas du tout ! Il ne devrait plus exister de lieux féminins de la parole. La femme est devenue – et demeure – la zone qui délimite l'honneur de l'homme. La décolonisation n'a pas libéré le corps des femmes. Il est resté en sursis jusqu'à aujourd'hui.

Rien ne changera si les mentalités nées de la culture-prison n'évoluent pas. Une femme par-ci, une femme par-là aura assez de force et de courage pour avancer sans peur de sa réputation, sans crainte des insultes, sans doute sur son avenir. Mais toutes les autres ? Elles vont faire quoi en attendant ? À part attendre qu'une petite fille de dix ans prenne la route pour éviter un mariage forcé, qu'un groupe d'écolières parvienne sans mourir dans l'école déjà dynamitée deux fois, qu'une femme soit pendue parce qu'elle a été violée par des sauvages qu'elle a provoqués, forcément provoqués, parce qu'elle est une femme et qu'elle a perdu son honneur – et celui de toute sa famille, de l'arrière-grand-père à l'oncle lointain – en se faisant violer ? Elles attendent et elles devraient en profiter pour lire. Elles devraient en profiter pour déterrer des armes-livres et attendre la bonne heure pour mettre fin aux préjugés qui les font attendre depuis si longtemps, depuis la nuit des temps des hommes qui n'exercent leur pouvoir que sur elles. Elles devraient, toutes ces femmes, prendre le pouvoir-livre et éduquer leurs filles et leurs fils à la force de la Raison. Et attendre le jour où les enfants devenus adultes jugeront le moment venu de détruire des siècles d'obscurantisme et de faire du pouvoir un lieu de débat, d'Égalité et de Raison. Il n'y aura plus jamais de femme emmurée dans la prison des hommes qui craignent tant de les perdre.

Je pense souvent au film de Philip Kaufman qui porte le titre si symbolique de *Quills* – la plume. Le film raconte un Sade enfermé à l'asile de Charenton. Ce n'est pas un très bon film. Ce n'est pas un film historique, c'est un film symbolique, une apologie de Sade fou d'écriture, incapable de vivre sans plume. Il y a une lingère, belle comme le jour, même pas une putain, mais qui aime les mots et qui est convaincue que les mots de Sade peuvent beaucoup pour la femme et pour la liberté. Alors, elle l'aide en dissimulant entre le linge des curés et des bonnes sœurs, les pages de Sade interdites par la loi pour les remettre à son éditeur. Il y a les fous et il y a un évêque parfaitement engoncé dans les voiles du préjugé, qui déteste Sade et qui épouse une jeune pucelle, tout juste sortie du couvent. Ce qui choque Sade plus que tout : qu'une petite fille se retrouve entre les pattes d'un faux puritain qui lui fera certainement subir tout ce qu'il condamne du haut de sa chaire. Mais la petite fille épousée par l'évêque est dotée d'un cerveau et elle sait lire. Un livre de Sade se retrouve entre ses mains. Elle en change la couverture pour faire croire à une lecture édifiante. Et elle lit. Et parce qu'elle lit et que les nuages de son éducation s'évaporent, elle remarque la jeunesse et la beauté de l'architecte qui recouvre de marbre le manoir nouveau riche que son mari lubrique fait construire pour servir de prison à sa belle. Mais il est trop tard : la petite fille du couvent a lu. Elle a lu et elle sait que le mal n'est pas entre ses jambes ou sous la plume du marquis, mais entre les mains de son mari. Elle s'enfuit avec le jeune architecte et prend soin de laisser en guise de lettre d'adieu à son mari devenu fou de rage le livre qui l'a libérée. Voilà. C'est aussi simple que ça. C'est aussi beau que ça : une petite fille vouée à être le jouet des désirs malsains d'un barbu se libère de ses entraves matrimoniales en lisant les mots sans concession de Sade. C'est ainsi que les femmes se libéreront.

C'est ainsi et seulement ainsi, dans l'intimité de la lecture, dans la démarche irréversible de l'apprentissage intellectuel, que les femmes n'auront plus jamais peur de leur corps, des hommes, de leur mère, de leur père, du pouvoir. Ne cherchez pas plus loin, ne cherchez pas des armes plus performantes, des soldats plus aguerris, des slogans plus percutants, bombardez les pays des barbus avec des romans libertins du XVIIIe siècle français, donnez à lire, donnez à penser. Donnez-leur de quoi briser leurs chaînes, donnez-leur de quoi respirer pour de bon, donnez-leur de quoi incendier tous les voiles du monde. Et ce jour-là, vous verrez une mère et un père accompagner avec fierté leur petite fille à l'école pour son premier jour. Et le premier barbu qui voudra leur dire « non », qui voudra que la petite fille ne sache pas lire, qui voudra la voir mariée avec un vieux barbu, ce premier barbu n'aura pas le droit d'exister. Il sera déjà mort.

Paris, 1997

Le divin marquis est entré dans ma vie en juillet 1997 avec *La Philosophie dans le boudoir*. Après avoir lu des romans libertins plus ou moins anonymes, Sade qui assumait la paternité de ses écrits avec éclat et qui l'avait payé d'une vie en prison, me... gênait affreusement. Dès les premières pages, je me suis surprise à cacher le livre aux yeux des usagers des transports parisiens, des promeneurs comme de mes amis. J'ai cessé de transporter avec moi *La Philosophie dans le boudoir*. C'était une lecture *enfermée*. J'étais confuse de censurer aux yeux des autres ma lecture et j'étais malade de ne pouvoir faire autrement. Je comprenais ce qu'il y avait de plus terrible dans les mots de Sade et j'étais tout à fait incapable de lire à haute voix des passages de ses livres. Même *Trois filles de leur mère*, le «pire» roman pornographique de Louÿs était moins terrorisant que le moins excessif des romans de Sade. Le marquis me paralysait. Je le lisais dans ma chambre, dos à la porte, à l'affût de l'intrusion de mes parents ou de mon petit frère. Je cachais ses livres sous ma lingerie – c'était le seul endroit où personne n'irait fouiller et le mieux adapté des lieux pour Sade. J'étais, en un mot, mal à l'aise. Et c'était bien la première fois que j'avais honte d'une lecture.

La littérature libertine qui m'enchantait était imprégnée de philosophie, de démonstration politique et les jeux sexuels étaient somme toute bon enfant, drôles et assez improbables pour n'être que de la... fiction. C'était clair, net et sans bavure. Le contraire de l'œuvre de Sade : sinistre, équivoque et maculée. C'était de la fiction aussi mais ce l'était... trop. Tout était possible avec les mots et Sade ne se gênait pas. Dans *La Philosophie dans le boudoir* la chair est anatomique, disséquée, torturée, objet de toutes les jouissances imaginables (et même plus) et de toutes les douleurs inspirées par le désir et seulement le désir (la nature). C'est une description si précise qu'elle en devient insupportable. Je me débattais avec les mots du marquis et il était impossible d'y échapper. C'était un cours magistral, cynique et terriblement embarrassant. Mais il y avait aux trois quarts de la pièce un texte prodigieux («Français, encore un effort si vous voulez être républicains») dont je recopiais des passages entiers pour en tapisser les murs de ma chambre – entre les nus de femmes et l'arbre généalogique des Rougon-Macquart établi par mes soins. Cette déclaration des nouveaux droits de l'homme et de la femme contient et synthétise toute la pensée de Sade. Toute son œuvre fictionnelle est la parfaite illustration de ce pamphlet politique. La République selon Sade n'interdit rien qui soit contraire à la nature – seul antidote aux lois injustes des hommes. La colère de Sade qui bâtit sa République tient dans cette question : *Est-il possible d'être assez barbare pour oser condamner à mort un malheureux individu dont tout le crime est de ne pas avoir les mêmes goûts que vous ?*

Sade prêche pour sa paroisse et s'il ne recule devant rien, c'est que le pouvoir n'a jamais reculé. «Français, encore un effort...» est un texte d'actualité. Non par ce qu'il défend mais parce qu'il démontre la possibilité pour les hommes d'une liberté totale indissociable de la fin de l'ignorance. L'athéisme de Sade n'est pas seulement dirigé contre Dieu et la religion mais contre tout: la morale, la bienséance, la monarchie, le clergé et le roi. Il ne croit en rien. Il est intimement persuadé que les lois ne peuvent rien pour les hommes et que la République ne peut exister qu'en acceptant les natures multiples des hommes. Ainsi, l'inceste n'est un crime que sous un régime tyrannique car *l'inceste étend les liens des familles et rend par conséquent plus actif l'amour des citoyens pour la patrie, il nous est dicté par les premières lois de la nature, nous l'éprouvons, et la jouissance des objets qui nous appartiennent nous sembla toujours plus délicieuse*; le meurtre n'est plus un crime mais une inclinaison naturelle, *daignons éclairer un instant notre âme du saint flambeau de la philosophie: quelle autre voix que celle de la nature nous suggère les haines personnelles, les vengeances, les guerres, en un mot tous ces motifs de meurtres perpétuels ? Or, si elle nous les conseille, elle en a donc besoin*; la prostitution devient étatisée sous la plume de Sade et les maisons closes ne sont plus réservées aux prostitués et *il y aura donc des maisons destinées au libertinage des femmes et, comme celles des hommes, sous la protection du gouvernement: là, leur seront fournis tous les individus de l'un et l'autre sexes qu'elles pourront désirer, et plus elles fréquenteront ces établissements et plus elle seront estimées. Il n'y a rien de si barbare et de si ridicule que d'avoir attaché l'honneur et la vertu des femmes à la résistance qu'elles mettent à des désirs qu'elles ont reçus de la nature et qu'échauffent sans cesse ceux qui ont la barbarie de les blâmer.*

Sade autorise tout sauf Dieu qui est bâti sur l'ignorance, cause de tous les malheurs de la nation car *c'est que quand on a peur, on cesse de raisonner; c'est qu'on leur a surtout recommandé de se défier de leur raison et que, quand la cervelle est troublée, on croit tout et n'examine rien. L'ignorance et la peur, leur direz-vous encore, voilà les deux bases de toutes les religions*. Sade démonte patiemment la société et substitue aux lois la nature dans ce qu'elle a de plus sauvage et de plus euphorisant. Il est «naturellement» contre la peine de mort qui *n'a jamais réprimé le crime, puisqu'on le commet chaque jour aux pieds de l'échafaud. On doit supprimer cette peine, en un mot, parce qu'il n'y a point de plus mauvais calcul que celui de faire mourir un homme pour en avoir tué un autre, puisqu'il résulte évidemment de ce procédé qu'au lieu d'un homme de moins, en voilà tout d'un coup deux, et qu'il n'y a que des bourreaux ou des imbéciles auxquels une telle arithmétique puisse être familière* et pour la réduction au minimum des contraintes de la loi même s'il convient *que l'on ne peut pas faire autant de lois qu'il y a d'hommes; mais les lois peuvent être si douces, en si petit nombre, que tous les hommes, de quelque caractère qu'ils soient puissent facilement s'y plier*; il s'interroge sur la qualité égalitaire du droit avec un sens certain de la formule: *or, je vous demande maintenant, si elle est bien juste, la loi qui ordonne à celui qui n'a rien de respecter celui qui a tout*; et il accorde *exactement* les mêmes droits et les mêmes devoirs aux hommes et aux femmes car *jamais un acte de possession ne peut être exercé sur un être libre : il est aussi injuste de posséder exclusivement une femme qu'il l'est de posséder des esclaves ; tous les hommes sont nés libres, tous sont égaux en droit : ne perdons jamais de vue ces principes ; il ne peut donc être jamais donné, d'après cela, de droit légitime à un sexe de s'emparer exclusivement de l'autre, et jamais l'un de ces sexes ou l'une de ces classes ne peut posséder l'autre arbitrairement.* « Français, encore un effort... » est un texte qui mériterait d'être lu par les politiques et par les citoyens.

Sade est un conteur absolu et un penseur radical, ce qui rend ses écrits étrangement poétiques, donc, parfaitement recevables. Mais il y a aussi dans cet appel aux armes, dans cette volonté de lever les citoyens en masse contre la tyrannie, le désir de Sade d'être accepté. Lui qui n'a pas les goûts de tout le monde et qui a manqué l'échafaud de très peu, qui aime la sodomie et les pratiques sexuelles « particulières » (disons-le une bonne fois pour toutes : Sade était très certainement un délinquant sexuel) défend sa nature et ses préférences avec désespoir. Peut-être était-ce cet aveu derrière toute sa rhétorique politique, sa faiblesse et sa peine qui m'avaient touchée et poussée à poursuivre une lecture tellement pénible.

La première fois que j'ai ouvert un livre de Sade, mon univers si ouaté a explosé, mes certitudes ont fondu, j'étais redevenue vierge de tout savoir. C'est peut-être là le plus grand des talents de Sade : il sape tout. Après lui, la terre est carbonisée, les fleurs fanées, le bon goût pulvérisé. Mais l'humour et l'extrémisme dont il fait preuve me sauvaient de mon désir de refermer le livre : je n'avais jamais lu tant de mots crus.

Jamais. Ce qui m'a permis de poursuivre ma lecture, c'est la curiosité... mâtinée de masochisme. C'était aussi que j'étais têtue : Sade incarnait le siècle libertin et j'aurais eu honte de cesser de le fréquenter. C'était exactement le même sentiment que lorsque dans une rame de métro s'installait un clochard qui sent excessivement mauvais. Les passagers descendaient dans leur grande majorité à l'arrêt suivant. Je n'y arrivais pas : je restais avec le clochard parce que j'avais trop honte de lui montrer que son odeur m'incommodait. C'était pareil avec Sade : je n'osais pas sortir de ses écrits alors qu'il les avait payés d'une vie en prison. Peut-être qu'il me faisait peur aussi. Comme s'il se penchait par-dessus mon épaule pour m'observer lisant et qu'il attendait que je détourne la tête pour rire de moi.

Peut-être était-ce absolument nécessaire d'avoir honte. Peut-être que Sade dépassait tellement TOUT, qu'il poussait tellement loin, qu'il s'amusait tant et tant à choquer, à décrire l'improbable, à décrire ce qui ne se murmure même pas dans l'obscurité des chambres à coucher, qu'il était indispensable de le lire dans le noir. Peut-être que la première des démarches c'est d'avoir honte, puis de surmonter sa honte. Peut-être que si ses lecteurs dépassent le dégoût et la honte, ils deviennent enfin mûrs pour la République.

Lorsque j'ai ouvert *Les Cent Vingt Journées de Sodome*, je déglutissais difficilement. Si *La philosophie dans le boudoir* me mettait mal à l'aise, le premier roman de Sade m'enfonçait sous terre. C'était... ahurissant non seulement à force de violence mais de justification de cette violence. Les quatre hommes qui s'enferment dans un château pour aller au bout de leur désir, c'est la porte ouverte sur un monde où il n'y a plus aucune forme de loi, aucune morale, aucun respect, aucune fuite possible. Il n'y a que des corps passifs. Des corps soumis dont jouissent ceux qui ont le pouvoir et qui s'ennuient tant ils ont déjà tout ressenti, tout vécu – les maîtres de cérémonies sont un duc, un évêque, un président et un financier. Le corps réduit à une fonction et une seule : le plaisir. Et parce que ces hommes ont tout tenté, le plaisir est difficile et la jouissance devenue quasi impossible. Alors, ils vont plus loin, la graduation du plaisir va de pair avec le mal et le lecteur s'il en est malade n'en est pas moins énervé sensuellement – malgré lui et malgré le dégoût. Il n'y a pas d'échappatoire au château de Silling, ni pour les corps, ni pour le lecteur. Il n'y a pas de volonté chez ceux qui sont victimes. Il y a quatre hommes dominants et quatre vieilles courtisanes qui compulsent les six cents perversions existantes et des corps qui subissent. Les mots sont assassins, l'orgasme se confond systématiquement avec le meurtre, nul ne sort indemne ni du château isolé au cœur de la forêt noire, ni de la lecture.

Je suis encore persuadée, exactement comme je l'étais en refermant *Les Cent Vingt Journées de Sodome*, que je venais de muer. Je changeais de catégorie. Je n'étais plus innocente, j'étais malade. Je n'étais plus une victime des barbus, j'étais leur pire cauchemar. Je savais des choses terribles sur mes congénères. Et étrangement, toute cette débauche m'assurait une chose : j'étais esclave de la liberté. J'étais esclave de l'idée d'après laquelle il est impossible de condamner l'Autre pour sa différence tant qu'elle n'est pas dogmatique et ne veut pas vous réduire à être lui. Par exemple, s'il m'était impossible d'accepter l'inceste et la pédophilie, le meurtre et le viol comme allant de soi, je savais aussi que derrière ces horreurs, il y avait des hommes et qu'il fallait les soigner certainement, les enfermer sûrement mais les condamner à mort jamais. Jamais après Sade je n'ai été capable de dire : « Je suis contre la peine de mort mais quand même tu comprends lorsqu'il s'agit de pédophilie, etc. » Jamais. Je suis contre la peine de mort, point. Il n'y a pas de demi-mesure. Soit je considère la pédophilie comme une maladie et je refuse de tuer des malades, soit je considère que c'est un goût comme un autre et dans ce cas-là je ne peux pas même l'interdire. Sade vous force à prendre des décisions morales précises et à s'y conformer. Avec Sade j'ai su qu'être contre la peine de mort, c'était être contre toutes les formes de peine de mort. Même celles qui font terriblement envie. Sade m'a aussi donné une clef pour tenter de régler la grande question qui me taraudait depuis l'enfance : intérieur/extérieur, privé/public. Si Sade voulait que tout soit permis, que tout soit au grand jour, c'est qu'il vomissait l'hypocrisie. La schizophrénie sociale est la porte ouverte à la folie. Cette tentative de marier l'homme privé et l'homme public, c'était essayer de régler le premier des problèmes des sociétés orientales aujourd'hui. Sade était en première ligne contre la *'awra* !

J'ai su que je ne pouvais plus jouer à être une autre. J'ai su que c'était tant pis pour ceux qui étaient allergiques à ma franchise, j'ai su que les lèvres pincées de ma mère et de mes tantes quand je me permettais de dire ce qui ne se dit pas (autrement dit à peu près « tout ») n'étaient pas une assez bonne raison pour me taire. J'ai repensé à mes douze ans et à mon silence face à ceux de mon âge qui maudissaient Rushdie. Et j'ai eu honte de m'être tue par peur d'être isolée. Rien ne mérite qu'on se taise. Même pas l'isolement. Voilà, ce que Sade peut faire pour vous. Vous donner du courage là où il n'y avait que de la peur.

Et je savais dorénavant que le seul système viable était la République et la seule issue la laïcité. La seule possibilité de vivre ensemble, c'est la destruction des dogmes qui dressent l'Un contre l'Autre. Qui créent une hiérarchie de valeurs nocive. Sade est une expérience davantage qu'une lecture. Il est un passage secret vers la Raison en passant par les abysses de l'enfer. Il faut se mesurer à Sade pour grandir. Ma honte n'a duré qu'un temps, le temps de deux romans. Ma honte n'était qu'un préliminaire. Après Sade, mon cerveau allait fonctionner autrement. Après Sade, tout ce que j'écrirais, tout ce que je voudrais transmettre ne passerait que par Sade. Est-ce que cela va bouleverser une croyance ? Est-ce que cela démonte un préjugé ancestral ? Est-ce que cela est digne du divin marquis ? Est-ce que je suis à la hauteur des mots qui bouleversent, des mots qui font mal, des vérités qui ne se disent pas ? Est-ce que je fais frémir Khomeiny dans sa tombe ? Est-ce que mes mots sont des armes assez affûtées ? Bien sûr, rien de ce que j'ai écrit n'est comparable à Sade. Je suis beaucoup plus tendre, j'ai beaucoup trop d'espoir. Je suis libre. Mais ma volonté est toujours la même : remuer, penser à côté, bouleverser.

Si Pierre Louÿs fut mon premier amour, Sade fut un père de substitution. Il était trop fort (et trop dangereux) pour être mon amoureux. Je l'avais mis sur un piédestal et je n'avais pas l'intention de l'en faire redescendre. Je vouvoyais Sade et j'étais fière de ma proximité avec l'artisan le plus efficace, le plus absolu, le plus extrémiste de la Révolution française. Ni Robespierre, ni Danton, ni Camille Desmoulins, ni même Mirabeau ne pouvaient rivaliser avec lui. C'est Sade qui a changé la donne mentale de la Révolution. Il avait la croyance profonde en cette absolue nécessité de passer outre la morale, la bienséance et la hiérarchie sociale pour mettre à *poil* la vérité du monde.

Sade a commencé à écrire enfermé à la Bastille (*Les Cent Vingt Journées de Sodome*, livre né du fantasme de vengeance du marquis envers sa belle-mère à laquelle il *imaginait* faire subir une série de sévices plus douloureux les uns que les autres) et il est possible qu'il ait contribué à la prise de la prison. En effet, le 2 juillet 1789, de sa cellule, ayant connaissance de ce qui se tramait dans les rues de Paris – et je laisse la parole au gouverneur de la Bastille, le marquis de Launay – *il s'est mis (...) à sa fenêtre, et a crié de toutes ses forces, et a été entendu de tout le voisinage et des passants, qu'on égorgeait, qu'on assassinait les prisonniers de la Bastille et qu'il fallait venir à leur secours*. Launay obtient le transfert de *cet être que rien ne peut réduire* à l'asile de Charenton. J'aime croire que c'est Sade qui a soufflé l'idée de prendre la Bastille aux «presque» citoyens.

Il a été enfermé sous tous les régimes politiques, la monarchie, la République, le Consulat et l'Empire. Peu de révolutionnaires peuvent se targuer d'être aussi dangereux pour le pouvoir. L'athéisme total de Sade y est pour beaucoup mais pas seulement. Il était, comme le constatait Launay, irréductible. Et rien ne fait davantage chanceler le pouvoir qu'un être qu'aucune menace, aucune séduction, aucun chantage, ne peut faire plier. Sade n'a jamais plié devant aucun pouvoir, face à aucun homme. Jamais. Bref, il était dangereux. Même de nos jours, il serait non pas enfermé mais réduit au silence... Le marquis était infréquentable. Un voyou. Un voyou élégant et sophistiqué. Un voyou qui transcendait les époques et qui était aussi moderne en 1997 qu'il l'avait été en 1793, ou dans les années 30 avec les surréalistes et plus tard après la guerre quand des intellectuelles et des poètes le redécouvraient et qu'il pouvait enfin être publié sans passer sous le manteau – en 1968, merci Jean-Jacques Pauvert !

Après la honte et le dépassement de la honte, est venu le militantisme. Je ne me cachais plus et je pense avoir gardé dans mon sac des romans de Sade comme des talismans. Je me souviens que je me dépêchais de finir mes dissertations pour sortir mon exemplaire et lire tranquillement dans le silence concentré des amphithéâtres. Je n'avais jamais aussi bien travaillé qu'à l'université et c'était seulement pour pouvoir revenir à ma lecture de Sade plus vite. C'était devenu comme une drogue. Il fallait que j'aie ma dose de Sade tous les jours – comme il était loin le temps où je me cachais pour le lire. J'ai lu toutes les éditions possibles de *Justine* – si je me souviens bien, de son vivant, il en était à plus de dix versions. Que son apologie du crime ou que ces enchaînements épuisants de séquences de torture (surtout dans *Juliette ou les prospérités du vice*) finissent par m'écœurer – même moi je pouvais être soûlée de sang – n'enlevait rien à la qualité du style et à la démonstration métaphysique. La liberté se méritait. Et Khomeiny se débattait contre ses mots assassins du fond de sa tombe. Je le voyais se tordre sous les coups du marquis.

Ce qui est formidable avec Justine, c'est lorsque le lecteur comprend que Justine aime ça. Que Justine aime souffrir, qu'elle retire de ses aventures terribles et humiliantes un plaisir certain, que ses larmes ont un goût d'orgasme. Sa sœur Juliette est tout son contraire. Là où Justine est une masochiste absolue, Juliette se délecte de sadisme. Juliette parvient à sortir de son milieu, à effacer son origine misérable et elle n'y parvient qu'en étant plus maligne que les comtes et les archevêques. Juliette est mon héroïne préférée. Elle est une héroïne parce qu'elle lutte, parce qu'elle s'en sort, parce qu'elle est la femme de demain. Plus réaliste que celle d'Aragon, la Juliette de Sade est une femme réussie, une femme totale, une femme qui n'a rien à envier aux hommes. Juliette, c'est LA femme. Peut-être même qu'elle est le versant féminin de Sade, son alter ego, celle qui sera toutes les femmes le jour où les femmes seront libres.

Il n'y a pas de sentimentalisme chez Sade. Il n'y a pas de prince sur son cheval blanc qui vient sauver les princesses prisonnières de pères autoritaires. Si la princesse n'a pas assez de couilles pour sortir de sa tour tant pis pour elle ! Personne ne viendra à sa rescousse, sauf elle-même. Sade, c'est l'apologie de la débrouillardise et le refus du destin. Sade ne cherche pas d'excuses à ses personnages, il démontre que si les hommes sont assez bêtes pour croire ce que leur racontent le pouvoir et ses lois, ils méritent une vie de misère. Il imagine des personnages autonomes qui savent parce qu'ils réfléchissent, qui savent parce qu'ils raisonnent, que le pouvoir est fragile, que le pouvoir tient seulement dans une poignée de préjugés que d'autres hommes prennent au pied de la lettre. Briser la chaîne de la misère, briser la chaîne des croyances stupides, c'est libérer tous les hommes. Respirez, soulevez les épaules, débarrassez-vous des superstitions, regardez ailleurs et… vous êtes déjà libres !

Paris, 2013

Le marquis est toujours présent dans ma vie. Parfois, quand j'ai achevé un roman ou lorsque je ne sais pas quoi lire ou simplement parce que je regarde ma bibliothèque et que les livres de Sade sont là, je prends un volume, je l'ouvre au hasard et je lis. Parfois, c'est un passage de torture et je me force à lire. Et si je me force, c'est pour me souvenir qu'aucune censure n'est légitime et qu'aucune forme de violence ne doit me faire détourner les yeux. Je me confronte à la violence imaginaire de Sade pour être capable de tenir tête à toute forme de violence réelle. Lire Sade c'est être incapable de faire l'autruche. La vérité n'est jamais facile d'accès et la peur de la violence est une frontière qui doit être dépassée. Lire Sade dès qu'il me tombe entre les mains, c'est devenir incapable de fermer les yeux sur l'horreur. Toutes les horreurs.

Sade c'est le sexe débridé jusqu'au meurtre. Si tout est dans la nature, les pires vices et sévices y sont aussi. Il n'y a pas de compromis chez Sade. Le corps est outragé, supplicié, déchiré, perdu, jouisseur, fantasque, illimité. Le corps chez Sade, c'est la société tout entière, ses ambiguités et ses injustices. Le corps prend toute la place, déborde, souffre, grandit. Le corps n'est pas ludique comme chez Pierre Louÿs. Il est tragique et omniprésent. Mais – et comme toujours tout est dans le « mais » – ce corps réceptacle de l'imagination débridée des hommes ET des femmes, peut se lire aussi comme le long supplice de Sade. Les années passent, les révolutions font et défont le pouvoir, la liberté pointe le bout de son nez mais Sade demeure en prison. Libéré une fois, réemprisonné trente fois. Et plus les années passent sur Sade enfermé et plus son écriture se fait violente, plus les corps se disloquent. Dans ses derniers écrits, il n'y a plus d'odeur. Sade enfermé, l'imagination se déploie jusqu'à ses limites et le corps devient impossible. Tant pis pour les odeurs et les sentiments, tant pis pour le réalisme, tout ce qui reste c'est l'imagination qui renverse les rois et déglingue les pucelles. L'imagination qui peut encore lui soutirer un sourire du fin fond de sa cellule. L'imagination qui est le seul compagnon fidèle du vrai révolutionnaire.

Après Sade, il me suffit de croiser un barbu pour lui sourire avec mépris. J'ai Sade et lui n'a que sa barbe. J'ai Sade et lui n'a que des certitudes immobiles et rances. Il pense qu'il dominera sa femme et ses filles jusqu'au bout, comme son père l'a fait avant lui et son grand-père, mais moi je sais qu'il n'en est rien. Je sais qu'il suffirait de peu pour que sa fille lui tire la barbichette. Le corps sadien, ce n'est pas seulement le corps libéré au forceps, c'est le corps-limite, le corps révolutionnaire. Sade m'a touchée peut-être plus que les autres, m'a transportée plus que n'importe qui parce qu'il s'adresse directement à mon corps enfermé. Il était celui qui était nécessaire à l'enfant sous le voile qui n'avait pas le droit de dire. Et plus tard, quand il fut le temps de la peur, quand il fut le temps de se taire, de se créer un personnage pour ne pas être trop seule, Sade fut celui qui m'offrit un refuge. J'ai compris que la solitude n'est pas grave, que la solitude peut être l'occasion de la création et que, finalement, un jour, la liberté de penser régnera. Encore un effort pour être républicain.

Quand j'ai voulu transmettre, quand j'ai voulu le mettre entre d'autres mains, je n'ai vu que des moues de dégoût et je n'ai entendu que des soupirs de nonnes. Il n'y avait que des hommes plus âgés qui saisissaient le refrain de Sade, les jeunes femmes de mon âge se sentaient agressées par *La Philosophie dans le boudoir*. C'était trop cru, trop violent, trop sadien. Et pourtant. C'était là, c'était sous leurs yeux, c'était déjà en elles, la possibilité d'une indépendance totale qui passe aussi par un affrontement avec les mots les plus sales, les mots les plus méchants, les mots les plus amers.

Je me souviens à l'université avoir prêté *Salò ou les Cent Vingt Journées de Sodome* à un ami. Je me souviens qu'il était venu vers moi le lundi matin et qu'il était à deux doigts de m'en coller une. Je pense que si je n'étais pas restée immobile, si j'avais reculé, il l'aurait fait. Je lui avais *pourri* son week-end. Il avait vomi devant le film et il n'était pas parvenu à le voir jusqu'au bout, il en avait rêvé, il ne pouvait oublier les images, les situations et les mots. Tout lui restait sur l'estomac. Il était en colère contre moi comme il n'avait jamais été en colère contre personne. Il était sous le choc : il ne comprenait pas le film et se sentait attaqué. Je ne pouvais que lui prêter mes exemplaires de Sade. Il a lu. Il a eu beaucoup de mal mais il s'est accroché. Et il ne m'a jamais rendu mes livres. Il a revu le film de Pasolini et il n'avait plus envie de me frapper. Il avait appris la violence-limite, il avait apprivoisé l'horreur, il avait accepté de regarder en face l'immonde. Il se sentait beaucoup plus intelligent. J'ai souri. Je ne sais pas s'il était plus intelligent mais il était armé. Contre toute forme de dictature et contre toute manipulation politique. Il n'avait plus peur des méchants. Il avait grandi.

J'ai vingt ans. J'ai vingt ans et j'ai déjà connu l'amour avec Louÿs et j'ai découvert combien le sexe pouvait être révolutionnaire avec Sade. J'ai vingt ans et je sais que je vis les plus belles années de ma vie. Il me suffit de penser à Sade, il me suffit de penser au dialogue de Madame de Saint-Ange et d'Eugénie pour savoir que rien n'est perdu. Il me suffit de penser à Juliette pour savoir que la femme a un étendard et qu'elle le porte bien haut. Un jour, Sade sera la seule arme disponible pour casser les ténèbres. La violence de Sade n'est pas violente, elle est née de l'imagination et de la foi. La foi dans l'homme devenu le centre de la pensée et non plus le pantin d'hommes cachés derrière Dieu. Ce qui est violence, ce sont les attentats successifs contre le corps féminin à travers le monde. La violence c'est exciser des petites filles qui aiment la chair et des grandes filles qui aiment la bite. La violence, c'est d'interdire à une petite fille d'apprendre à lire et à une jeune fille de choisir qui elle veut mettre dans son lit. La violence, c'est ce que les barbus font subir aux esprits en les broyant. Un jour, comme la Révolution française a mis ses barbus à la porte, d'autres révolutions éclateront qui réduiront les barbus au silence et célébreront la parole des Hommes.

Paris, 1997-2001

Quatre années hors politique, hors lutte, hors voile. Ou presque. Mes passions étaient ancrées, l'avenir n'existait que dans le présent. Quatre années où rien n'était vraiment grave, où j'étais amoureuse, où je voulais faire du cinéma, écrire des films et où l'université était un terrain de jeux fabuleux. J'étudiais l'Histoire et je débattais à égalité avec mes professeurs qui dînaient à la maison. L'un avait connu le Che à Alger, l'autre nous apprenait les Temps Modernes et tous les deux étaient des passionnés contagieux. Ce fut la première et unique fois de ma vie où je me sentis à ma place, où tout était possible et où Khomeiny était réduit à n'être qu'un personnage historique. L'Iran était toujours aux mains des barbus, mais l'Iran était loin. Personne ne semblait plus se souvenir de mon origine iranienne et comme toutes les jeunesses, nous discutions jusqu'au petit matin de comment il fallait changer le monde pour qu'il s'adapte à nous plus tard.

C'est un poncif, mais il est tellement juste que je ne peux décrire autrement cette période : nous étions jeunes, innocents et pleins d'esprit. Nous étions tous sur la même ligne de départ, nous n'avions que nos rêves pour décrire nos présents. Nous n'étions pas tout à fait formés et nous avions le sentiment d'être une génération. Absurde et faux. Mais j'avais besoin, peut-être davantage que les autres, de me sentir appartenir à un groupe, à des idées, à Paris, qui n'étaient plus du tout en rapport avec ma lointaine origine. J'avais l'esprit structuré, les arguments solides et les certitudes brutes. Il existait un avenir et cet avenir était à égalité entre hommes et femmes. Peut-être pas partout, peut-être pas pour tous, mais il y avait comme une force qui y tendait. C'est le problème de l'université qui réduit le monde à vos cours, à vos professeurs, au savoir, à la liberté, à l'avenir. Le monde nous y était servi sur un plateau et même les militants d'extrême gauche de Jussieu dessinaient le grand soir tous les soirs. Nous nous croyions tous des intellectuels qui allaient sauver le monde. C'était avant que les carrières ne remplacent les ambitions, avant que la vie ne se résume à réussir sa vie, avant que tout le monde baisse d'un ton, avant que tout le monde ne s'intéresse plus qu'à soi-même et aux impôts trop lourds. Ce fut une période riche et joyeuse. Demeure la nostalgie de ce qui aurait pu être, et qui s'est retrouvé nez à nez avec le monstre de la réalité. Si depuis l'enfance j'avais une dent contre elle, la fin de l'adolescence a enfoncé le clou. Le monstre réalité n'allait pas me lâcher de sitôt, mais je n'avais pas fait tant de chemin pour me laisser avoir par un compte en banque vide.

Si le cerveau fonctionnait à plein régime, le corps n'était plus du tout celui qui se planquait derrière des pulls trop grands et des pantalons trop larges. Parce que nous nous pensions libres, le corps ne pouvait que suivre le même chemin. Il n'y avait pas de corps dérangeant, il n'y avait pas de corps enfermé. Comme il était facile de se mettre nue ! Ce n'était pas le camp de nudistes tous les jours, mais rares étaient ceux qui refusaient de prendre un bain de minuit. Ce qui était formidable, c'était le corps détaché des contingences sexuelles. Il était facile d'être dénudé et cela n'entraînait pas la concupiscence générale. Le verbe était haut en couleur et c'était comme si nommer les choses du sexe nous libérait un peu plus. Ce besoin que nous avions d'être ensemble le plus possible et de nous couler les uns dans les bras des autres pour immobiliser le temps en faisant de banales photos de groupe était peut-être ce qui dit le mieux l'état d'esprit de nos corps à vingt ans. Ce fut aussi une époque où chacun projetait de plus en plus précisément ce qu'il adviendrait de son corps charnel plus tard. Les goûts, les préférences des uns et des autres me fascinaient. C'était la littérature libertine mise en pratique. Car la nature de chacun projetait le corps dans des fantasmes si différents et si divers, qu'il fallait être idiot pour croire qu'il n'existait qu'une seule forme de jouissance. L'amitié allait survivre à la découverte de la sexualité particulière des uns et des autres mais il y aurait toujours un malaise de la part de certains. La boule que j'avais constamment dans le ventre et qui réagissait au mépris du corps, au cloisonnement des désirs et des plaisirs, aux certitudes d'être dans le vrai contre le corps des autres, se réactiva face au silence des uns contre le mode de jouissance d'un autre. Cette boule-là est mon alarme. Elle me tord le ventre et me déchire le cœur, elle me rappelle les corbeaux et les barbus et le corps calciné de la prostituée de mon enfance.

L'acceptation des goûts particuliers et des traits de caractère de chacun est la condition *sine qua non* de la liberté. Tant que ces goûts et ces couleurs n'entravent pas les goûts et les couleurs des autres, ils ne sont pas seulement acceptables, ils sont indispensables pour faire avancer une société. Si tu me refuses le droit de lire, je te refuse celui de dire et tout le monde est perdant. Il y des lois et il y a des limites, et liberté n'est pas licence, mais s'il fallait donner crédit aux frayeurs de chacun, le monde ne serait peuplé que de barbus et de corbeaux. Nos amitiés ont survécu aux goûts particuliers mais cela ne fut possible que parce que nous avions vingt ans et que notre intolérance était toute molle. Encore quelques années et la rigidité des goûts aurait brisé notre amitié.

Mais, en plein milieu de ces joyeuses espérances, il y eut la rupture amoureuse de F. C'était une jeune femme d'origine algérienne, née en France, magnifique jeune femme avec de grands yeux noirs comme des raisins, des cheveux bruns bouclés à l'anglaise, brillante, sérieuse et sympathique. Je l'avais rencontrée à l'université où nous avions beaucoup de cours en commun. Histoire du monde musulman, philosophie politique, Moyen Âge, Histoire de la pensée. Elle était en couple depuis trois ou quatre ans avec un futur ingénieur et elle était inscrite en parallèle à l'Inalco pour suivre des cours d'arabe. Et au milieu de la quatrième année, son futur ingénieur la quitta. Ce fut un choc. Elle était désespérée et vulnérable. Une étudiante de l'Inalco en profita pour se rapprocher d'elle et, petit à petit, elle la convainquit de la suivre chez un prêcheur qui la fascinait. F. n'avait jamais pratiqué, elle n'avait jamais vu ses parents pratiquer. Elle avait suivi l'étudiante qui portait un voile dans l'appartement d'un obscur barbu. Le salon était partagé en deux, d'un côté les femmes, de l'autre les hommes. Un rideau les séparait les uns des autres. Elle s'était assise et elle avait écouté. Ce qu'elle avait entendu, c'était que son amoureux l'avait quittée parce qu'il était français de souche et qu'elle était musulmane tout court. Ce qu'elle avait entendu, c'était que ses larmes étaient la conséquence de son impudeur et que sa tristesse n'était que le résultat de l'oubli de sa foi. Ce qui l'avait rassurée, c'était que personne ne lui ferait plus jamais de mal si elle acceptait l'islam avant tout. Deux semaines plus tard, elle arrivait en cours sans maquillage et avec un turban à l'africaine judicieusement arrangé. Nous avions tous cru que c'était une coiffure originale. Encore un mois et elle arborait un foulard, un vrai, de plusieurs couches, et elle était devenue laide.

Je cherchai des réponses auprès de nos camarades mais tout le monde semblait ne pas y accorder plus d'intérêt que ça. Elle ne souriait plus, elle ne nous embrassait plus quand nous avions bu des bières – c'était haram – elle ne venait plus dîner à la maison – c'était pas halal – elle ne regardait plus les étudiants dans les yeux – c'était haram – et petit à petit elle ne m'adressa plus la parole – je n'étais pas du tout halal. Le corps de F. fut le premier à se replier sur lui-même, il fut le premier à refuser le regard et à refuser son regard sur nos corps. Je revois encore la panique dans ses yeux quand j'entrai dans les toilettes de Jussieu alors qu'elle remettait ses foulards en place. Elle poussa un petit cri et se précipita dans une cabine dont elle claqua la porte et *ferma* le verrou. Je suis restée interdite devant sa précipitation à préserver ses cheveux de mon regard. C'était Khomeiny qui jouait encore à cache-cache. J'étais tellement choquée que je n'avais plus du tout envie de pisser. Je me souvins alors d'une anecdote que me racontait ma mère à propos d'une vieille dame très pieuse qui habitait près de chez eux à Malayer. Elle était dans son jardin, les cheveux découverts, et faisait sa lessive. Ma mère était arrivée avec son père et la dame pieuse, affolée de voir mon grand-père, avait soulevé sa jupe pour recouvrir sa tête, dévoilant du même coup son cul. Et c'est ainsi, cul à l'air, qu'elle avait couru vers sa maison pour préserver sa vertu. Absurdité du corps méconnu, du corps cadenassé, du corps qui oublie ce qui est montrable et ce qui ne l'est pas, tant il est soumis à une censure insaisissable par l'intelligence.

F. et ses voiles avaient clos l'avenir que j'espérais pour le corps des femmes. Elle me disait, en se cachant de moi, que les femmes poursuivraient le chemin de la honte. Qu'elles n'avaient pas fini de mépriser leur corps dans l'espoir d'une hypothétique place au paradis. F. et sa reconversion sonnaient le glas des années universitaires. Et ce ne fut pas suffisant. Ceux d'origine musulmane la comprenaient, les culpabilisés non musulmans aussi et les autres non seulement ne comprenaient pas mais ils n'avaient même pas le droit de comprendre. Ce fut la rupture. Des amis, que je pensais proches, m'ont reproché mon extrémisme. *Mon extrémisme*. F. disait à haute voix qu'il fallait accepter la différence *fondamentale* entre les hommes et les femmes et souscrire à l'idée que les femmes ne peuvent pas être des hommes comme les autres, que le monde ne tournait plus rond parce que les femmes avaient oublié qu'elles étaient des femmes, et c'était moi l'extrémiste. J'étais donc l'extrémiste et le silence qui répondait à mes provocations m'isolait de nouveau. J'ai cessé de vouloir débattre avec F. et tout mon entourage s'en est mieux porté. Même si j'étais devenue *l'intolérante*. Même si F. haussait les épaules sur mon passage en murmurant à ceux qui l'écoutaient encore que j'avais fait une expérience traumatisante dans mon enfance – qui n'avait rien à voir avec l'islam mais tout avec les chiites qui n'étaient pas de *vrais* musulmans – qui me rendait hermétique à la grande spiritualité. J'ai découvert à ce moment-là que les sunnites me prenaient pour une chiite. Sans déconner. Faire autant de kilomètres, se retrouver à Paris dans une université de gauche pour se faire accoler chiite à son origine ! J'ai souri. J'ai souri et je souris encore. Je n'ai même pas le droit d'être athée. Une amie qui m'est restée chère longtemps mais que j'ai perdue finalement – parce qu'elle pensait la France raciste et les barbus victimes – m'a fait comprendre que mon chiisme n'était pas son sunnisme. Je souris encore parce que, finalement, quand ils auront épuisé les armes contre l'Occident et sa décadence, les chiites et les sunnites vont s'entre-déchirer pour savoir si le plus musulman des deux est celui qui porte le turban noir ou le turban blanc, pour savoir si le Mahdi doit être attendu ou pas, pour savoir si Ali est aussi respectable que son beau-père Mahomet. On n'a pas fini de rire. Et je n'ai pas fini de pleurer.

Chaque fois que je pense à F., j'ai mal à *ma* République. Que la France n'ait pas réussi avec elle, c'est comme si la France avait échoué en tout. Car, si F. ne s'était jamais vraiment retrouvée dans le triptyque « Liberté, Égalité, Fraternité », c'est qu'elle n'y croyait pas assez, pour être si facilement ébranlée par le premier barbu venu après un banal premier échec amoureux. C'est dire si rien n'est jamais acquis. C'était déprimant : tout ça pour ça. Si c'est en France qu'avait éclos l'art moderne ce n'était pas seulement pour le café au lait du père Libion et les lilas, c'était que Paris était un phare pour les sans-dieux. On y crevait peut-être de faim et de froid, mais on était libéré des dieux. Et chaque fois que je pense à F. c'est la figure de Chaïm Soutine qui me revient en mémoire. Soutine enfermé par son père et par le boucher dans la salle réfrigérée de la boucherie du village pour avoir dessiné des figures humaines. Soutine qui ne se remettra jamais de l'interdit qui pesait sur ses pinceaux. Soutine qui vient à Paris, pour peindre – et fuir les barbus qui lui interdisaient de peindre. Pour vivre.

Paris, juin-juillet 1998 – juin-juillet 2010

Ce n'était qu'une bande de mecs qui courent après un ballon. Ce n'était rien, ce n'était que du sport et des loisirs. Mais c'était la France. C'était Paris, c'était tous les âges et toutes les classes sociales réunis sous le même drapeau. Nous avons pris la Bastille et nous avons marché sur les Champs-Élysées. Avec un orgueil ridicule et un sens de l'Histoire pour les nuls. Mais les intellectuels écrivaient des articles qui disaient la métaphore, les commentateurs sportifs en perdaient la voix, les rues de Paris n'avaient jamais ressemblé à *ça*. Il suffisait de sortir pour être dedans, dans l'enthousiasme et dans la solidarité avec *notre* équipe nationale. Je me souviens que durant les matchs de la France les rues de Paris se vidaient, les cafés sans télévision étaient désertés, les Parisiens vivaient au rythme des pieds de Zidane. Paris nous appartenait, Paris appartenait à ceux qui croyaient la victoire possible, c'en était fini des grincheux et des pessimistes. La victoire était envisageable et cela électrisait tout le monde.

Avec la prise de conscience du présent qui est déjà l'Histoire, la victoire de la France lors de la Coupe du monde 1998 m'apparaît comme l'apogée de ces années-là. Et cela n'était pas dû seulement à la composition métissée de l'équipe, c'était surtout que nous étions TOUS fiers d'être français. Car aussi étonnant que cela puisse paraître je me sentais souvent seule dans mon adoration de la France. Mais attention ! J'étais – et je demeure – une patriote et non une nationaliste. Le patriotisme, c'est être pour. Le nationalisme, c'est être contre. Et soudain, nous étions tous des patriotes parce que la France avait réussi à se hisser à coups de buts sur la première place du podium mondial. Je n'étais pas passionnée de football – comme une grande majorité de Françaises avant la victoire – mais les étapes successives vers la victoire consolidaient nos cœurs de Français. Je pense que la majorité des Français ont ressenti, pour la première fois depuis longtemps, à quel point il était agréable de se sentir une pulsation commune.

Le soir où la France arracha sa qualification pour la finale, nous étions dans un bar écossais dans le quartier Saint-Paul. C'était tout naturellement qu'après la victoire nous nous sommes dirigés vers la place de la Bastille où convergeaient d'autres joies et d'autres cris : « On est en finale ! On est en finale ! » C'était la première fois que je grimpais sur le socle du génie de la Bastille. Nous prenions la Bastille avec des rires et de l'arrogance. Nous étions parcourus d'un frisson extraordinaire et nos vingt ans y étaient pour beaucoup. Le corps collectif nous emportait, le corps collectif nous ravissait, le corps collectif c'était nous tous réunis sous la victoire du génie de la Bastille. Comme j'ai aimé être là ! Comme j'ai cru que la France venait d'accepter la France telle qu'elle était, avec ses couleurs et ses différences, avec ses miracles et ses possibilités infinies ! C'était l'apogée et nous aurions dû nous souvenir qu'après l'apogée vient la chute. Nous aurions dû savoir que ce que célébrait la France ce jour-là, c'était ce qu'elle avait oublié de célébrer depuis trop longtemps, et jusque dans les commentaires des uns et des autres – dans le jeu inévitable des comparaisons – le seul parallèle qui s'imposait était celui avec la Libération de 1944. Ce n'était pas une manifestation qui défendait tel corps de métier, tel acquis social, tel progrès ou régression des mœurs. C'étaient des Français, tous des Français, qui ne faisaient que célébrer la victoire. Et la victoire était due à des hommes qui n'avaient ni la même naissance, ni le même vécu, ni le même corps, ni les mêmes représentations de la France. C'étaient des hommes qui ressemblaient à la France et tous les Français pouvaient s'y reconnaître.

Nous aurions dû savoir que quelque chose se profilait derrière la victoire. Quelque chose qui nous ferait regretter de ne pas avoir été plus vigilants, plus conscients de nos limites, moins confiants. Nous avions tous oublié que c'était du travail d'en arriver là, qu'il fallait harmoniser toutes ces différences pour en faire une victoire. Nous sommes des paresseux irrécupérables. Nous nous sommes assis sur la victoire et tant que nos culs étaient au chaud, nous n'avons pas su anticiper la suite. La suite logique de la victoire de 1998, fut le 21 avril 2002. Action. Réaction. Sommes-nous si fragiles pour n'avoir su rebondir sur ce que nous offrait la victoire : un socle commun, une référence partagée, un cœur français ?

L'Histoire n'était pas finie, l'Histoire n'avait même pas fait une pause. L'Histoire s'était juste planquée dans l'inconscience de nos vingt ans. Ma guerre à moi, que F. avait ravivée, aurait dû me mettre la puce à l'oreille. Mais je ne voulais pas perdre ce qui avait été si difficile à obtenir : se tenir sous la même bannière pour avancer vers un avenir commun où nous n'étions pas seulement français pour exclure mais pour rassembler. Mais avant le 21 avril, avant que les Français ne capitulent devant l'amour de la France, il y eut la naissance d'une nouvelle page de l'Histoire. Et nous y sommes encore dans cette page qui s'écrit chaque jour et dont l'issue me file quand même les jetons.

En juillet 2006, huit ans après la victoire, la France se hissait de nouveau en finale contre l'Italie, mais le cœur n'y était plus – je ne mentionne même pas la Coupe du monde 2002 en Corée du Sud où la France avait piteusement échoué à la phase éliminatoire. Est-ce que nous avions perdu notre bonne humeur en prenant de l'âge ou est-ce que rien ne pouvait rétablir ce qui était déjà en déliquescence depuis 1998 ? Quoi qu'il en soit, j'étais nettement plus malheureuse. Et j'espérais – comme beaucoup sans se l'avouer à haute voix – que la France en finale allait me redonner le moral. Nous nous sommes installés devant l'écran, nous savions que nous pouvions compter sur Zidane, sur les nouveaux venus, sur un souvenir, sur une coupe qui reviendrait entre nos mains. Le match touchait à sa fin. C'était tendu mais nous avions le talent pour nous. Nous avions un meilleur jeu, nous étions corps et âme persuadés de la victoire. On souriait sans oser lever les bras, il fallait attendre encore quelques poignées de minutes. Et soudain, tout s'est assombri. Tout s'est assombri parce que Zidane a donné un coup de boule à un joueur italien qui avait insulté sa mère ou sa sœur. Tout s'est assombri sur un coup de boule. Et ce fut fini. Nous avons tous su à ce moment précis, quand Zidane a quitté le terrain sans se retourner, que c'était foutu.

Ce n'était pas tant la violence qui avait gâché la victoire, c'était l'individualisme qui avait tiré le tapis sous nos pieds. Zidane n'avait pensé qu'à l'insulte personnelle, il n'avait pas une seconde anticipé son geste, il avait frappé et il s'était retiré. Finir comme ça, c'était pathétique. Finir une Coupe du monde, une carrière comme ça, c'était n'avoir rien à faire de nous, de la France, du symbole. Nous avons perdu. Si en 1998 nous avions tous gagné, en 2006 nous avons tous perdu. Ensemble. La France n'était plus harmonieuse du tout. La France venait de faire la preuve devant le monde de son incapacité à créer des liens, à chanter le collectif, à apporter la victoire. Le coup de boule de Zidane n'était rien face à ce qui allait arriver quatre années plus tard. Ce n'était que l'introduction, la répétition générale avant le désastre total. Ce n'était qu'un signal d'alarme. Mais là encore les analyses n'y voyaient qu'un acte individuel, un pétage de plombs personnel. Je n'y voyais pas encore autre chose. Il n'y avait rien de plus à y voir que la triste fin de carrière d'un homme qui avait été trop orgueilleux.

Juin 2010. Afrique du Sud. Plus symbolique, impossible. Une équipe de France qui promet même si elle inquiète. Est-ce que toutes ses prétentions vont être capables de s'accorder ? Ce fut un désastre et une honte. Mais ce fut surtout à l'image de ce qu'était devenue la France. Un pays divisé. Un corps collectif qui n'était plus que frontière étanche. Ce qui s'est passé en 2010 en Afrique du Sud est de l'ordre de la discrimination portée à son paroxysme. Ce qui est arrivé, c'est le règne des caïds et des intolérances.

L'équipe de France n'était plus métissée, elle n'était plus composée que de barbus. Des barbus voyous, des barbus gâtés, des barbus encore plus dangereux que les autres, car ils ne sont que des gamins qui courent après un ballon. Des bribes d'insultes nous parvenaient par les médias et ce que l'on entendait était tellement honteux que nous ne pouvions plus nous cacher pour ne pas entendre. Ce que nous avons entendu, c'est que certains en voulaient aux autres de n'être pas assez musulman, de ne pas être assez noir, de ne pas être assez hétéro, d'avoir trop de vocabulaire, d'être trop beau. Ce que nous avons vu c'est que ces gamins ne pouvaient pas se refiler correctement le ballon parce qu'ils ne s'aimaient pas. Et s'ils ne s'aimaient pas, c'est qu'ils rejetaient la différence. Ils rejetaient l'Autre en oubliant que l'Autre n'était que soi. Ils ont joué une partition méprisable, ils ont donné une image de la France dégueulasse. Ils m'ont rendue encore plus nostalgique de mes vingt ans. Que la France n'ait que légèrement sanctionné une attitude qui aurait mérité de les exclure définitivement de toute sélection nationale dit parfaitement ce qu'elle était devenue : un pays frileux qui a oublié totalement ses valeurs et qui par crainte d'accentuer davantage la rupture, arrondit les angles. Mais ce n'est pas ainsi qu'on restaure un corps morcelé, ce n'est pas ainsi qu'on rassemble, qu'on définit une ligne commune entre tous. Ce n'est pas ainsi qu'on retrouve du plaisir à jouer pour la France.

La Coupe du monde 2010 ce fut une insulte à toute la France. La fierté de nos vingt ans était bien loin. Le corps de la France était en morceaux. Entre 1998 et 2010, l'Histoire était brutalement passée par là. L'Histoire c'étaient le 11 septembre et le 21 avril, la guerre en Irak et les prises d'otages en Afrique, les attentats de Londres et ceux de Madrid. L'Histoire nous mettait une claque et la France baissait son froc devant des enfants choyés au sein de la République qui avait oublié de leur apprendre à dire bonjour à la dame.

Paris, septembre 2000

Quand il fut le temps de choisir le sujet de ma maîtrise d'Histoire, j'ai étudié « les femmes, l'amour et le sexe dans les cinémas italien et français entre 1945 et 1958 ». J'avais choisi un titre général qui était « Comment les femmes font l'amour ? » mais ma directrice de maîtrise, une féministe spécialiste du XIXe siècle, me l'avait refusé. C'était « vous n'êtes pas sérieuse ? », c'était « vous ne pouvez pas réduire les femmes à leur manière de faire l'amour », c'était « pff... quand même Mademoiselle Shalmani, vous allez trop loin ». Ce que j'entendais par là, c'était l'amour dans le sens d'aimer, mais aussi, bien entendu, dans le sens sensuel. Comment on filme un corps de femme entre 1945 et 1958 selon que l'on quitte le fascisme italien ou la collaboration française. Comment le corps féminin répercute en son sein les traumas des hommes. Ce que j'entendais, c'était comment des cinéastes du sexe opposé dans deux pays européens envisagent la femme amoureuse, la femme charnelle, la femme tout court après la Seconde Guerre mondiale. Comment le politique déborde sur le corps féminin, comment l'Histoire prend en otage le corps des femmes. Mais c'était visiblement provoquant. Mettez femme et « faire l'amour » dans la même phrase et vive la provocation. Ce que je voulais démontrer c'était comment la femme italienne était synonyme d'avenir et de progrès et comment la femme française subissait les conséquences des tondues de la Libération. Si Max Ophuls ou Jean Renoir tentaient de faire du corps féminin autre chose qu'une victime expiatoire des femmes qui se sont données à l'ennemi, les Duvivier et les Henri-Georges Clouzot exorcisaient la figure de la femme sensuelle et indépendante. Ils avaient la trouille de perdre une autre bataille, celle de la possession du corps féminin. La réponse qu'avait faite Arletty à ses juges lors de l'épuration aurait pu servir de bannière à toutes ces femmes humiliées par la virilité retrouvée d'hommes qui avaient perdu la guerre avant de reconquérir la victoire : « Mon cœur est français, mais mon cul est international. »

L'après-guerre française fut une douloureuse expiation pour les femmes françaises. J'ai étudié et rédigé ma maîtrise avec un militantisme que je n'étais jamais parvenue à mettre dans la politique. J'avais le sentiment que ce que je faisais pour les femmes en les étudiant historiquement valait beaucoup plus que les slogans de groupes féministes que je trouvais rétrogrades. L'étude me rapprochait de la littérature libertine car il fallait défricher les malentendus, débusquer les non-dit, rétablir la vérité. Et puis, le cinéma c'est la culture, et je savais depuis longtemps que seule la culture était assez solide pour se forger une arme.

Le jour de ma soutenance, je suis arrivée très en retard. Je ne m'étais tout simplement pas réveillée. Je suis arrivée avec un fichu façon pirate sur la tête. Quand j'y repense je me dis que vraiment c'était poétique que je soutienne ma maîtrise les cheveux couverts... J'avais le sens du paradoxe vissé dans mes gènes. J'arrivai en courant très en retard et ma directrice de maîtrise m'attendait et m'accueillit avec un : « Vous avez un vrai problème avec l'autorité. » Je sais bien, Madame, demandez à ma première directrice d'école qui voulait me faire exorciser. Je m'installai devant elle et le membre du jury qui était une féministe et qui venait d'accoucher. Autant dire qu'elles étaient aussi tendues l'une que l'autre. Elles étaient déjà en rogne, et à peine j'avais commencé que mes putes tant aimées faisaient hurler. J'ouvrais ma maîtrise avec *Les Dames du bois de Boulogne* de Robert Bresson. J'avais analysé le film en prenant en compte la personnalité des femmes et leur volonté, sans porter de jugement moral sur les moyens – l'une était comédienne et concubine, l'autre danseuse et entretenue par des hommes de passage. Je notais la différence entre le roman (extrait de *Jacques le Fataliste* de Diderot) où les personnages féminins étaient davantage cyniques (libertines) et le film où elles sont avant tout des amoureuses. Hélène la maîtresse trahie et Agnès la jeune fille ambitieuse sous l'emprise de sa mère sont des figures fortes qui se débattent, se vengent, se révoltent, se sacrifient. Hélène car elle aime encore Paul qui ne l'aime plus, Agnès parce qu'elle est prisonnière de sa mère et des hommes qui la courtisent, dont Paul qu'elle aime pourtant. Mais les femmes tiennent le haut du drame, au contraire des hommes, étrangement fades, comme dépassés. Interruption du jury. « Non, Mademoiselle. » Déjà ? Je n'avais pas commencé depuis dix minutes. « Non, Mademoiselle, ces femmes utilisent leur corps, ces femmes sont réduites à leur corps. – Et alors ? » Alors, comme elles ne sont que des putes parce qu'elles ont un corps, il n'est pas possible d'y voir autre chose que du proxénétisme aggravé. Donc, il est impossible de les envisager comme des femmes fortes, des femmes dominantes, des femmes à personnalité. Mais cela ne s'arrêtera donc jamais ?

Une bonne demi-heure fut nécessaire pour que nous passions à la suite. Et je me disais que *Lola Montès* et *Le Carrosse d'or* suivaient, mais aussi *Riz amer* et le corps vénéneux de Silvana Mangano. Ça n'a pas raté. Toutes les femmes que je louais, que j'analysais d'un point de vue que je pensais juste car non réductible à la fonction du corps, étaient des putes. Donc, irrecevables. Mes putes merveilleuses et libérées ! Ce fut une lutte. J'avais tout de même bien travaillé et j'eus droit à une note correcte. Mais j'étais déçue. Ma directrice et le jury aussi. Elles attendaient d'une réfugiée politique iranienne quelque chose qui ressemblât davantage à la logorrhée féministe classique. Elles s'attendaient à ce que je « victimise » le corps des femmes dans le cinéma. Comme s'il leur suffisait d'être un corps pour être réduites à ce corps. Comme si les femmes perdaient leurs valeurs en affichant leurs corps.

En juillet 2013, je rencontrais une jeune femme amie d'ami. Nous discutions de cinéma et de séries. Et j'avouais voir plus de séries que de films depuis trois ou quatre ans. Et dans ma liste, il y avait cette série d'heroic fantasy, une série sur la géopolitique. *Game of Thrones* est une série intelligente et baroque qui met en avant des personnages féminins hauts en couleur. Des mères, des filles, des orphelines, des reines, des putes, des prophètes, des va-t-en-guerre et des humanistes. Mais toutes – sauf une – sont des femmes autonomes et brillantes. Elles partent en guerre avec leur fils, soutiennent leur père les armes à la main, conquièrent le pouvoir, seules. Elles sont des guerrières, des vraies. Et je me disais que ce genre ne plaisait malheureusement pas aux femmes. Des dragons, des scènes de guerre et des manipulations politiques, c'était trop masculin. Et pourtant. C'est typiquement le genre qui offrait aux femmes de *vrais* rôles dans lesquels les spectatrices pouvaient se projeter. Mais voilà que la jeune femme nouvellement rencontrée m'annonce qu'elle n'aime pas cette série parce que les femmes y sont trop souvent… nues. Sans déconner. Que des centaines de séries ou de films étalent le corps des hommes qui s'envoient en l'air avant et après chaque coupure publicitaire ne posait aucun problème à la jeune femme amie d'ami, mais qu'une série propose des personnages féminins libres et «viriles», voilà qui lui faisait faire la moue. Et lorsque je lui demandai ce qu'elle pensait de la série *Californication* qui n'est qu'une suite écœurante de parties de jambes en l'air d'un romancier toxico, elle m'annonçait fièrement qu'elle adorait – elle ne voulait certainement pas paraître trop coincée. L'égalité des corps n'est pas pour demain. Brr… Je m'en foutais. Je m'en foutais mais il était évident que j'étais encore seule avec mes femmes à corps. Avec mon corps.

Il me paraît évident que le choix de cette maîtrise et le choix de ce titre refusé bouclent la boucle de mon désir de placer les femmes au centre de la réflexion. Et paradoxalement, c'était encore une manière de mettre les femmes à côté, de placer l'Histoire des femmes en parallèle à celle des hommes. Comme cela est agaçant !

Je considère avoir donné ma voix aux femmes oubliées d'après guerre avant que la Nouvelle Vague et la Révolution des mœurs viennent remettre les pendules des femmes à la même heure que celle des hommes – du moins en Occident. Ces femmes entre deux mondes – celui d'avant guerre qui les maintenait fermement dans l'espace privé et celui de l'émancipation à peu près générale des années 60 – ces femmes hésitantes, pionnières et sacrifiées au carcan de la ménagère étaient les grandes oubliées de l'Histoire. Elles m'avaient attirée justement pour cette raison. Je n'ai jamais supporté le gâchis, je n'ai jamais supporté les zones d'ombre. Je veux mettre de la lumière partout, je veux éclairer toutes les femmes à la même étincelle.

Un ami journaliste d'origine franco-américaine, décalé juste ce qu'il faut pour ne pas répéter bêtement les poncifs vite dits, n'a jamais compris qu'« une fille intelligente comme moi », s'intéresse à ce « caca de chat séché » qu'est l'Histoire des femmes. Il s'en fout. Il veut bien compatir avec les femmes excisées, avec les femmes violées, avec les femmes sans droits, mais les inclure dans l'analyse non, non et non. Nous n'avons pas fini de débattre et j'ai beau lui mettre sous les yeux des chiffres qui disent mieux que des sermons la réussite économique d'un pays allant de pair avec la place accordée aux femmes, il se bouche le nez et ferme les yeux. Je lui envoie des études comme celle de l'Onu qui affirme que si les jeunes mères indiennes avaient pu attendre leur vingtième anniversaire avant de faire un enfant, le revenu brut du pays aurait gagné presque 8 milliards de dollars. Je ne le comprendrai jamais – il n'est pas idiot même s'il en possède quelques caractéristiques – mais je n'ai pas dit mon dernier mot. Je le poursuivrai avec mes arguments jusque dans sa tombe, je finirai par lui faire la démonstration que ne pas prendre en compte les femmes, c'est ne rien comprendre à une société et à ses failles, à son fonctionnement organique, à son avenir. Dès le XVIIIe siècle Choderlos de Laclos faisait un lien entre l'éducation des femmes, leur place dans la société et le progrès des nations.

J'ai achevé mes études universitaires comme j'avais commencé ma scolarité en France avec mes reines de France dont n'avait pas voulu mon premier instituteur : en plaçant la femme au centre de l'étude. En cherchant la femme oubliée, la femme rejetée, la femme humiliée, mais aussi la guerrière, la dominatrice, la libérée, la solitaire. Je prends conscience à quel point il est important de nourrir sa mémoire, je prends conscience à quel point les femmes qui ne savent pas leurs histoires sont vulnérables et comme elles pourraient être grandioses.

Paris, 2013

Cette mémoire colossale qui est la mienne ne me donne pas le choix. Je n'ai pas le droit d'oublier – ni la grande ni la petite histoire. L'histoire du monde et ma petite histoire. Je tiens à ce qui a été vécu, comme si ma raison mentale en dépendait. J'ai l'impression qu'oublier, c'est effacer. Et je ne veux rien laisser passer. Je ne veux pas être légère et avancer dans ma vie comme si hier n'avait été qu'un mirage. Ce ne serait pas juste. Pas seulement envers mon passé, pas seulement envers mes parents et ma famille tout entière qui suffoque dans le présent. Je sais que derrière tous ces mots et ces grandes théories, il y a les enfants de l'Histoire. La vérité de ceux qui n'ont pas choisi et qui subissent. Retenir le temps, c'est se l'approprier. Ralentir le cours du temps, c'est ne jamais oublier. Je n'oublie rien, je vis avec le passé, je chéris le passé qui m'offre la possibilité d'être aussi française que n'importe quel Français.

En juin 2013, l'excellent cuisinier d'un bistrot que nous fréquentions assidûment et qui est devenu proche par la force du quotidien et de son talent à faire frémir nos palais, me lance que je ne suis pas française à ses yeux. Car je n'ai pas de parents français, encore moins de grands-parents. Que je peux faire des pieds et des mains, que je peux parler un français plus qu'impeccable, avoir une connaissance plus grande que lui de l'Histoire de France, de ses grands hommes, de ses grandes dates, que je suis prête à donner ma vie pour que vive la République, je ne serai jamais, à ses yeux, une Française. Je ne l'ai pas seulement mal pris. Je ne l'ai pas seulement ressassé dans ma tête des jours et des jours. J'en ai profondément souffert. Même s'il avait bu et qu'il ne cessait de répéter qu'il m'aimait vraiment beaucoup, il reniait cette part de moi qui me protège. Je suis française par la culture et par la langue, je suis française par la connaissance du passé que je partage avec tous les citoyens français. Mais surtout, je serais perdue en Iran. Je serais une étrangère comme je n'ai jamais eu le sentiment de l'être en France. En me rejetant de France, il me rendait apatride, seule, malheureuse. En me refusant d'être française, il me renvoyait dans les ténèbres des sans-mémoire. C'était cela qui était le plus blessant : il reniait ma mémoire. Mémoire qui était la forme la plus évidente de mon amour pour la France. Alors oui, j'ai besoin de me souvenir, j'ai besoin de ressasser ce qui a été vécu, il y a dix ans, il y a cent ans, il y a mille ans. Je ne peux pas être simple et insouciante. J'ai charge d'Histoire.

Paris, 11 septembre 2001

J'étais chez mes parents. J'écrivais un documentaire sur Madeleine Pelletier. J'avais des écouteurs sur la tête et ma mère était dans la pièce voisine avec les enfants dont elle avait la charge. J'étais de nouveau amoureuse. Cette fois c'était un grand blond et j'étais portée par le sentiment d'être à deux doigts de conquérir Paris. Et ma mère est entrée dans ma chambre et a crié : « Il se passe quelque chose d'horrible. » J'ai soupiré, j'étais certaine que ce n'était rien, que ma mère faisait son Iranienne et que le magnétoscope était encore cassé. Je suis arrivée devant la télévision et un avion percutait la seconde tour. C'était spectaculaire, c'était hollywoodien, c'était un accident ou une attaque, et c'était surtout le bordel. Personne ne semblait savoir ce qui se passait. Ma mère était en larmes, les enfants qui l'adoraient étaient en larmes, et je restais debout devant l'écran de télévision tandis que le téléphone sonnait et que personne ne pensait à répondre. J'ai repris mes esprits et j'ai appelé mon père comme s'il allait me donner la solution. Je me suis énervée quand il m'a répondu qu'il n'en savait rien. J'étais hystérique et mon père m'a rappelé que le commandant Massoud avait été assassiné l'avant-veille. Super. Et qu'est-ce que tu veux que j'en aie à foutre ? J'ai appelé mon ami journaliste franco-américain qui m'a lancé, avant de raccrocher précipitamment : « Saddam ou Ben Laden. » Je ne croyais pas Saddam Hussein aussi fort que ça et je n'avais jamais entendu parler de Ben Laden. Je suis restée avec ma mère devant l'écran, puis mon père est rentré et nous sommes restés devant les images en boucle jusqu'à l'heure du coucher. Nous étions silencieux – sauf les larmes intermittentes de ma mère – et face à la foule paniquée, à la fumée qui envahissait les rues de New York, nous ne pouvions que nous rappeler notre guerre à nous. C'était poignant. Et les informations sont tombées entre des commentaires farfelus d'analystes aussi perdus que nous l'étions. C'était Ben Laden, c'étaient les islamistes, c'était la guerre. J'ai été dévastée. C'était trop : comme si tout recommençait pareil, mais que cette fois c'était pour tout le monde. Mais... il y avait peut-être aussi un espoir. Pour nous.

Depuis plus de vingt ans que nous vivions en France, nous passions pour des traumatisés des barbus et par conséquent nos commentaires sur le problème du voile, sur l'islam politique, sur les dangers du relativisme culturel – qui n'était que la face cachée de l'extrémisme religieux –, sur la bonne conscience de la gauche, n'étaient écoutés qu'avec un sourire compatissant et un hochement de tête réprobateur. Je me souvenais de mon père qui n'en prenait pas ombrage et de moi qui criais que nous avions raison, que mon père savait de quoi il parlait, qu'il ne fallait pas se laisser faire, qu'il fallait défendre la laïcité, la République, la religion à la maison et les citoyens dans la rue. Et c'était toujours mon père qui me faisait taire et c'était toujours moi qui claquais la porte, en larmes, parce que « Haute Tolérance » n'imaginait pas crier sur les autres sous prétexte qu'*ils ne savent pas de quoi ils parlent.* Pardonnez-leur, ils ne savent pas. « Haute Tolérance » n'a jamais failli. Ma mère s'inquiétait de savoir si la vague terroriste allait toucher Paris et mon père s'est tourné vers nous : « Ce serait le comble d'avoir fui les barbus iraniens pour sauter à Paris sur une bombe saoudienne. » Nous étions si tendus que nous avons explosé de rire. Les barbus nous collaient décidément au cul.

Le 11 septembre, c'était le jour où les barbus – qui dans les yeux des autres ne semblaient appartenir qu'à nous – s'imposaient au monde. J'étais persuadée que maintenant que nous étions plus nombreux à *savoir*, les choses allaient s'arranger. Je suis demeurée une enfant. Je ne pouvais imaginer que les rues des pays des barbus allaient applaudir le meurtre de masse du 11 septembre. Je ne pouvais imaginer que des mères et des pères de famille, des miséreux, allaient sauter de joie face au meurtre de femmes de ménage sri-lankaises ou mexicaines. Je ne pouvais qu'imaginer que les choses iraient mieux, que les barbus allaient faire l'unanimité contre eux. Le 11 septembre m'a appris que je ne savais rien.

Les jours qui suivirent, la cacophonie fut générale. Je fréquentais un jeune homme de bonne famille nichée dans le VI⁰ arrondissement, au-dessus de la mêlée, conservatrice, mondaine et snob mais, j'avais aussi gardé mes amis du XI⁰ arrondissement, de gauche, de classe moyenne voire moins, au-dessus de la mêlée, progressistes, artistes et snobs. Je passais d'un monde à l'autre et il était difficile de mélanger les deux univers. Dans le VI⁰, j'étais une pièce rapportée tout ce qu'il y a de plus rapportée. L'oncle du grand blond m'avait surnommée : « la métèque rouge ». Ben voyons. S'ils s'étonnaient de ma culture et de mon culot, s'ils trouvaient originale ma passion pour la littérature libertine et étonnant mon amour de la France, ils ne m'ont jamais acceptée. Je pense qu'ils ne pouvaient pas faire de lien entre ma culture et ma condition sociale. J'avais des attitudes de bourgeoise – j'étais née bourgeoise – et le compte en banque d'un ouvrier chinois. Disons-le plus simplement : la situation financière de mes parents me rendait louche. Ils l'oubliaient et quand ils s'en souvenaient, ils se fermaient. Le pauvre dans un milieu de riches fait toujours peur. Il représente ce qu'ils craignent le plus et ils s'inquiètent de le voir prendre ce qu'ils possèdent. Je me souviens encore comme d'une blessure jamais totalement refermée du grand blond qui me lance : « Tu es avec moi pour mon appartement. » Appartement qui n'était qu'une chambre de 25 mètres carrés, à peu près de la superficie de ma chambre chez mes parents. Il ne lui était jamais venu à l'esprit que j'étais bêtement amoureuse. J'étais amoureuse et je pensais que ma culture était le seul passeport valable pour entrer où je voulais. La famille du grand blond m'a vite fait redescendre sous le seuil de pauvreté dont j'étais issue.

J'étais certainement la seule représentante du monde musulman qu'ils fréquentaient et mon athéisme s'est évaporé comme neige au soleil après le 11 septembre. Ils ont oublié qui j'étais pour ne plus voir que la musulmane. J'entendais des phrases terribles – « tu ne te sens pas un peu coupable ? » – « tu ne penses pas que ce serait le moment de te convertir ? » – « c'est le moment ou jamais de faire des enfants français, non ? » – « tu ne peux pas dire, après ce qui vient d'arriver, que l'islam est comme toutes les autres religions ». Ben si, je le dis. Et je le répète. Et je le dis bien haut que toutes les religions sont monstrueuses quand elles mettent la foi en marche de conquête, que toutes les religions sont les mêmes quand elles pensent avoir raison, que tous les barbus se ressemblent quand ils font des morts. Ils m'ont broyée et mes amis du XIe les ont aidés. Car le XIe arrondissement aiguisait aussi ses armes pour se défendre contre… les racistes. Car soudain, il y en avait partout des racistes. C'est ainsi que la réfugiée politique iranienne que j'étais devint raciste. Il fallait l'entendre, la bonne conscience des faubourgs qui dénonçait à tour de langue le traitement inique des musulmans. Je précisais « islamistes » et j'étais toujours à deux doigts d'entendre – « c'est la même chose » avant qu'ils ne se reprennent.

Coincée que j'étais entre deux mondes, l'un qui ne voyait que la musulmane en moi et l'autre la Française, j'étais incapable de tenir un raisonnement logique au milieu du chaos. Comme par mimétisme, j'étais dans la même position que mon père lors de la Révolution iranienne : il était contre le Shah et contre les communistes, contre les religieux et contre les monarchistes. Il refusait de participer aux manifestations contre le Shah avec les communistes puis avec leurs nouveaux amis, les religieux. Il prônait la démocratie et les communistes entendaient Amérique, il prônait la laïcité et les religieux entendaient Saint-Barthélemy. Il a assisté à la Révolution qui allait bousiller sa vie, seul à la fenêtre de son bureau et il devait se demander si tout n'avait pas commencé le jour où il s'était fait tabasser sur le campus de son université quand un communiste l'avait surpris lisant Graham Greene. Quelques jours plus tard, il s'était fait prendre à partie par les religieux parce qu'il lisait Camus. Je revivais la vie de mon père, version post-11 septembre.

Il y avait ceux du XIe qui excusaient, en justifiant par l'affreux impérialisme américain, les meurtres aveugles et ceux du VIe qui, tremblant de peur, se permettaient des commentaires xénophobes qui englobaient l'islam tout entier, mon grand-père compris. C'est une chose de dénoncer des meurtriers qui n'ont qu'une démarche politique, c'en est une autre de reprocher à des croyants d'avoir la foi. Je revois encore le cousin brillant de mon compagnon, qui citait des passages du Coran pour expliquer que le World Trade Center ce n'était rien de moins que les tours de Babylone dont une sourate racontait la chute. Trop de monde a acheté le Coran pour y chercher une explication et il devenait risible de les voir chercher exactement comme les barbus de quoi nourrir leurs fantasmes. Les barbus décryptent dans les sourates des vérités que la science a démontrées ou que l'Histoire a validées (le voyage sur la Lune, la victoire de l'Empire byzantin, les moyens de transport modernes, la conquête de La Mecque, le transfert d'odeur (sans rire) et même l'énergie atomique et la fission...) et les xénophobes font la même chose. Ils sont tous pareils, ils sont tous dans la même démarche de facilité. Ils pensent mal.

Le 11 septembre est un grand pourquoi. Il a certainement créé un vide relationnel, un doute malsain sur l'extrémisme des uns et des autres. Le 11 septembre a creusé assez profondément un sillon dans lequel les plus brutaux, les plus intolérants, les plus dangereux se sont engouffrés. Le cochon des uns est devenu une insulte à l'agneau des autres. Si la parole s'est libérée, il est triste de constater qu'elle s'est libérée pour le pire. Si je maudissais encore plus hargneusement les barbus et les corbeaux, il n'était pas question de capituler devant l'universalité des droits. C'était évident dans mon esprit : ils n'allaient pas encore une fois remporter la victoire. Ils n'allaient pas encore une fois entraîner dans leur chute ceux qui étaient nés en terre d'islam. Non, non et non. Mais comme c'était difficile de tenir tête à tous les extrémistes en même temps. Comme c'était dur de répondre à droite que non, le meurtre n'est pas inscrit génétiquement chez les musulmans et à gauche, non la colonisation n'est pas un passeport pour faire n'importe quoi. L'intervention militaire en Afghanistan puis la guerre en Irak ne firent qu'accentuer les malentendus. On s'insultait comme au pire moment de la guerre froide, salauds de pro-Américains, enfoirés de gauchistes. Le réalisme des uns contre l'angélisme des autres. J'ai été une gauchiste convaincue jusqu'au 11 septembre. Et puis, je suis devenue une réformiste acharnée. Et puis, je ne pouvais plus soutenir ceux qui pensaient sincèrement que le 11 septembre était une conséquence de la colonisation. Les Américains qui avaient financé les guerres de décolonisation devenus victimes des traumatisés de la colonisation. C'est déprimant. Quand je pense que Ben Laden s'en foutait comme de son premier turban de la colonisation, que sa haine de l'Amérique était née bien tard, quand *sur la demande du roi saoudien* en personne s'il vous plaît, l'armée américaine s'était installée sur la terre sacrée de La Mecque. C'était tout et cela suffisait pour mettre le monde à l'envers. C'était seulement parce qu'il ne supportait pas de voir les mécréants sur sa terre qu'il avait ouvert la boîte de Pandore. Et tous les autres y avaient vu l'occasion de mettre tous leurs échecs, toutes leurs déceptions et leur incapacité à gérer la modernité sur le dos des Américains et de leurs copains. Le 11 septembre c'était la victoire de la bêtise doublée du manque de culture. Le 11 septembre, c'était la victoire des imbéciles sur les penseurs, des politicards sur le politique, des extrémistes sur les humanistes. Le 11 septembre, c'était la défaite annoncée du corps féminin.

Mon amour pour le grand blond qui votait à gauche – quand il votait – et pensait à droite a commencé à décliner mais je tenais à ce qui avait été vécu alors je suis restée. J'attendais qu'une autre page de l'Histoire nous éloigne pour de bon. J'ai cessé de débattre pour ne rien dire et je me suis cachée dans le XVIIIe siècle en attendant que tout le monde baisse d'un ton. J'attends toujours.

Paris, 2013

Chacun se souvient de ce qu'il faisait, du lieu où il était, quand le 11 septembre est tombé sur la tête du monde. C'était fait pour. Les barbus-terroristes savaient exactement ce qu'ils faisaient. Ils ne voulaient pas tant faire un maximum de morts qu'avoir un maximum de spectateurs. C'était gagné. Tout le monde avait vu le 11 septembre en direct. C'était le premier attentat-spectacle de l'Histoire. Et c'étaient des islamistes qui refusent la représentation du visage humain qui l'avaient mis en scène. C'était un autre barbu, en gris & marron, qui l'avait financé et préparé. C'était un autre barbu en pire parce que celui-ci ne connaissait pas de frontière. Le « vieux en noir & blanc » n'était pas un expansionniste, il voulait juste foutre la merde en Iran. Mais le nouveau était internationaliste, il était saoudien et il se cachait dans les grottes d'Afghanistan, c'était un héritier et il se faisait le porte-parole des misérables. C'était un autre assassin en robe et turban. Mais ils voulaient tous la même chose : ils voulaient recouvrir le monde de noir et de larmes.

Que faire du 11 septembre ? Que faire de l'après-11 septembre ? Que faire de ceux qui y voient la main d'Israël ? De ceux qui y voient une manipulation ?

un complot ? une juste vengeance ? Que faire de ceux qui voient un parallèle bien mérité avec le 11 septembre 1973 quand Allende est renversé par Pinochet aidé des Américains ? Que faire avec l'extrême gauche qui pardonne aux barbus ? Que faire de ceux qui sont convaincus que la misère et la faim sont une excuse pour le meurtre ? Que faire ? Je ne sais pas comment on peut justifier *ça*. Ce que je sais, c'est la seule chose qui me fait sourire : les « complotistes » refusent aux barbus la responsabilité de leurs attentats. Ils devaient enrager au fond de leurs grottes ou ailleurs, là où on croit aux barbus, de voir que même après le 11 septembre, certains ne les croyaient pas capables de monter un coup pareil. Ce ne pouvait être que les Américains ou les juifs. C'est risible.

Mais, après le 11 septembre, alors que j'espérais une réaction saine des fameux Français musulmans – et je précise Français musulmans et non pas musulmans de France car nous sommes tous français – ils m'ont déçue comme les Iraniens m'avaient déçue après la Révolution des barbus. Les voiles sont sortis, le halal était dans toutes les assiettes et les non-barbus se sont mis à ressembler aux barbus. J'étais outrée. La rue de la Roquette a vu tristement passer de plus en plus de voiles, de plus en plus d'agressivité. J'entendais des phrases comme : « Si tu viens dîner à la maison, ne prends pas de vin, tu devras le laisser sur le palier. » Pardon ? On est à Paris en 2001 et un ami français de religion musulmane m'explique que son lieu de vie est si sacré que pas une goutte d'alcool ne devra y pénétrer. C'est une blague ? Non, c'est sérieux. C'est supersérieux. C'est tellement sérieux qu'ils ont tous fini par se prendre au sérieux. Je repensais à mon grand-père soufi, je repensais à sa foi qui n'avait jamais failli, je pensais à cet homme d'exception qui ouvrait chaque jour une bouteille de vin pour le voyageur qui aurait soif et qui échouerait chez lui, je le vois préparer un lit et poser des raisins, du pain et du fromage dans l'entrée de la maison au cas où un sans-abri y trouverait refuge. Je le revois, lui qui n'avait jamais bu une goutte de vin, lui qui croyait en Dieu avec une force que je n'ai jamais retrouvée chez personne, et qui ne se posait pas la question de savoir si sa cave à vin était une insulte à Dieu.

Qu'est devenue la vraie foi ? Celle qui n'impose rien à personne mais tout à soi, qui dialogue avec Dieu dans un rapport spirituel et sain ? Mais qui est ce Français qui se dit musulman pratiquant, et qui pense qu'une bouteille de vin va *salir* son appartement ? Est-ce qu'il croit si peu pour avoir besoin de tant de simagrées, tant de preuves pour se sentir croyant ? Mais qu'est-ce qui leur prend à ces enfants nés en France et élevés au biberon de la laïcité ? Qui pensent-ils convaincre de leur foi si ce n'est eux-mêmes qui n'y croient pas assez ? À partir du 11 septembre, c'en était fini des Français musulmans. Ils devenaient juste musulmans. Pas seulement aux yeux des autres mais avant tout à leurs propres yeux. C'était l'heure de la méfiance et l'heure de faire les comptes. L'heure de la déception et l'heure de la résistance.

Ô mon amie, ô ma belle amie, qui aime tant le vin rouge et qui est amoureuse d'un Français dit de souche, qui a mis au monde deux magnifiques petites filles métisses, dont le père était un laïc acharné, qui est si intelligente, si douce, si cultivée. Mon amie aux yeux noirs et à la voix mélodieuse, aux arguments toujours mesurés, qui calmait mes ardeurs et tenait ma main quand j'étais trop triste, trop seule, trop isolée. Que t'est-il arrivé, ma belle amie ? Qu'est-il arrivé à la France en toi ? Pourquoi vois-tu des racistes partout ? Pourquoi crois-tu que critiquer l'islam politique, c'est insulter la religion de tes pères ? Qu'est-il arrivé à ton agnostisme ? Pourquoi ce retour absurde vers une religion qui a plastiqué la pharmacie de ta mère à Alger, parce qu'elle était femme ? Comment peux-tu me parler de foi alors que tu ne me parles que de politique ? Comment t'es-tu fait avoir ? Que nous est-il arrivé à toi et à moi ? Pourquoi suis-je tellement mal à l'aise quand il s'agit de parler ensemble ? Comment nous sommes-nous perdues ?

Avant tout, nous étions françaises. Nous étions réfugiées politiques à Paris. Nous avions tellement de rires, tellement de débats, d'auteurs en commun, tellement de choses à nous dire. Mon amie perdue l'a été par le 11 septembre. Elle l'a été car je ne savais plus fermer ma gueule. Car il était hors de question que je laisse parler, que je laisse couler. Je t'ai perdue parce que tu pensais encore trauma de mon enfance alors que j'étais loin de Téhéran. J'étais une jeune Française qui connaissait et sa France et son islam, et à qui tu as retiré le droit de demander : pourquoi ? Pourquoi les Français musulmans sont si peu aimables ? Pourquoi les femmes recouvrent-elles leurs cheveux après le 11 septembre, si ce n'est par soutien envers ces barbus qui sont leurs premiers ennemis ? Pourquoi m'as-tu regardée avec tant de mauvaise foi alors que je tentais de te faire dire que non, tu ne pouvais pas soutenir sérieusement que les femmes en burqa faisaient un choix. J'en suis venue à te dire que les nazis aussi avaient fait un choix. J'en suis venue à utiliser des arguments indignes de nous. Mais tu ne t'es pas laissé démonter : il n'y en a qu'une poignée en France. Comment as-tu pu me servir un argument aussi peu constructif ? Une, c'est déjà trop. Une, c'est déjà un échec. Et comment peux-tu défendre ce qui n'est même pas de l'ordre du religieux mais une coutume locale devenue un signe de ralliement politique ? Tu as fini par lâcher le morceau : s'en prendre aux femmes en burqa, c'est rejeter tous les musulmans en bloc. C'est stigmatiser. Voilà. C'était dit. Le seul verbe que je ne voulais pas entendre par ta voix, le seul verbe qui était du côté des barbus. Stigmatiser. Eh bien oui, je stigmatise celles qui refusent l'accès à leurs visages, je stigmatise celles qui ont si honte d'être vues par nous qu'elles nous dissimulent leur regard. Et cela fait de moi – et rien que de l'écrire, je suis en colère – une islamophobe ? Toi, tu utilises un mot qui est l'apanage des barbus ? Toi, tu te places du côté de ceux qui fabriquent des frontières, qui louvoient, qui réduisent la femme à son ombre ?

Ô mon amie comme tu me manques. Comme notre métissage parisien me manque. Comme j'aurais aimé te faire lire ces lignes pour que tu me corriges, pour que tu me dises que je confonds la foi et la pratique, qu'ici j'oublie que je ne suis plus à Téhéran. Il ne reste donc plus rien de notre entente ? À part les souvenirs et le hasard des rencontres du métro parisien. Il ne reste que des malaises. Je suis l'intolérante et tu es la musulmane. Un jour, un des derniers jours avant qu'il soit devenu trop difficile de nous voir, tu m'as dit envisager de retourner vivre en Algérie. Parce que tu ne supportais plus le regard des Français. J'ai sursauté : quels Français ? De qui ? De quoi ? Mais personne ne t'a jamais regardée autrement qu'en Française d'origine exotique. Je sais, ce n'est pas ce qu'il y a de plus agréable, mais moi aussi je suis exotique et qu'importe ? Un Breton qui n'a jamais quitté Saint-Malo est tout aussi exotique que toi et moi. Il n'y a pas de mal à l'être, d'ailleurs. Mais non. Tu disais que j'étais trop blanche, que j'avais pris le physique de la France, que je ne pouvais pas comprendre. Je ne pouvais pas comprendre, dit sur le même ton que celui de mes parents quand je ne comprenais pas l'Iran. Tu ne peux pas comprendre et cela justifie tous les silences. J'étais une convertie, plus radicale que les autres et toi tu demeurais parfaitement algérienne ? Et au nom de quoi ? Et si c'était toi qui ne voulais pas, qui ne sentais pas, qui refusais de passer outre ton origine pour me parler d'égale à égale ? Tu as mis de la distance entre toi et moi, et c'était Khomeiny qui poursuivait son travail de sape, qui me rappelait que l'identité tient parfois à un turban. Tu sais ce qui m'a le plus blessée dans toute cette mélasse d'incompréhension ? Que la culture commune qui nous liait ne jouât plus aucun rôle. Qu'il ne suffisait plus d'avoir lu les mêmes livres, d'avoir côtoyé les mêmes penseurs et d'avoir eu vingt ans ensemble. Tout ça n'était plus rien car soudain le religieux prenait toute la place. Le religieux devenait identité, devenait essentiel, devenait plus important que tout. Plus important que d'avoir le droit de vote et de penser librement sans prendre un coup de matraque. Tu me pensais *trop*, je ne te considérais *pas assez*. Et puis nos dissensions sont devenues générales. Tout ce qui touchait à la question de l'islam en France devenait problématique, dangereux à débattre, cause de discorde. C'est quoi l'horreur d'être français ? Qu'y a-t-il de si affreux à être français ? C'est être un citoyen, c'est laisser bouffer son voisin, c'est accepter de se mettre à la même table, c'est ne pas insulter celui qui croit, pense, respire différemment. Qu'y a-t-il de si dégradant dans l'assimilation pour te faire hausser les sourcils ? En quoi je respecte moins mes parents, mon histoire, mon passé en étant française ? Là où je vois richesse, tu vois pertes et fracas. Et quand les banlieues s'embrasent ce n'est jamais la faute des gamins qui prennent en otage tout un quartier, toute une population, c'est à cause du racisme de la police. Et seulement à cause de cela. Dédouaner la violence de certains sous prétexte de misère, c'est insulter tous les pauvres. Comme si être pauvre, c'est être idiot et pas éduqué. C'est insultant pour tous ceux qui ne cherchent pas d'excuses, qui savent que l'éducation n'a rien à voir avec la richesse matérielle. Alors non, ma belle amie, je ne laisserai pas insulter les habitants des banlieues dites chaudes, qui tentent de survivre sous la dictature de petits cons qui les prennent en otage, qui les humilient, qui en usent comme des pare-balles. Et toi, tu ne me regardais plus qu'avec une moue de dédain, tu ne me regardais plus que comme ton ennemie. C'en était fini de nous. Nous nous sommes noyées dans le 11 septembre. Nous nous sommes noyées dans le corps disloqué du pays qui nous avait accueillies toi et moi. Nous faisions partie du même corps et depuis le 11 septembre, nous nous regardons en chiens de faïence. Tes vingt ans me manquent. Mes vingt ans me rendent mélancolique. Le « vieux en gris & marron » m'a pris mes meilleurs souvenirs. Et ma plus proche amie.

Paris, 21 avril 2002

    C'était le dernier souffle de ma relation avec le grand blond. La fin s'étirait et c'était l'anniversaire de ma mère. Elle avait tenu à inviter le grand blond et sa sœur et l'amie de sa sœur, surnommée Capitaine Crochet tellement elle était mauvaise, tellement elle avait de venin en elle. C'était un dimanche et c'était jour d'élection. C'était un dimanche et ma mère s'était surpassée en cuisine. C'était divin. Je tentais de ne penser qu'à mon assiette pour ne pas trop participer à la conversation chiante, chiante, chiante. C'était l'anniversaire de ma mère et il faisait beau, tout le monde attendait Jospin et Chirac à 20 heures mais personne n'avait voté – sauf mes parents qui étaient déjà français. J'étais encore réfugiée politique – ne vous méprenez pas : je voulais être française par la loi, mais je haïssais l'administration et j'étais flemmarde – et je m'étais déjà disputée le matin avec le grand blond qui ne voulait pas voter. Je me demandais comment j'allais me sortir de ce merdier et mon père me lançait des regards discrets mais pleins de sous-entendus. Il se demandait ce que nous faisions tous là. Je mangeais et je me répétais que je n'avais jamais aimé les blonds.
    Enfin, le déjeuner s'achevait et je repartis avec le grand blond pour le VIe arrondissement. Je ne sais pas

exactement comment nous en étions arrivés là, mais la dispute du matin avait repris, et cette fois il n'était plus question de politique mais de... ménage. Il me traitait de «gitane» parce que nous n'avions pas passé la serpillière depuis une semaine. Et je m'en foutais parce que j'attendais la soirée électorale. J'ai toujours aimé les soirées électorales et leur cohorte de mauvaise foi, de bons mots, de victoire et de défaite. C'était une tragédie grecque chaque fois et je m'en amusais toujours. Le grand blond a tellement crié et j'en avais tellement marre d'être une gitane, que j'ai pris la serpillière et je l'ai passée alors qu'il beuglait qu'il fallait être deux, qu'il fallait tout faire à deux, que j'étais une égoïste. Je ne l'entendais plus, j'écoutais les commentaires pré-résultats. Parce que j'avais l'habitude de ces commentaires, je me suis dit que quelque chose n'allait pas. Il y avait trop de «surprise» dans la bouche du présentateur, il était trop affolé comme s'il ne pouvait plus suivre son prompteur. J'étais encore à quatre pattes et j'avais encore la serpillière entre les mains, le grand blond n'entendait rien et beuglait entre ses dents quand 20 heures sonnèrent, et le visage de Jean-Marie Le Pen apparut sur l'écran. Je n'ai pas crié mais j'ai entendu un grand cri qui venait de partout, qui résonnait d'appartement en appartement. Le VIe avait beaucoup de défauts mais il ne votait pas à l'extrême droite. Il n'avait simplement pas voté ce jour-là pour cause de terrasses ensoleillées et de pique-niques improvisés. Je suis restée à quatre pattes et le grand blond se précipitait sur le balcon pour parler à sa sœur qui était aussi sa voisine. La première chose que je fis fut d'appeler ma mère. Ça n'a pas raté : elle commençait à faire ses bagages et mon père ne tentait même plus de la calmer.

Il riait. Mon père a son humour, mais c'est encore le meilleur moyen de se défendre contre l'absurde. Elle était en larmes, c'était le jour de son anniversaire, on ne pouvait pas lui faire *ça*. Elle se sentait bien en France, elle ne voulait pas partir encore, elle ne voulait pas recommencer l'exil. Je lui ai répété que ce n'était rien, qu'il y avait un second tour et que si les Français votaient au second tour, il n'y aurait plus le visage de Le Pen sur l'écran. J'ai raccroché parce que le grand blond, sa sœur et Capitaine Crochet avaient décidé d'aller manifester. Je refusai : il n'était pas encore arrivé le jour où je manifesterais contre le droit de vote. Mais j'étais seule contre trois et ils me fatiguaient tellement avec leurs arguments d'écoliers – j'étais égoïste, j'étais une gitane, je n'avais même pas le droit de vote alors je n'avais aucun droit de leur reprocher de n'avoir pas voté et na !

Il faut préciser que c'était une période très sombre dans ma vie, une période de rupture familiale. Je m'accrochais au grand blond comme je m'accrochais aux branches d'un vieil arbre pourrissant à deux doigts de lâcher, mais qui me permettait de garder la tête hors de l'eau. Cette suite improbable de soucis et de tragédies qui s'abattait et s'abattrait davantage encore sur nous, me tenait par les épaules et le ventre quand je suivis – finalement – le grand blond, sa sœur et l'inimitable Capitaine Crochet. Je les suivis dans les rues de Paris et c'est vers la Bastille que nous nous dirigeâmes. Il y avait beaucoup de monde, beaucoup de jeunes, beaucoup de vieux, beaucoup de perdus et beaucoup de bonne humeur. Je pense que personne ne s'attendait à autant de monde réuni si spontanément. Bien sûr, il y avait là des manifestants nocturnes qui voyaient une bonne occasion de faire la fête, d'autres qui culpabilisaient de n'avoir pas voté ou de n'avoir pas voté Jospin dès le premier tour, et il y en avait même qui étaient là par conviction profonde contre l'extrême droite.

J'ai voulu croire que ce 21 avril-là allait nous apporter quelque chose : les Français musulmans, les Français africains, les Français asiatiques et tous les autres se voyaient offrir la plus belle des preuves d'amour. La France tout entière debout sur le bitume, marchant contre l'intolérance, contre l'extrême droite, contre tous ceux qui veulent détruire le socle républicain sur lequel nous avons bâti des siècles d'Histoire, nous les enfants d'exilés, nous les amoureux de la France. Elle renversait le 11 septembre, elle lui retournait sa claque, elle montrait à Le Pen et consort que rien n'était perdu, que la France c'était *ça*. Encore mieux que la Coupe du monde 1998, encore mieux qu'une équipe de football, c'était la politique qui faisait briller la communion de tous les Français. « Première, deuxième, troisième génération ! Nous sommes, tous, des enfants d'immigrés. » Eh bien moi, j'étais émue. Moi, je l'ai pris pour moi, pour ma défense et celle de ma mère qui faisait déjà ses bagages, cette déclaration de guerre fraternelle contre l'extrême droite. Je voyais des millions de Français dans les rues de France, en famille, en groupe d'amis, tous ces gens qui se retrouvaient pour dire « non », je voyais soudain un avenir après le choc du 11 septembre, je voyais déjà les corbeaux brûler leurs oripeaux et les barbus couper leur barbe pour rendre la pareille à la France. Je voyais ma mère qui manifestait pour la première fois depuis Téhéran et elle avait l'air de prendre toutes ces pancartes et tous ces cris pour elle. Ainsi, les Français nous aimaient vraiment.

Je me souviens, les jours suivants, à travers les deux manifestations monstres, avoir croisé ma boulangère et ma gynécologue, des amis de la famille et des voisins, le buraliste et la postière qui était tellement désagréable. L'impression générale, c'était que tout le monde était là. Même le grand blond et sa famille au-dessus de la mêlée, ils étaient tous là en rang d'oignons. Je m'étais dit que j'avais eu raison de rester encore, que j'avais eu raison d'en tomber amoureuse. C'était déjà trop tard mais ce fut un ultime souffle. Mais ils étaient où ceux qui avaient voté Le Pen au premier tour ?

Paris, 2013

Avec le temps, le 21 avril ne semble plus être un traumatisme que pour les politiques. Surtout pour les socialistes. Ils se réveillent en pleine nuit, flippés de ne pas être présents au second tour et de devoir appeler à un front républicain. Les Français ne se souviennent plus du 21 avril, ils ont oublié les cris et le choc, ils ont oublié qu'ils ne voulaient pas de Le Pen il y a dix ans et des poussières. Ils ne se souviennent plus de la tête ahurie de Jean-Marie Le Pen quand il a vu les résultats et comme il était crispé, comme il était assommé d'avoir à gérer la France – au cas où.

Depuis 2002, le Front national s'est mué en premier parti ouvrier de France et il ne se passe plus une seule élection sans que la fille Le Pen grignote des voix sur le dos des socialistes qui ont oublié les pauvres et de l'UMP qui les ont oubliés depuis longtemps. Pris en étau entre la dette et l'Europe, les pauvres et les classes moyennes européennes souffrent et, comme tout échec, ils l'imputent aux Autres. À Bruxelles et aux immigrés. Surtout aux immigrés. La fille Le Pen qui a vraiment tout compris, l'héritière qui a fait entrer au parti un normalien, prend des accents jauressiens tout en continuant de pourfendre l'immigration. Et beaucoup de Français sont d'accord et crachent sur l'élite et sur les

Roms, sur les chômeurs et sur les Arabes et surtout sur les musulmans de France et suivent... l'héritière. Ce n'est pas de l'amnésie, ce n'est pas de la bêtise, ce n'est pas irréversible. C'est une réaction profonde de désillusionnés. Parce qu'ils ont le sentiment de ne plus maîtriser leurs lendemains, parce que l'avenir se décide dans des instances lointaines et abstraites, parce que les politiques ne sont plus que des bureaucrates, les Français qui votent à l'extrême droite ne sont plus culpabilisés. Marine Le Pen et ses partisans seraient incapables de gérer la France, ils seraient incapables de tenir leurs promesses. Mais ils font des promesses et il semble qu'ils parlent « vrai ».

C'est qu'elle ne mâche pas ses mots, elle les dégueule, elle réhabilite le français en le figeant dans une image d'Épinal. La France qui se nourrit seule et qui se vit seule. Une France impossible qui n'a jamais existé. Ce que je crois, c'est que le Français moyen – du Nord ouvrier qui entend la ritournelle égalitaro-nationaliste de Marine, au Sud poujadiste qui fredonne la chanson des antimusulmans et des antichômeurs – ne voit pas pour qui d'autre voter. Il ne veut plus se faire avoir par la gauche qui a tant promis et tant repris et la droite qui ne lui a jamais accordé d'attention. Il ne veut plus des chômeurs qui pourraient bosser quand même et des musulmans qui pourraient arrêter de beugler. Crispation, peur, identité. Retrouver le passé où l'immigré était gommé et le chômeur tellement minoritaire qu'il n'existait pas vraiment. Retrouver un temps où seul le Français existait, est impossible. Mais c'est tellement rassurant. Comme si le Français dit de souche était incapable de voler un sac ou de violer une fille, de piquer une pomme ou de foutre le bordel dans une rame de métro.

Le problème c'est qu'en face, chez ceux qui ne se définissent plus comme des Français musulmans mais comme des musulmans de France, il existe pléthore de passéistes figés dignes de Marine. Ils sont aussi impossibles que ceux qui votent contre eux. Ils sont aussi fous d'identité et de monoculturalisme. À mes yeux, ils sont aussi peu aimables les uns que les autres, ils se ressemblent dans leurs intransigeances et ils dessinent avec la même folie le même avenir en noir & blanc. Les frontistes qui prennent en otages les classes moyennes en leur faisant imaginer l'avenir au passé simple et les barbus de France qui prennent en otages les musulmans pour leur faire croire que le bonheur est sous le voile. Ils sont d'accord : ni les uns ni les autres ne veulent des uns et des autres. Ils sont monocordes, ils sont médiocres, ils sont haineux. Ils sont aussi peu aimables les uns que les autres, les frontistes frileux et les barbus hargneux. Ils sont pareils et plus personne ne semble vraiment se soucier du 21 avril et de la cohésion nationale qui aurait dû en résulter.

Comme si la solidarité et le bien vivre allaient spontanément renaître de la disparition de l'immigration et des pauvres. Et les barbus de France, ils pensent sincèrement qu'ils seraient plus heureux et mieux acceptés si l'Aïd était une fête nationale française ? Mais enfin, qu'est-ce que c'est que ces délires qui excluent toujours l'Autre mais ne font jamais de pas vers l'Autre ? Il faut raffermir notre morale républicaine pour qu'elle soit garante de la foi de chacun et de la liberté de tous. Je suis citoyen avant d'avoir une religion, la France est au-dessus de toutes mes croyances. Je vis ma foi, ma passion, mes loisirs comme je veux sans empêcher mon voisin de faire de même, sans le juger, sans le déranger – quelle que soit sa différence, sur une base commune qui refuse les barbus et les corbeaux. Car les frontistes sont des barbus. Ils sont pareils et ils ne promettent rien de moins que la guerre civile. Vous me voyez comme une pessimiste, vous me voyez encore comme une réfugiée politique qui voit la guerre au bout de chaque vote. Ne riez pas mais constatez. Constatez qu'il existe des quartiers en France où ni les policiers ni les pompiers n'osent se rendre, qu'il existe des entreprises où les Arabes ne sont pas les bienvenus, qu'il existe des murs invisibles tellement visibles aux yeux de certains que rares sont ceux qui les traversent. La guerre civile n'a pas besoin d'armes. Elle a besoin de barbus. Et ils sont de plus en plus actifs, de plus en plus présents, de plus en plus écoutés, de plus en plus extrémistes. De tous les côtés. Les uns s'appuient sur les autres, les uns rebondissent sur les intransigeances des autres, les uns ont besoin des autres pour donner un sens à leur non-sens.

Marine et les barbus progressent grâce à l'abstention. Les uns comme les autres surfent sur la capitulation des uns et des autres. Si les citoyens reprenaient leur rôle plus à cœur, si les Français musulmans se voyaient davantage comme les citoyens qu'ils sont, il n'y aurait plus de danger frontiste ou de communautarisme agressif. Il n'existerait plus que des citoyens français.

Paris, 1994-2013

Ce ne fut d'abord qu'une attitude d'ado qui pense que c'est trop nul, qui boude parce que tout le monde est trop con, qui cherche un moyen de se doter d'une personnalité visible – une ado a besoin de se faire remarquer pour se sentir exister. Ça rit fort, ça parle fort, ça grince fort. C'était la suite de mes quinze ans où je refusais de porter autre chose que du noir et de mes seize ans où je voulais des tresses africaines et où j'ai fini avec une mèche blond platine – le ridicule prend des airs de contestation.

C'était l'adolescence et c'était «Regardez-moi ! Aimez-moi ! Je suis différente ! » C'est une terrible époque que l'adolescence pour le sens esthétique des adultes. Mais il existe certaines rébellions d'adolescentes qui perdurent. Chez moi non seulement c'est resté mais cela s'est accentué au fil des années. Peut-être était-ce la suite logique du cul nu de mon enfance. Peut-être était-ce ma fascination pour les femmes qui se poursuivait. Peut-être que c'était juste une histoire de goût. Toujours est-il que la jupe est entrée dans ma vie à seize ans – en même temps que la mèche blonde. C'était d'abord un constat purement esthétique : les pantalons ne me vont pas. Je suis trop petite, le pantalon me tasse. Et puis, j'ai toujours honni l'uniforme, j'ai toujours détesté voir plus d'une personne habillée de la même manière. Le jean était devenu uniforme et je ne voulais pas me fondre dans le décor. Enfin, c'était militant. Je porte des robes et des jupes parce que je n'ai aucune honte d'être une femme. Et je veux que cela se voie. Je ressemble à une femme parce que les barbus détestent les femmes. Je ressemble à une femme au cas où Khomeiny jetterait encore un œil de mon côté.

L'aspect militant de la jupe était né alors que j'avais dix-sept ans. Mon premier amour militait chez les jeunesses trotskistes et je voulais partager avec lui ce qui lui tenait tellement à cœur. Il me présenta ses amis militants et je portais les cheveux longs et du rouge à lèvres rouge, des ongles longs et une robe noire, des talons hauts et un sac en paille. Je me trouvais fascinante. Ils m'ont trouvée *juste* bourgeoise. Ils m'ont refusé la parole et m'ont conseillé de couper mes cheveux et de cesser de mettre de la graisse de baleine sur mes lèvres. Ils m'ont gentiment dit que j'étais inaudible car cachée derrière ma féminité qui n'était qu'un signe de mon appartenance à une bourgeoisie qui affamait le peuple et s'en mettait plein les poches. Ils m'ont renvoyée au plus grand de mes défauts : être une femme. Encore une fois. Ils m'ont littéralement fermé le clapet. J'avais beaucoup à dire, beaucoup à gueuler, beaucoup à leur reprocher, mais j'étais trop fascinée de voir des mini-Khomeiny s'agitant devant moi, avec leurs cheveux longs et leurs tee-shirts trop grands, leurs ongles négligés et leurs regards durs et froids qui me traversaient.

Ils étaient contre la terre entière, mais surtout contre les femmes qui ressemblent à des femmes et les bourgeoises qui sentent le parfum et dont j'étais devenue la plus parfaite des représentantes. Que mes parents soient pauvres, que je sois pauvre, que ma vie jusqu'à ce jour ait été une suite de combats plus ou moins difficiles, que mon enfance ait été en équilibre entre le bonheur le plus total et la violence la plus abrupte, ils n'étaient même pas capables de l'envisager. Ils étaient fils de médecins et de professeurs de philosophie à l'École normale, fils de journalistes et de hauts fonctionnaires, ils avaient voyagé partout dans le monde avec leurs « salauds de parents », mais eux connaissaient la *vraie* vie. Ils avaient juste de la merde dans les yeux. Ils n'avaient même pas lu Stirner. Que voulez-vous, je portais trop de signes extérieurs qui heurtaient leurs convictions de barbus en herbe. Ils avaient dix-sept ans, dix-neuf ans tout au plus et ils étaient si vieux, si blasés, si agressifs. Ils jetaient des regards furtifs autour d'eux, à l'affût d'un nouvel ennemi, d'un homme correctement habillé, d'une femme en tailleur, d'un enfant trop souriant. Et ils revenaient vers moi, puis hochaient la tête vers mon premier amour pour bien lui faire sentir qu'il était un social-traître chaque fois qu'il me pénétrait. J'avais déjà connu des mini-Khomeiny, au collège durant l'affaire Rushdie et après le coup d'éclat d'Adjani. J'avais déjà croisé des regards lourds de corbeaux dans les rues, mais des Khomeiny d'extrême gauche, je n'en avais jamais vu d'aussi près. Je ne pensais pas que l'extrême gauche parisienne pouvait être aussi bornée, aussi radicale, aussi stupide que des barbus bas de gamme. Ils m'ont très vite oubliée et je suis restée assise à boire mon vin blanc – ils ne buvaient que des cafés et des verres d'eau – et j'ai continué à les observer. Petit à petit la colère est montée. Mais je n'ai rien dit. J'avais encore à réfléchir. Je me disais que je les croiserais de nouveau dans ma vie. Je me disais qu'il fallait acérer davantage mes mots. Qu'il me restait encore beaucoup à apprendre.

J'entends encore le bruit de mes talons sur le trottoir après la réunion de trotskistes dans un bar pourri, j'entends encore ce bruit si féminin qui faisait honte à la bonne conscience prolétaire. J'ai écouté le bruit de mes talons avec beaucoup d'attention, j'ai écouté ce bruit qui marquait mon appartenance à la bourgeoisie et au sexe féminin et qui faisait honte à la gauche de la gauche. Je l'ai écouté longtemps, je suis rentrée à pied, je voulais être seule et surtout j'étais en colère contre mon premier amour. Il avait essayé de défendre ma paroisse de réfugiée politique iranienne pour expliquer ma différence, mais mon pauvre amour j'étais déjà française. Je me suis demandé si toute ma vie je devrais porter la honte d'être femme, je me suis demandé si je faisais le bon choix. Je me demandais si mon premier amour n'avait pas raison. Si j'étais différente parce que je venais du pays des barbus. Si j'avais raison de porter des signes extérieurs de ma féminité. J'avais tellement souffert d'être effacée parce que j'étais une femme-enfant, que mes jupes et la graisse de baleine étaient la preuve absolue de ma liberté retrouvée, de ma joie d'être femme. J'ai écouté le bruit de mes talons sur le trottoir parisien et je me suis demandé si je ressemblais davantage à une pute ou à une bourgeoise. Je me demandais si je pouvais continuer comme ça. À ressembler à une femme. Juste à une femme. Et quoi ? Il fallait que je porte des pantalons, des jeans, que mes ongles soient courts comme le voulait la surveillante-corbeau de l'école pour être audible ? Il fallait que je pique les signes extérieurs des hommes pour que mes idées aient du poids ? C'est tellement nul d'être une femme qu'il faut le cacher ? J'étais de plus en plus en colère. Il était hors de question d'être seulement une pute, d'être seulement une bourgeoise. Il était hors de question d'être autrement que celle que j'avais choisi d'être. La mélodie de mes talons aiguilles m'a permis de passer outre les idées rétrogrades de trotskistes qui ne savaient plus contre quoi lutter et qui avaient choisi les cheveux des femmes. Comme les barbus. Tous les barbus s'en prennent toujours aux cheveux des femmes. Alors, non. Je n'échangerais pas ma robe noire tellement vieillotte contre le jean unisexe, je n'échangerais pas ma certitude de valoir autant qu'un homme contre une bouche pâle, je n'échangerais pas ma féminité qui est le signe extérieur le plus radical de la lutte contre les barbus pour faire plaisir à trois connards qui n'ont jamais lu que *Le Capital pour les nuls*. Non. Je suis fière d'être une femme et je ne veux pas avoir honte de le montrer, de le décliner, de l'affirmer.

J'ai retrouvé mon premier amour le lendemain, j'ai retrouvé mon premier amour et il était gêné et il s'est excusé pour ses fréquentations politiques et il a tenté de m'expliquer pourquoi, par ailleurs, ils étaient formidables. Ils ne l'étaient pas. Ils étaient des morts-vivants, ils étaient vivants mais ils menaient des vies de morts, ils voulaient peindre Paris en noir, ils n'aimaient pas les rires – trop futiles – et ils n'aimaient pas manger – trop bourgeois – ils ne buvaient pas – trop bourgeois – ils ne se droguaient pas – trop bourgeois – ils ne croyaient pas à l'amour qui était forcément... bourgeois. La chair n'en parlons même pas. C'était limite sale, c'était quand même encore un truc de bourgeois. La chair chez les trotskistes était hygiénique et pas plus. Qu'est-ce qu'ils pourraient bien faire d'un corps, eux qui ne croient qu'aux idées ? Ils attendaient le grand soir où ils pourraient couper les cheveux des femmes et mettre tout le monde en uniforme. Ils étaient coincés dans un avenir cauchemardesque où l'individu est sacrifié à l'idéal révolutionnaire.

La mélodie de mes talons aiguilles me rassure depuis ce soir d'octobre 1994. Quand je marche seule, la nuit surtout, je suis rassurée de m'entendre aussi féminine. Je suis rassurée d'être toujours droite dans mes talons et de n'avoir encore jamais eu honte. Il y a toujours pourtant des rencontres qui s'augurent mal à cause de mes jupes et de mes talons, du rouge sur mes lèvres et de mes colliers multicolores. Il y a toujours un doute dans le regard de mes interlocuteurs et j'ai su le décrypter assez rapidement : j'ai l'air d'une pouffe. Au mieux. D'une conne. Au pire. C'est peut-être très français : les femmes intellectuelles ressemblent à des hommes. Elles s'habillent de pantalon et se maquillent «nude». Il y a toujours le moment de surprise dans le regard des nouvelles rencontres quand j'ouvre la bouche. Il y a un raccord entre ma jupe et mon cerveau qui met du temps à se faire. Et parfois certains osent le constat à haute voix : «J'ai cru que tu étais une pouffe et tu es brillante.» Le pire est peut-être l'arrogance qu'ils mettent dans leurs remarques. Il y a un vrai problème entre la jupe et le cerveau. Comme si la jupe court-circuitait le cerveau et l'empêchait de se développer normalement. J'ai trop l'air d'une femme pour avoir un cerveau. Aujourd'hui, je suis encore plus fière de mes talons et du cliquetis de mes colliers. Car aujourd'hui, dans les rues de France et d'ailleurs, porter une jupe est devenu provocation. Dans certaines banlieues difficiles, porter une jupe c'est être une pute. Les filles bien cachent leur corps, voilent leurs jambes, ne ressemblent pas à des femmes. Être une femme, c'est être provocation.

Mais il s'avère que ce n'est pas seulement dans les banlieues difficiles de France que la jupe est devenue une invitation au viol. En avril 2011, à Toronto, une jeune femme s'est fait violer par des sous-hommes. Quand elle a porté plainte au commissariat, le gardien de l'ordre qui l'a reçue lui a fait remarquer sa tenue. Il voulait certainement l'aider, il voulait éviter que cela ne se reproduise. Elle portait une jupe. Cette jeune femme s'était fait violer mais elle avait gardé sa dignité et son cerveau. Son sang a bouilli dans ses veines. Quelque chose que nous avons toutes en nous s'est déclenché en elle. Elle venait de se faire violer et un homme lui reprochait de l'avoir cherché. Elle s'est levée et d'autres femmes se sont levées avec elle. D'autres femmes se sont levées et la marche des salopes – Slut Walk – a commencé. Partout dans le monde, en Inde, en Allemagne, en Australie, au Brésil, au Sénégal, dans plus de 250 villes dans le monde, des femmes ont marché en jupe et en talons aiguilles. Aucune jupe, aucun talon, aucune nudité n'est une invitation au viol. Il n'existe aucune exception, aucun homme ne peut se cacher derrière cette excuse minable : « Elle m'a cherché, monsieur le commissaire. Faut voir comme sa jupe était courte et comme son cul était attirant. Elle m'a cherché avec son déhanché et sa robe rouge, elle m'a cherché avec ses beaux mollets et ses seins en poire. » Aucun homme ne peut avoir d'excuse quand il viole une femme. Aucun. Ni le mari, ni le frère, ni l'inconnu. Nulle part. Ni ici, ni ailleurs. Les salopes ont marché sur les trottoirs du monde et ce fut une nouvelle fois l'occasion d'être une femme la tête haute et le corps affirmé. J'ai ouvert mes placards et j'ai sorti la robe la plus courte. J'ai enfilé des talons immettables et j'ai rejoint mes amies les salopes pour fouler le trottoir parisien. J'ai adoré cette manifestation, j'ai adoré ces femmes si belles, si sexy, réunies pour dire aux violeurs et aux hommes qui croyaient dans la provocation d'un bout de tissu, qu'ils étaient des purs connards et que les jupes et les talons n'avaient rien à voir avec leurs pulsions animales et leur manque d'éducation. J'ai adoré être parmi toutes ces femmes, j'ai adoré être ces femmes. J'ai pensé que nous étions vraiment sur la bonne voie. Et que salope allait devenir un compliment. Je ne sais pas ce que les trotskistes de mon adolescence ont pensé de ces marches de salopes. J'espère qu'ils ont eu honte. J'espère qu'ils se sont trouvés un peu cons. Je pense surtout qu'ils sont devenus des cadres sup efficaces qui ne croient plus qu'en la famille et au génie de leur progéniture. Je pense qu'ils n'ont pas eu le temps de s'arrêter sur la marche des salopes.

La jupe, ce morceau de tissu mini, midi, maxi, ce morceau de tissu qui raconte l'évolution de la mode, n'est jamais que l'histoire de l'évolution du corps féminin. Ce corps corseté au fil des modes morales, libéré parfois, renfermé souvent, signe des temps, signe extérieur le plus visible de la place des femmes. Jupe qui dit le niveau d'éducation des hommes – et des femmes. Et comme pour me rappeler que tout avait un sens, que rien n'existait par hasard, Isabelle Adjani revenait sur le devant de la scène. En jupe. Isabelle Adjani qui m'avait tant et tant émue, depuis ce jour de mars 1989, endossait un nouveau rôle. En jupe.

La Journée de la jupe est certainement un film qui vaut davantage pour son propos que pour sa mise en scène. L'intelligence du scénario, la performance des comédiens, la justesse de la revendication, donnent à ce film des airs de chef-d'œuvre. Une professeure de français d'un lycée difficile, méprisée par ses collègues qui ont capitulé depuis trop longtemps devant les animaux à qui ils doivent faire cours, méprisée par ses élèves qui se foutent de Molière et la raillent parce qu'elle est une femme en jupe, prend sa classe en otage après avoir découvert une arme dans le sac d'un de ses sauvageons d'élèves. C'est l'arme au poing qu'elle fait son devoir de professeure d'un lycée difficile d'un quartier difficile de France. Sa revendication principale ? L'instauration d'une journée de la jupe. Pour que jamais plus un homme ou une femme ne se donne le droit d'insulter une femme parce qu'elle porte jupe.

C'est magnifique parce que les quartiers difficiles ont besoin d'être pris en otage par la République. C'est radical mais c'est indispensable. Isabelle Adjani apporte à son personnage, apporte au film, toute la mélancolie du monde réfugiée dans son regard. Elle apporte de l'espoir là où il n'y avait plus qu'aveuglement et refus. Ce n'est pas l'apologie du vivre-ensemble, c'est l'affirmation radicale des valeurs qui seules permettent de recoller les morceaux du corps français. Le personnage interprété par Adjani était né ailleurs et elle avait mis la France au-dessus de tout. Mais elle n'avait jamais oublié ses parents et l'ailleurs où ils étaient nés. Elle n'avait jamais cherché d'excuses, elle. Elle n'avait jamais mis ses échecs sur le dos de la

France. Elle avait grimpé sur l'échelle de la culture française. Et elle avait avancé. Elle est émouvante à en crever avec sa folie, sa foi et ses contradictions. *La Journée de la jupe* est certainement le premier film de fiction française qui prend les barbus par la barbichette.

Il suffit d'un dîner typiquement parisien, il suffit d'un dîner avec des gens très bien, souvent de gauche, souvent antiracistes, toujours pleins de bonne volonté démocratique. Il suffit de diriger la conversation sur les sujets épineux, il suffit d'annoncer que vous êtes contre non seulement la burqa qui concerne deux femmes et demie, mais aussi contre le foulard. Il suffit alors de se taire et d'écouter pour prendre conscience du décrochage général face à la réalité. Ces hommes et ces femmes pétris de bonne conscience ne savent pas ce que c'est que d'être une femme et de vivre entre ces tours qui marquent les limites de leurs libertés. Ils ne peuvent pas comprendre qu'accepter le voile, c'est accepter qu'une femme qui vit dans des quartiers sensibles n'a pas le choix : si elle ne le porte pas, elle est réduite à être une fille facile – autrement dit une femme qui ne peut être respectée et qui n'est plus qu'un corps. Accepter d'un haussement d'épaule les femmes en burqa, c'est laisser libre cours à une hiérarchie des femmes de la pute à la femme bien. Celles qui portent le voile sont moins « bien » que celles qui portent la burqa, qui sont nettement plus respectables que celles qui portent la jupe. Celles qui portent la jupe ne sont même plus des femmes, ce sont des morceaux de chair. Il est toujours surprenant de constater que la bonne conscience ne prend jamais en compte la réalité, il est choquant de constater que l'ouverture d'esprit n'est jamais qu'une manière de s'en laver les mains. Ces gens si respectables qui pensent être ouverts, abandonnent des filles et des femmes à la loi des barbus. Ils les abandonnent sous prétexte de liberté. Ces filles qui ne peuvent pas porter de jupe au risque de se faire passer dessus dans des caves insalubres sont les premières victimes de la bonne conscience des habitants des quartiers sûrs, des quartiers mixtes, des quartiers où s'organisent de très sympathiques dîners où tout le monde est habillé comme il en a envie sans prendre le risque de revenir en plusieurs morceaux chez lui.

Je continuerai de balader mes jambes au vu de tous, comme une provocation pour certains, comme une femme libre à mes propres yeux. Il m'a fallu du temps pour n'avoir rien à foutre de ceux qui ne voient en moi qu'une femme et qui trouvent dégradant pour mon cerveau la présence de mes jambes. S'il m'arrive de porter un pantalon, j'ai toujours le sentiment de trahir la femme en moi, j'ai toujours la crainte de n'être plus tout à fait femme. J'ai besoin d'affirmer ma féminité et d'être respectée pour cela justement. Il serait temps d'instaurer une journée de la jupe, il serait temps d'instaurer une journée de la féminité. Il serait temps de ne plus croiser de regards lourds de sous-entendus, de ces regards qui ne sont pas sensuels, mais qui vous salissent. Ce sont des regards qui disent : « Puisque tu te découvres, tu m'autorises à balader mes yeux sur toi, sans respect et sans même de désir. » J'ai parfois l'impression d'avoir les jambes écartées sans culotte et les seins nus. Je ne suis qu'en jupe.

Portez la jupe pour soutenir toutes celles qui y ont renoncé de peur du viol, de peur du père, de peur d'être réduites à leur con. Portez la jupe et soyez fières d'être des femmes. Portez la jupe et marchez. Marchez dans toutes les rues, marchez sur toutes les frustrations, sur tous les interdits, sur tous ceux qui veulent vous retirer la jupe sous prétexte que vous l'avez osée. Osez la jupe, c'est dire «non». C'est souvent ainsi que commencent les révolutions.

Paris, 27 décembre 2007

Je m'étais levée très tôt et je m'étais préparée comme pour un rendez-vous amoureux. J'avais hésité entre un rouge cardinal et un noir profond, j'exhibais des bottes hautes et je chantonnais. J'allais retrouver le marquis mais aussi Louÿs. Je voulais être à la hauteur de notre rendez-vous et je devais porter sur moi les signes flagrants de notre connivence. Je suis partie pour être en avance. Je voulais être le plus seule possible avec eux, prendre mon temps, être émue en toute discrétion. C'était sans compter avec les vacances de Noël et la foule curieuse. Il y eut une première déception alors que les tours de la Bibliothèque nationale de France sont apparues. Il y avait un X rose sur une des façades. Rose. Pas rouge, pas noir, non, ROSE. J'ai froncé les sourcils et j'ai commencé à râler comme une vieille dame qui ne reconnaît plus le quartier de son enfance, ni ses odeurs, ni son cœur. J'ai continué pour me retrouver face à une foule compacte qui attendait de visiter « l'Enfer » de la Bibliothèque nationale de France. Autrement dit, les livres interdits, les livres tendancieux, les livres censurés par le pouvoir pour préserver l'âme de ses sujets puis citoyens. L'Enfer a été fondé en 1830 et a fermé ses portes en 1977 mais il contient tous les livres interdits et censurés dont la majorité des livres libertins du XVIIIe siècle. La BnF avait eu l'excellente idée de mettre l'Enfer à jour, d'exposer les œuvres censurées et de célébrer les interdits qui ont tant fait avancer l'Histoire. J'attendais d'atteindre l'exposition entourée par une foule qui s'amusait déjà des culbutes, des extravagances et des polissonneries qu'elle allait découvrir. Je souriais parce qu'ils allaient être déçus : ils ne savaient pas qu'ils allaient se confronter au politique.

Enfin, j'atteignis l'exposition. C'était ROSE. Tout était rose, cul-cul, faussement coquin. C'était rose et des glapissements de gêne se faisaient entendre. C'était rose et il y avait une mise en scène telle que chacun pouvait voir rougir l'autre. Au-dessus des vitrines qui exposaient les livres ouverts – entre autres des éditions originales de Sade avec annotations de l'auteur, quelle émotion mais quelle émotion – il y avait une rangée de miroirs dans laquelle se reflétaient les sourires et les rougeurs, les rires et les mentons obstinément baissés des visiteurs. C'était Disneyland chez le divin marquis, c'était enrobé de ludique, c'était tout sauf de la littérature libertine. C'était *Justine* à deux pas du catalogue raisonné des bordels parisiens, des fouets de toutes les tailles, des oreilles géantes où il suffisait d'approcher la tête pour entendre la lecture des livres illicites, des dessins satiriques du siècle libertin mais aussi du XIXe siècle plus léger, le catalogue de l'Enfer établi par Apollinaire en 1913, des illustrations des romans de Pierre Louÿs et des dessins pornographiques tout bonnement. C'était du sexe partout et la Révolution nulle part. Que je ne puisse toucher de mes mains les pages de *Juliette* où Sade avait posé sa main, qu'une édition originale des *Chansons de Bilitis* soit enfermée dans sa vitrine, rien de plus normal. Mais *ça* ! Réduire la littérature interdite, la littérature censurée à un catalogue des bordels avec tarifs et spécialités, non et non ! J'étais déçue. J'étais triste et plus j'entendais glousser, plus je croisais des regards faussement concentrés sur la portée culturelle de l'exposition et plus je me disais que c'était trop bête : tout ça pour ça. Offrir au public une initiation à la littérature libertine en la déguisant en jeux de mains, jeux de vilains, c'était trop dommage. Aucun visiteur ne pouvait se douter – s'il ne le savait pas – que derrière tous ces culs et ces cons, derrière tous ces corps alambiqués, derrière tout cet humour ravageur, il y avait le cœur de la Révolution. L'exposition était courte, j'en fis deux ou trois fois le tour, en m'attardant sur les éditions originales, en m'imaginant en Sade, en rêvant de Louÿs. Puis je rentrai sous la pluie, à pied – j'avais besoin de surmonter – et je me disais que pour rattraper tout ça, j'allais me cuisiner un curry vert aux crevettes – j'étais déprimée et c'est toujours dans ces moments-là qu'il faut savoir se faire plaisir en se nourrissant correctement. Je fis quelques courses puis je rentrai dans mon minuscule studio qui déprimerait n'importe qui d'heureux, et la radio était en marche quand j'entendis la nouvelle de l'assassinat de Benazir Bhutto. Elle était en campagne électorale pour la troisième fois, elle avait été la première femme à diriger un État musulman, elle était corrompue, sans pitié, manipulatrice, capable de compromis malsains, mais elle était surtout une femme politique dans un pays musulman. Et pas n'importe quel pays. Le Pakistan. Elle était une Merteuil moderne. Elle était aussi impitoyable qu'un homme et c'était la raison de mon admiration pour elle. Elle s'était imposée, elle avait joué le jeu, elle était mauvaise, mais qu'importe ? Dans un pays tel que le Pakistan où les dirigeants finissent leurs mandats par un coup d'État, où le meurtre politique est monnaie courante, où il ne suffit pas d'être vénérable pour être vénéré, où chaque coin de rue mène à une embuscade, elle avait été par deux fois à la tête de son pays. La seule chose qui me dérangeait avec elle, ce n'était pas tant qu'elle ait certainement laissé tuer ses frères et des cousins trop friands de pouvoir, ce n'était pas qu'elle ait usé des mêmes armes que ses ennemis, mais qu'elle ait épousé un play-boy notoire – qui s'empressa de prendre la place laissée vacante par son décès – homme d'affaires peu scrupuleux et qui devait certainement lui faire vivre un enfer conjugal. Les femmes les plus puissantes flanchent-elles toujours au bord du lit ?

À Paris, je venais de quitter une exposition qui valorisait ce qui avait jadis était censuré ; à Paris, je pouvais même me permettre de critiquer cette exposition car elle ne tenait pas ses promesses ; à Paris, j'étais en jupe et j'allais cuisiner un plat thaïlandais et personne ne me reprocherait d'être encore célibataire à trente ans et de n'avoir aucune envie d'enfants ; à Paris, j'étais sur une autre planète.

Tout se bousculait dans ma tête, j'étais atterrée. L'Enfer et l'assassinat de Benazir Bhutto se confondaient, il n'était pas encore l'heure de baisser les bras. Il y avait mille combats à mener et l'Enfer pouvait ressurgir partout. Je prenais contre moi l'assassinat d'une femme politique – dont je n'admirais même pas l'œuvre mais surtout la femme – et je me rappelais que Paris était un lieu privilégié, que Paris était une chance, que Paris tenait malgré tout – malgré ses ratages, malgré ses tensions communautaires, malgré ses bobos, malgré ses flambées de prix dans l'immobilier, malgré l'île Saint-Louis figée, malgré ses quartiers impossibles pour la jupe, malgré l'interdiction de la cigarette dans les lieux publics, malgré son X rose sur une tour de la BnF – ses promesses. Et Paris pouvait rayonner sur le reste du monde. L'exaltation tient à peu de chose : à une exposition ratée et un assassinat politique. Le contraste entre ces deux événements me rassurait et confortait ma critique de l'Enfer dévoilé à la BnF.

C'était de la littérature libertine qu'il fallait au Pakistan. C'était Sade qu'il fallait envoyer en renfort. Une méthode de pensée. Voilà ce qu'était la Révolution française. Davantage qu'une date bêtement historique, c'était une manière de voir le monde, c'était une manière d'envisager le changement, de bouleverser la donne, de voir l'impossible se concrétiser. Je n'ai pas pris le temps de cuisiner le curry vert aux crevettes. J'ai écrit sur la mort de la première femme à la tête d'un État musulman, j'ai écrit sur le hasard d'apprendre sa mort en revenant de l'exposition sur l'Enfer. J'ai écrit toute l'après-midi pour remettre mes idées en place. J'ai écrit. Et en écrivant, je donnais un sens à ma liberté, je prenais en main ma déprime de Parisienne gâtée et je me jurais que plus jamais je ne me laisserais déborder par la tristesse. Paris était une chance.

Paris, février 2009

La République islamique d'Iran fêtait ses trente ans et la chaîne de télévision Arte avait programmé une journée spéciale le 11 février, jour anniversaire de la Révolution. Du matin au soir, des reportages, des interviews, des documentaires. En Iran et ailleurs, des portraits d'exilés, des retours au pays, des pastilles humoristiques. Tout l'Iran en moins de vingt-quatre heures, son histoire, sa réalité, ses gens. Je m'étais réveillée très tôt et je m'étais installée devant la télévision chez un ami – je n'avais pas de télévision et je n'en ai toujours pas. L'Iran dont je n'avais pas foulé le sol depuis vingt-quatre ans m'était servi sur un plateau. À peine le premier reportage venait-il de commencer que j'étais en larmes. C'était toujours pareil depuis l'exil : dès que je voyais des images d'Iran, je pleurais. Ce n'était pas tant que l'Iran me manquait, c'était le gâchis terrible de ce pays par les barbus qui me rendait dépressive.

L'Iran défilait sous mes yeux et j'étais dans un salon parisien et je n'avais rien fait pour mon pays de naissance, j'en étais si loin, j'étais loin d'être une guerrière de la liberté. J'ai pleuré l'Iran d'avant les barbus et l'Iran d'après les barbus, j'ai pleuré mon grand-père soufi que je n'avais jamais revu et qui était mort sans revoir son fils, j'ai pleuré mes parents qui avaient tout perdu et j'ai pleuré ma France qui n'était plus à la hauteur de mes ambitions républicaines. J'ai pleuré toute la journée et toute la nuit. Après toutes ces larmes et tous ces pourquoi, après la nostalgie qui m'étreignait le cœur et ouvrait mes bras vers le vide abyssal des souvenirs, j'ai repris courage. J'avais des tas de cartes en main inutilisées mais je savais dorénavant que je les possédais. J'étais vivante et j'avais Sade. Personne ne m'avait jamais promis la facilité, la vie n'était pas un cadeau, mais moi j'étais pleine d'avenir, pleine de convictions et toutes ces armes que je n'avais pas encore utilisées pouvaient servir demain, après-demain. Pouvaient servir à redessiner la carte du monde. J'étais euphorique et je me voyais à la tête d'une armée de femmes et d'hommes démocrates qui marcheraient sur la tête des barbus pour libérer tous ceux qui souffraient de ne pouvoir être cul nu.

Trois jours après je recevais un courrier. Ce courrier m'annonçait que j'étais française depuis le 11 février 2009. Le jour de mes larmes devant le pays perdu. J'étais française par la loi depuis le jour de la « célébration » de la Révolution qui m'avait coûté mon pays de naissance. Je suis restée muette devant ma boîte aux lettres, dans l'entrée de mon immeuble, les yeux fixés sur le papier qui me donnait le droit de vote. C'était le 14 février 2009 et c'était bien la preuve de mon histoire d'amour avec la France. C'était bien la preuve qu'il existait un lien profond entre la France et moi. Je ne pouvais l'apprendre que ce jour-là et je ne pouvais être française que depuis ce jour où j'avais pleuré toutes les larmes que j'avais encore en réserve sur ce qu'avait été, et sur ce qu'était devenu le pays de mes aïeux. Ce qu'aurait pu être ce pays, s'il avait été peuplé d'hommes et de femmes libres. Ce qu'aurait pu être l'Iran sans les barbus. Ce que j'aurais pu devenir. Ce que mes parents auraient moins souffert. Ce que ma famille aurait moins perdu.

Le soir même j'étais invitée à une fête chez des amis d'amis. Des gens très bien, beaucoup de Brésiliens, d'Argentins, des Français *fils de*, des intermittents propriétaires, des musiciens, des gens ouverts sur les autres, toujours prêts à faire la fête et politisés comme il se doit quand on n'est pas pauvre, quand on n'est pas pris dans le train-train du quotidien, prêts à se dresser contre toutes les injustices de ce monde. J'ai gardé la lettre qui attestait ma nationalité nouvellement acquise dans mon sac et je suis partie joyeusement à cette fête qui promettait d'être mémorable, armée de trois bouteilles de champagne puisque j'avais quelque chose de sérieux à fêter. Je suis arrivée souriante et sautillante et j'ai annoncé à qui voulait l'entendre et aux autres qui ne me connaissaient pas : je suis française ! Enfin ! J'avais réussi à rassembler tous les papiers, j'avais réussi à aller jusqu'au bout de l'administration et j'étais française. Et dans moins d'un mois j'allais chanter *La Marseillaise* pour entériner le tout. Et j'allais voter ! Et plus seulement forcer tout mon entourage à se diriger vers les salles de vote, parce que moi, je n'en avais pas encore le droit. Moue dubitative. Puis une fois, deux fois, trois fois, dix fois la même réflexion sur un ton de blague – à croire qu'ils avaient appris leur texte par cœur : « C'est vachement moins sexy que réfugiée politique ! » et pour d'autres : « Et t'es fière, en plus ? » J'aurais annoncé avoir pris ma carte au Front national, je n'aurais pas été reçue autrement. J'ai vu autour de moi des moues d'étonnement, de dégoût voire d'hostilité. Comment pouvait-on être fier d'être français ? Et toi connard, comment peux-tu imaginer ce que c'est de ne pas l'être ? Comment peux-tu réduire la France où tu es né, où tu as bénéficié d'une série d'avantages pour lesquels les trois quarts du monde se damneraient, où tu peux voter pour qui tu veux – tous pourris d'accord mais ça aussi tu peux le dire à haute voix sans risquer la corde – lire les journaux qui te parlent – de l'extrême droite à l'extrême gauche – où personne ne vient te reprocher ta religion – enfin pas toujours et pas tout à fait tout le temps – où tu n'es pas abandonné quand tu perds ton travail – nettement moins qu'ailleurs même si c'est toujours la merde quand tu as perdu ton travail – où tu as accès à toute la culture gratuitement – les bibliothèques municipales, le Louvre, bordel le Louvre ! le musée d'Orsay, le centre Pompidou, partout où l'État a posé le bout d'un doigt – où quand tu es malade tu es pris en charge de A à Z et où tu ne regardes pas crever ton père ou tes enfants parce que tu n'as pas les moyens bassement financiers de les sauver – où tu peux faire les études que tu veux sans ruiner tes parents et sans engraisser les banques – même si les choses évoluent, même si les études coûtent plus cher, c'est quand même grandiose d'avoir un tel accès à l'éducation – comment peux-tu réduire la France à une moue de dégoût ? Mais qu'est-ce que c'est que ces connards d'enfants gâtés qui regardent vers l'extérieur de l'Hexagone et qui crachent sur la France ? Mais enfin, qu'est-ce qui ne tourne pas rond ? Ils n'avaient tous qu'un mot à la bouche : les sans-papiers et les Roms. La France était encore collabo, la France n'était pas le pays des droits de l'homme. Mais enfin, qui a dit qu'être le pays des droits de l'homme, c'était accepter tous les sans-papiers, être une auberge espagnole ouverte à tout vent ? Qui a dit que la France ne se méritait pas ? Et pourquoi aucune de ces âmes sensibles ne va manifester devant l'ambassade de Roumanie ? Car ce n'est pas la France qui a instauré un système parfaitement discriminatoire et raciste à l'encontre des Roms et les a chassés sur les routes. C'est la Roumanie qui est scandaleuse et non pas la France qui fait comme elle peut, qui fait comme elle peut et pas moins, pour éviter de créer encore plus de malentendus et de ruptures en son sein. C'est la France qui doit gérer le problème rom, qui doit expliquer aux habitants pauvres de quartiers pauvres où les Roms s'installent que c'est provisoire, que les Roms sont gentils car ils ne volent que ceux qu'ils ne connaissent pas ? Qu'est-ce qu'on fait ? On sacrifie quelle misère ? On choisit quel camp ? Comment on fait ? On laisse s'entre-tuer les Roms et les pauvres parce que la France c'est le pays des droits de l'homme ? C'est du délire. Je fais plus que compatir à la situation terrible des Roms, mais ce n'est pas à la France de régler le problème de la Roumanie, ce n'est pas à la France de faire le ménage derrière l'État raciste qu'est la Roumanie.

J'ai rangé mes bouteilles de champagne et j'ai dansé pour ne pas me faire lyncher par une armée de sceptiques qui crachaient dans la soupe qui les avait rendus capables de payer des impôts conséquents sans pour autant faire une croix sur leurs vacances. J'ai dansé sur la tête de tous ceux qui ne savaient pas ce que c'était d'être apatride, d'avoir perdu son pays et d'être tombé amoureux d'un nouveau pays, d'une nouvelle langue, d'une culture riche et capable de combler toutes les absences, de faire grandir et de faire vibrer. J'ai dansé et je suis rentrée.

Était-ce grave de ne pas se faire comprendre, était-ce grave de vouloir se battre pour son pays-refuge ? Était-ce grave de passer pour une hystérique nationaliste aux yeux de ceux qui ne comprenaient rien ni à la France, ni aux réfugiés, ni à la douleur d'avoir perdu son pays d'origine ? Ce n'était pas grave, ce n'était pas grave d'être seule avec son amour pour le pays d'adoption et sa nostalgie éternelle du pays de naissance. Ce n'était pas grave. J'avais encore deux bouteilles de champagne et plein d'amour en moi. J'avais un petit bout de papier le jour de la Saint-Valentin qui me permettait de voter aux prochaines élections. Et puis... c'était encore de quoi écrire, de quoi penser, de quoi s'élever, de quoi observer. C'était encore de quoi nourrir ma pensée. Ce n'était pas grave. Je me suis endormie en pensant au lendemain où je déjeunerais chez mes parents et où tous les exilés de notre entourage et même quelques Français moins blasés que d'autres, lèveraient leur coupe de champagne pour fêter ma nationalité française. Heureusement que la France pouvait compter sur ses exilés, ses immigrés, ses pauvres, ses sans-terres pour recevoir un peu d'amour.

Janvier 2011 – Août 2013

Stéphane Hessel vendait un nombre impressionnant d'indignations au grand étonnement d'à peu près tout le monde moins ceux qui l'avaient toujours dit ; en Égypte une bombe meurtrière explosait devant une église copte, faisant une vingtaine de morts ; Marine Le Pen était élue présidente du Front national ; deux otages français étaient exécutés au Niger ; les attentats suicides se poursuivaient en Afghanistan ; des inondations terribles en Australie, au Sri Lanka et au Brésil affolaient les écologistes et creusaient la misère ; mes parents me serraient toujours autant le cœur et l'âme quand je les croisais ; un nouvel amour égayait ma vie et si je savais que je voulais raconter *Khomeiny, Sade et moi*, je m'étais fourvoyée en choisissant la forme du documentaire. J'écrivais depuis vingt ans et pour la première fois je perdais le goût des lettres.

Et comme si j'avais été entendue, la Tunisie commença à s'agiter. Ce n'était d'abord qu'un acte individuel : un vendeur ambulant – Mohamed Bouazizi à bout de souffrance – s'immolant par le feu à Sidi Bouzid. Même si je ne suis pas une franche adepte du sacrifice, l'acte avait son importance symbolique et disait la misère et l'avenir plombé d'un pays malade. Et surtout, il n'avait fait d'autre mort que lui-même et c'était assez pour être applaudi. Il y avait des manifestations qui étaient d'abord des manifestations de la faim, puis cela s'était transformé en ras-le-bol généralisé. Et les rues étaient noires de monde, des mères de famille, des filles voilées ou pas, des barbus, des étudiants sans avenir, des pères sans travail, des travailleurs pauvres, des semi-chômeurs indigents, des libéraux propres sur eux, des oisifs des quartiers résidentiels. Ils étaient tous là et c'était comme s'ils s'étaient passé le mot sans prononcer un son. Il y avait quelque chose qui était au-delà du rassemblement partisan ou idéologique. C'était trop mixte pour être anodin. C'était trop bariolé, trop peu organisé. Il n'y avait pas seulement de la colère parmi les manifestants qui refusaient de lâcher l'affaire. Il y avait des rires. C'était trop spontané, trop joyeux et même s'il y avait de la violence, elle sonnait comme une libération.

Les citoyens étaient dans les rues et Ben Ali semblait avoir perdu la main. Personne ne semblait savoir qui dirigeait quoi à Tunis. Mais je me disais que c'était toujours ce qui arrive quand c'est une famille qui est au pouvoir, que la famille c'est toujours un panier de crabes, c'est égoïste et c'est bête. Nous sommes sortis dîner et, au retour, la Tunisie de Ben Ali tombait. La Tunisie était tombée des mains de Ben Ali comme un fruit mûr. Elle était tombée et sur les images qui nous parvenaient, je cherchais les femmes. Et elles étaient là, dans les rues et elles étaient à égalité avec les hommes. Ils avaient fait trébucher ensemble Ben Ali et sa femme, la famille clan, la famille rapace qui bouffait tout cru le cœur du pays. C'était historique. Tout était réuni pour me faire faire des bonds. Je portais la main sur mon cœur et l'Histoire de la Tunisie défilait dans ma tête. Cela ne pouvait se passer qu'en Tunisie. Bourguiba n'était pas un démocrate – loin de là – mais il avait tenté la modernisation, il avait rempli ses poches et emprisonné ses opposants, mais il avait donné un code de la famille à son pays qui incluait la femme. La Tunisie avait un passé où pouvait se faufiler la démocratie et l'égalité homme-femme. Et il y avait la Manouba, la faculté des Lettres, des Arts et des Humanités qui formait depuis longtemps des penseurs et des intellectuels qui tentaient de réfléchir à la religion, à la démocratie, à l'Histoire et à l'avenir. Il y avait quelque chose en Tunisie qui pouvait se répercuter partout dans ce qu'on appelle, par commodité, le monde arabe. Et pourquoi pas ? Il y avait les rues de Tunis, de Béja, de Kasserine, d'El Hamma, de Tataouine et de Gafsa, il y avait les Ben Ali qui s'engueulaient planqués dans leurs palais, il y avait de l'espoir à la louche.

Ce soir-là, tandis que l'avion de Ben Ali faisait des tours et des détours dans le ciel du monde à la recherche d'un refuge, j'étais rivée aux images de la Tunisie en liesse. J'étais accrochée aux visages des femmes et aux larmes des hommes. J'étais avec eux, dans ces rues bondées d'où pouvait naître un lendemain sans barbus et sans pouvoir absolu. Le désir d'écrire était revenu avec le visage des femmes tunisiennes, avec un mouvement contre lequel aucune armée, aucun pouvoir absolu ne pouvait rien. Le pouvoir de la faim. Le pouvoir du désir. Non seulement de la liberté mais du changement. Le mouvement. Comme dans le siècle libertin, le mouvement qui fait fuir la peur, qui fait fuir les rois, qui détrône les fous et les sangsues.

Et pourtant. Au sein même de cet enthousiasme quelque chose que je ne pouvais nommer me torturait. C'est «Haute Tolérance» qui a mis le doigt sur mon malaise. Mon malaise, c'était l'Iran. Ce qui me faisait grincer des dents alors que je discourais sur les bouleversements possibles en Tunisie, c'était l'Iran. L'Iran avait été un pays moderne, l'Iran et ses universités, ses intellectuels, son pétrole, sa monarchie chic, sa Shahbanou en Dior et ses fêtes grandioses. L'Iran était avant 1979 un pays riche d'annonces. Le Shah était un dictateur et la liberté était une illusion, les communistes étaient des ennemis et les partis politiques n'avaient le droit d'exister que dans la mesure où ils fermaient leurs gueules. Mais l'Iran était aussi le pays de la poésie – dans n'importe quel village reculé où le taux d'analphabétisme atteint des records, il n'est pas rare de croiser des hommes et des femmes qui récitent par cœur de la pure poésie persane dans une langue incroyablement érudite – le pays qui célébrait encore la plus ancienne fête connue – le *norouz*, autrement dit le nouvel an célébré avec la même ferveur le 21 mars depuis près de 3 000 ans – le pays qui avait été conquis mais jamais occupé, le pays qui ne pouvait tomber dans les mains des rétrogrades. Et pourtant. Rien n'est jamais acquis. Et l'Iran était le meilleur exemple possible. L'Iran ne pouvait que descendre dans la rue pour mettre le Shah à la porte ou du moins forcer des réformes qui devenaient indispensables, mais il est allé plus loin... vers le passé. Ce qui est incroyable à mes yeux encore aujourd'hui, c'est ce retour en arrière. C'est cette volonté de balayer la modernité et l'avenir pour se vautrer dans un monde sauvage et inhospitalier dicté par des dogmes stupides garants de l'immobilisme. L'Iran avait coulé après sa Révolution. L'Iran masochiste avait renversé un tyran pour en installer d'autres, tout aussi dangereux, sur le trône. Des tyrans nettement moins glamour. Mon père avait raison. J'avais beau espérer, le souvenir de l'Iran brisait tous mes élans.

Très rapidement, l'Égypte a commencé sa mue. Très rapidement la place Tahrir est devenue l'emblème du réveil des peuples arabes. Et pourtant. Je commençais déjà à être pénétrée d'un énorme doute. Je ne sais pas si je suis naturellement méfiante ou si depuis l'enfance toutes les révolutions me semblent louches. Mais si la Tunisie avait emporté mon adhésion – avec toutes les limites dues à mon passé – c'était à cause de son Histoire et de Bourguiba. L'Égypte, au contraire, c'était le pays de naissance des Frères musulmans. Et je savais – j'ai toujours été passionnée par l'islam politique qui m'avait tant coûté – que les Frères musulmans n'étaient pas prêts à lâcher le morceau. Ils maîtrisaient la rue, ils s'occupaient des misérables, ils payaient les dots, ils envoyaient les uns à l'école coranique, les autres au travail, ils distribuaient le pain. Ils avaient subi la répression violente de Moubarak, ils avaient été torturés et exilés, ils étaient des martyrs – concept profondément chiite que les sunnites ont piqué pour justifier la mort violente – ils patientaient depuis si longtemps, ils attendaient le Graal depuis tant et tant de dirigeants, qu'ils n'allaient pas laisser échapper le pouvoir. Et les Frères demeuraient étrangement silencieux. Ils sont plus malins que ça et c'est ce mystérieux silence aux premières heures de la Révolution qui m'a mis la puce à l'oreille. Ils savaient ce qu'ils faisaient. Ils attendaient de voir. Ils savaient qu'ils étaient les seuls à avoir une organisation assez importante pour espérer une victoire en cas d'élection. Trop de citoyens leurs devaient une miche de pain, une fille mariée, un garçon employé. Ils attendaient. Et ils ont bien fait d'attendre. L'armée qui décide de tout – l'argent vient des Américains et c'est bien le seul salaire qui est parfaitement assuré – a lâché Moubarak et la place s'est libérée. Les Frères ont commencé par pointer le bout de leur nez et annoncé qu'ils ne présenteraient pas de candidat – est-il besoin de préciser qu'ils ont menti ? Ils ont résisté à trop de mouvements pour se lancer dans la bataille la tête la première. Et j'ai commencé à frissonner. J'en parlais avec mon père, il était aussi dubitatif que moi. Mais « Haute Tolérance » attendait les élections. Comme d'habitude « Haute Tolérance » choisissait le bénéfice du doute. J'eus beau argumenter, il hochait la tête, en répétant que rien n'était sûr.

Mon entourage était enthousiaste. Je ne rencontrais personne qui n'applaudissait pas aux Printemps arabes. Personne. Et comme au temps du 11 septembre, j'ai dit mes doutes, j'ai étalé ma peur des barbus, j'ai craint que toute cette foule ne finisse étouffée par les barbes. Et j'ai vu le même regard sur moi, j'ai observé la même gêne. Et une fois, quelqu'un a osé. C'était une soirée alcoolisée, j'étais en forme, j'avais besoin de faire ma Cassandre. Et ce fut dit. J'étais *raciste*. Mon scepticisme venait de mon manque de considération pour les musulmans. Je ne les croyais pas capables de réussir une révolution. J'ai pleuré. C'était l'alcool. Mais j'ai pleuré. J'ai pleuré non pas parce qu'un ami me pensait raciste, j'ai pleuré parce qu'il n'y avait aucune armée de cœur et d'esprit pour défendre les Égyptiens contre ces ogres, même pas des Français toujours prêts à brandir la déclaration des droits de l'homme. J'ai pleuré sur tous les espoirs déçus des révolutions. Aucune révolution ne réussit en deux mois, aucune révolution ne se transforme naturellement en démocratie. Tout balayer sous-entend tout reconstruire. Et existe-t-il quelque chose de plus difficile à accomplir que de reconstruire ensemble, sur la même longueur d'onde, après avoir subi depuis tant et tant ? Je savais que l'Égypte serait dirigée par les Frères musulmans et je savais que cela ne serait pas une réussite. Je connais tous ceux qui veulent marier la religion et la politique et je sais qu'ils font tous la même erreur : ils s'occupent d'abord de morale avant de s'occuper des ventres. Ils s'occupent du corps des femmes avant de s'attaquer à la corruption. Je les voyais venir de si loin. Mais non, j'étais redevenue raciste parce que je craignais un avenir encore plus sombre pour les femmes.

À partir de ce soir-là, je me suis tue, j'ai cessé de vouloir lancer le débat, partager des idées, réfléchir avec mes amis. J'ai cessé parce que je ne pouvais plus me faire comprendre sans me faire insulter. Pour quelqu'un qui aime tellement l'échange d'idées, j'ai pris une décision qui m'a coûté. Mais pas tant que ça. Ce que je ne pouvais dire, je pouvais l'écrire. Et j'ai repensé à mon père durant l'affaire Rushdie, j'ai revu le regard de mon père sur sa fille si perdue dans le royaume des droits de l'homme et qui découvrait que la tolérance n'était pas contagieuse. Il ne m'avait rien dit, il m'avait offert des carnets de notes. Mes premiers carnets de notes. Sans rien ajouter. Et petit à petit, quand je ne pouvais dire, quand la parole m'étouffait, je prenais un carnet et j'écrivais. Grâce à mon ami qui me croyait raciste parce que dubitative face aux enjeux de la révolution égyptienne, j'ai cessé de dire mais j'ai écrit. J'ai noirci des pages et des pages de réflexions et en les relisant pour les besoins de mon récit, je me rends compte combien la solitude face à la page blanche m'a sauvée de l'isolement. C'est la raison pour laquelle les Printemps-Automnes arabes, je les ai vécus en tête à tête avec moi-même. Je n'ai que des sensations et des commentaires face aux images et aux témoignages, aux articles et aux documentaires à partager. Alors qu'on m'interrogeait souvent sur le sujet – je suis iranienne et j'ai vécu une révolution ce qui fait de moi une personne fort bien placée pour analyser les révolutions arabes. Oui, je sais, c'est stupide et je ne le sais que trop – je ne disais rien, je ne partageais rien. Mes interlocuteurs se demandaient si je n'étais pas déconnectée de la réalité pour répondre à chaque question : « Je ne sais pas. Il faut attendre de voir. » Je détestais cette phrase que je disais bien trop régulièrement, mais c'était un masque qui me couvrait assez pour me laisser le temps de réfléchir en paix. En paix... c'est vite dit.

Les mois qui suivirent me renvoyèrent à mon enfance, à mes délires d'adolescente, à mes démangeaisons d'athée. Une journaliste française qui effectuait son travail fut prise en étau par des manifestants qui, en moins de temps qu'il ne faut pour le dire, la déshabillèrent, la touchèrent, la réduisant à un pauvre morceau de chair avant que son cameraman, aidé d'un ou deux manifestants, ne parviennent à la sortir du viol probable dont elle allait être l'objet. *L'objet*. C'est le terme le plus approprié. Le corps de la femme comme un objet qui peut être touché, malaxé, blessé. Le corps de la femme comme un objet non conscient, car il est impossible pour ces hommes de poser la question de son consentement. C'est une femme, c'est un corps, c'est un objet, elle est là à quelques centimètres de mes mains, elle est là et que le jour soit haut dans le ciel ou que la nuit soit sombre, qu'importe, les mains s'accrochent à ce corps qui n'est qu'un objet et vas-y que je te doigte, vas-y que je presse tes seins à te faire mal, voilà que tes fesses sont réduites à n'être qu'un défouloir pour toutes les frustrations accumulées depuis trop longtemps. Toucher. Toucher cet objet-corps parce qu'il est là. Et ce n'est qu'une anecdote parmi des millions de témoignages de femmes, de tout âge, en Égypte, qui sont victimes d'attouchements sauvages, dans les rues, dans les transports en commun, dans les supermarchés, partout. Et il existe des êtres pensants pour s'en étonner. Il existe des êtres doués de raison pour se demander pourquoi. Eh bien je vais vous dire pourquoi, moi qui ne suis qu'une femme qui passe pour raciste quand elle craint pour l'avenir des autres femmes. Je vais vous dire, moi, que n'importe quel petit garçon – qu'il soit français, allemand, algérien, suédois ou égyptien – prenez ce petit garçon et dès l'enfance plongez-le dans un bain de stricte séparation des sexes. Pire : gardez-le auprès des femmes jusqu'à ce qu'on lui coupe le prépuce en présence de tout le quartier, de tout le village, qu'on lui coupe la queue au vu et au su de tout le monde, alors que jusqu'à ce jour il se lovait dans le corps des femmes dans le hammam. Prenez-le et coupez-la-lui, alors qu'il a huit ans, neuf ans, dix ans, treize ans. Et après cela, il ne fréquentera plus que des hommes jusqu'à ce qu'il épouse une femme. Et même après cela, il ne fréquentera que des hommes. Et surtout répétez-lui que les hommes et les femmes n'ont rien à voir, répétez-lui qu'il est différent, que la femme est souvent une pute et que les putes font du mal. Enfoncez-lui dans la tête la honte et le danger de la femme et attendez encore quelques années. Et la première femme qui passera devant lui, il n'en pourra plus, sa main se détachera du reste de son corps et il cherchera un bout de corps pour ses doigts qui n'en connaissent pas. Et il la touchera. Et il s'en lavera les mains – ou pas – car s'il a pu la toucher c'est qu'elle était là pour ça. Si ses doigts ont pu agripper ce bout de peau, ce bout de chair, c'est parce qu'elle était là, pour ça. Sinon, elle serait chez elle, bien au chaud et personne ne la toucherait – sauf son mari. Et il n'est même plus question qu'elle soit voilée ou pas. Toutes les Égyptiennes ou presque ont connu des attouchements plus ou moins prononcés, plus ou moins graves. Et l'Égypte vit une révolution avec des hommes qui pensent le corps de la femme comme objet dès qu'elle quitte la sphère privée. Dès que son corps touche l'espace public, elle est un objet qui peut être retourné, soupesé, à disposition. Et il faudrait que je sois optimiste ? Et il faut que j'oublie qu'il existe des femmes égyptiennes ? Dire que certains – beaucoup trop au gré des chiffres – égyptiens sont malades de la stricte séparation des sexes, c'est être raciste ? Que prendre en compte les femmes, c'est être raciste ? Ce que les Printemps arabes ont mis au grand jour, ce sont les réalités terrifiantes des sociétés maghrébines. Les tests de virginité, la chasse à l'impudeur – qui n'est que la chasse à la femme – les attouchements dégueulasses et la défaite des femmes. Et il faut que je fasse semblant de ne pas savoir, de ne pas voir ? Mais je ne pouvais que tout voir, j'étais obsédée par ce qui se déroulait de l'autre côté de la Méditerranée. Car peut-être plus que n'importe qui, je cherchais la preuve qu'il était possible pour des musulmans de se libérer des dogmes rétrogrades, qu'il était possible de détruire des siècles d'asservissement intellectuel et que l'effet domino – qui n'avait (heureusement) pas fonctionné avec l'Iran chiite – pouvait changer la donne de la majorité des pays musulmans – sunnites. Je craignais les Frères musulmans mais j'étais pleine d'espoir pour les populations, fières et debout.

Et puis, est venu le temps des élections. En Tunisie et en Égypte. Est venu le temps des urnes et les bulletins de vote ont porté au pouvoir les barbus. En Tunisie et en Égypte. Sans hésitation. Il fallait retrousser ses manches, il fallait relire les libertins, il fallait être sous perfusion de Sade pour supporter, pour ne pas crier chaque matin en écoutant les informations. La Tunisie comme l'Égypte. Et il y avait pire – est-il possible que dans chaque pire, il y ait toujours pire ? – et ce pire c'était le vote massif des Tunisiens de France. Ils avaient voté Ennahdha, ils avaient donné leurs voix à l'islam politique. Eux qui vivaient au creux rassurant de la République française avaient choisi pour ceux demeurés au pays, les barbus. Ils avaient choisi de les enfoncer dans le passé. Certains donnaient une explication qui m'avaient fait hurler avec les loups : c'est parce que les Tunisiens de France voulaient garder intact leur pays d'origine. C'est qu'ils étaient rassurés de savoir, quand ils rentraient au pays pour les vacances, que leur pays demeurerait inchangé. Foutaises ! Ces Tunisiens de France qui avaient choisi l'islam politique étaient nés sous Bourguiba. Ils n'avaient pas connu les barbus.

Il n'y avait donc pas de retour rassurant. Ils étaient assez politisés et assez convaincus par les barbus pour leur donner leurs voix.

La Tunisie et l'Égypte étaient donc sur la bonne voie pour devenir des Républiques islamiques. Et comme il se doit, les premières mesures concernaient la religion, la décence, les corps des femmes. Très vite, il fut question de morale religieuse. Peut-être que l'espoir était dans le peuple à nouveau. Supporterait-il d'être sous un nouveau joug ? Est-ce qu'ils pensaient profondément qu'on peut être heureux le ventre vide et le cerveau anesthésié mais le visage couvert ? Qu'allaient devenir la Tunisie et l'Égypte ? Pourquoi l'espace musulman s'avérait-il incapable d'accorder ses espoirs avec la démocratie qu'ils avaient pourtant réclamée à cor et à cri ? Qu'est-ce qui ne tournait pas rond ? Qu'est-ce qui passe par la tête des barbus tunisiens, alors que la révolution est à peine faite, alors que tout est encore à faire, d'aller tabasser le directeur d'une chaîne de télévision parce qu'il a diffusé *Persepolis* de Marjane Satrapi ? Qu'est-ce qui se passe dans la tête d'un barbu quand il voit ses compatriotes crever de faim et alors que tout un nouveau monde est à redéfinir, d'aller user son énergie contre un dessin animé sous prétexte que Dieu y est représenté d'après les yeux d'une enfant ? Je sais, je sais… je suis la première à prôner que la culture peut tout changer, que la culture peut renverser les pires tyrans et qu'un dessin animé peut autant – voire plus – qu'une arme de destruction massive aussi performante soit-elle. Je sais. Mais enfin ! La révolution était à peine faite et les barbus sur le trône, est-ce que vraiment c'est dans l'image – quand bien même elle serait celle de

Dieu – que se niche le danger ? Sans rire ? Et je ne ris pas. La liste se poursuit après la révolution de jasmin.

Le doyen de l'université de la Manouba, Habib Kazdaghli, est sommé de se présenter au tribunal pour violence. Il aurait frappé des jeunes femmes en burqa. Il aurait poussé l'intolérance jusqu'à la violence. En refusant que son université soit envahie par les barbus et les corbeaux, il se retrouvait au centre d'une cabale frénétique qui l'avait entraîné derrière les barreaux. Tout cela parce qu'il refusait les étudiantes en burqa. Pour une raison toute simple, toute bête : il est impossible de vérifier l'identité des étudiantes dont le visage est totalement recouvert. Mais pour les super-barbus d'en face – les salafistes – c'était ni plus ni moins qu'une insulte à Dieu. Et ils ont envahi la faculté. Et ils se sont installés dans ses jardins et ils ont commencé leur travail de sape au cœur du savoir. Les super-barbus ont un rêve : un monde sans savoir et sans visage, un monde sans diversité et sans couleur, un monde où il n'existe aucun espace public, sauf celui de la prière, et des tas d'espaces privés, super-privés, cadenassés, fermés au monde. Mais Habib Kazdaghli avait tenu bon, le corps enseignant avait tenu bon et les étudiants s'accrochaient ferme à leurs savoirs. Là encore, c'est une jeune femme qui avait osé affronter les super-barbus dans une séquence anodine mais hautement symbolique : les super-barbus avaient remplacé le drapeau tunisien par le drapeau salafiste sur le campus. Et une étudiante avait osé dire « non » et avait grimpé jusqu'au drapeau des super-barbus – sous les huées et les menaces des barbus et des corbeaux présents – pour le jeter à terre et le remplacer par le drapeau national. Parfois, le « national » est une révolte humaniste.

Le doyen de la Manouba fut libéré et il fut prouvé qu'il n'avait pas levé la main sur les jeunes femmes en burqa. Ce n'était qu'une bataille de gagnée mais ce n'était déjà pas si mal. Ce n'était pas mal quand dans le même temps, un démocrate, un vrai comme Chokri Belaïd se faisait assassiner devant son appartement par des barbus – rien n'est encore prouvé mais est-ce qu'il pourrait s'agir de quelqu'un d'autre que des barbus ? – et que s'ensuivait un retour de la foule dans les rues. Contre les barbus, contre ceux qui avaient assassiné une voix discordante, celle qui louait la force de changement en chacun, qui prônait la liberté avant tout, qui refusait les diktats moraux. Et là encore, c'est la veuve de Chokri Belaïd, Basma Khalfaoui, qui devient l'une des plus belles images de la révolution. Une femme debout, magnifique dans sa dignité, qui marcha avec les Tunisiens pour la mémoire de son mari assassiné, mais surtout pour poursuivre le combat de son avocat de mari. Le jour de l'enterrement il y eut encore la petite fille du couple. Une gamine de dix ou douze ans qui n'avait pas l'intention d'étaler ses larmes, mais de lever le poing comme le plus bel hommage qu'elle pouvait rendre à ce père trop vite disparu. Tant qu'il y aura des femmes pour rester debout.

Une jeune femme violée par des policiers après son interpellation parce qu'elle était avec son petit copain dans une voiture la nuit à Tunis. Et si elle est capable de *le* faire avec lui, c'est qu'elle ne pouvait être qu'ouverte à tous les autres ; et si elle était de sortie si tard et avec un garçon en plus, c'est qu'elle était une bourgeoise et que c'était encore une bonne occasion de leur prendre quelques billets au passage. La jeune femme a décidé de porter plainte, la jeune femme a décidé de se défendre pour ne pas finir folle. Elle sera certainement obligée de quitter son pays.

Il y eut encore d'autres crimes politiques – le député Mohammed Brahmi abattu devant son appartement dans les mêmes conditions que Chokri Belaïd – et tant d'autres atteintes au corps féminin et au corps libéral – avez-vous remarqué que c'est souvent la même chose ? Le pays est en panne économique et les barbus s'accrochent ferme au voile et au respect du ramadan. Ils n'ont vraiment que ça à foutre ?

Et l'Égypte ? Après deux ans de panne constitutionnelle avec les barbus au pouvoir, ils ont été renversés par l'armée. La foule est de nouveau descendue dans la rue, a de nouveau occupé l'espace public, a signé une pétition demandant le départ du gouvernement élu démocratiquement et l'armée a mené un coup d'État comme elle sait en mener depuis fort longtemps. C'est un coup d'État et non pas un appel du peuple pour la liberté. Et depuis juillet 2013, c'est la chasse aux barbus, emprisonnés, assassinés, la chasse aux barbus que chassait déjà Moubarak. Je ne peux même pas me réjouir du départ des Frères musulmans, je suis une indécrottable démocrate. Ce n'est pas une élection qui les a privés du pouvoir, mais un coup d'État militaire. Où que je tourne la tête, c'est la merde. Et alors que les militaires se préparaient à reprendre les rênes du pouvoir, la foule des manifestants occupait la rue et les femmes se faisaient violer. Un homme, président d'une association de défense des femmes, réagissait sur les ondes françaises en pointant du doigt les viols des femmes au sein de cette foule venue soutenir la liberté. Des hommes en profitaient pour violer des femmes qui osaient franchir la barrière de l'espace public. Violées. Lors d'une manifestation pour réclamer plus de droits, plus de pain, plus de pragmatisme politique. Violées.

Et c'est ce moment que choisirent des amis pour me faire la remarque : « Tu devrais être contente, les barbus ont été vidés par l'armée ! » Des mois à me taire pour entendre *ça* ? Ben, non je ne suis pas contente, je suis une impénitente démocrate et si les barbus ne le sont pas, ils avaient pourtant été élus *démocratiquement* et renversés *illégitimement* par l'armée. Même mon silence permettait aux autres de broder ma pensée. Mon entourage, mes amis n'avaient rien compris du tout à mon combat. Le mot est trop fort. Mon combat était silencieux, il ne s'écrivait que sur du papier et personne ne le savait. Je fomentais ma révolution avec des mots et personne ne pouvait savoir à quel point les printemps devenant automnes alimentaient en arguments le moulin de ma pensée.

Paris, 2013

Il y a une dizaine d'années, je travaillais à mi-temps dans une librairie orientaliste sur le boulevard Montparnasse. Un lundi matin, le libraire me demanda de rassembler une série importante de livres pour un client. Les livres que j'emballais avec attention dans du papier de soie étaient ce qu'il y avait de mieux en littérature érotique. Je voyais partir avec regret des magnifiques pages. Trois, quatre, six, douze cartons furent nécessaires. C'était une très belle vente et je mourais de curiosité de voir l'acheteur. Qui sait ? Peut-être était-ce un collectionneur brillant et nous sympathiserions et il m'inviterait à visiter sa bibliothèque qui promettait d'être l'une des plus belles du monde. Mais le libraire ne l'entendait pas de cette oreille et, le jour tant attendu, il voulut m'envoyer déjeuner beaucoup trop tôt. Je traînais, je passais des appels fictifs, je traînais pour rencontrer le collectionneur. Le libraire me jetait des regards en biais et je faisais mon travail en en rajoutant des caisses. Enfin, deux voitures aux vitres teintées s'arrêtèrent devant la librairie et des gardes du corps en sortirent. Je commençais à douter de la brillance du collectionneur en voyant un petit drapeau flotter sur le rétroviseur d'une des voitures. Et le collectionneur descendit. Le libraire se précipita. Il me dit de ne pas lever les yeux, il me dit de faire comme si j'étais transparente, il me demande de me cacher dans son bureau. Je ne bouge pas, je ne baisse pas les yeux, le libraire a des sueurs froides. Le collectionneur est précédé de deux gardes du corps. Il entre. Je me lève et, avant que le libraire ne se jette sur moi pour me museler, je lance un grand bonjour. Et je tends la main. Le libraire déglutit difficilement, le collectionneur ne m'entend pas, ne me tend pas la main. Il ne peut pas me voir. Je ne suis qu'une femme. Les gardes du corps se rapprochent de leur maître. Pour le protéger, pour me dissimuler à son regard alors que douze cartons de livres érotiques sont étalés à nos pieds. Le collectionneur avait besoin d'être protégé de mon regard, de ma présence, de ma voix. Je ne suis qu'une femme et c'est bien pour ça que je suis dangereuse. Le collectionneur était un ministre saoudien. Le collectionneur qui ne m'a pas jeté un regard, qui ne m'a pas rendu mon salut qui a affolé ses sbires, qui est reparti avec des perles de la littérature érotique était un barbu. Un vrai. Un pur. Un qui refuse aux autres de bander et qui s'enferme dans sa bibliothèque pour bander en paix. Un personnage de littérature libertine. Un vrai faux-cul. Et il repartait avec *mes* cartons et *mes* livres enrobés dans du papier de soie. Il repartait pour le cimetière des livres. Car qui d'autre à part lui et peut-être d'autres barbus de sa trempe jettera encore un œil à ces chefs-d'œuvre ? Il partait avec des livres qu'il cacherait aux yeux des autres. Il allait enterrer *mes* livres. Le collectionneur est parti bien vite et le libraire s'est essuyé le front : « Cela ne s'est pas si mal passé que ça. » Et devant mon regard noir, devant mon regard qui lui disait ouvertement sa lâcheté, il est parti en vitesse dans son bureau. Décidément, c'était bon d'être une femme et d'être si dangereuse.

Les barbus ne sont pas différents du clergé de l'Ancien Régime. Ils ne sont que des hommes avides d'avilir. Je m'*amusais* ainsi, avec chaque événement en provenance des Automnes arabes, à tisser le fil d'un roman libertin qui dévoilerait la vérité derrière le mur de dissimulation. Je m'*amusais* avec les policiers qui effectuaient des tests de virginité seulement dans le but de coucher avec de jolies filles et des barbus qui poussaient leurs maîtresses en burqa à l'université pour qu'elles pervertissent d'autres jeunes femmes et d'autres jeunes hommes. Non pas sur la voie de la religion mais sur le chemin des partouzes. Et plus chaque imam était écouté, plus chaque imam était intransigeant et plus il était vicieux et davantage était grande son imagination pour baiser en paix, tandis que les autres étaient fouettés pour impiété. Et je voyais distinctement après chaque appel à la prière des plus radicaux, ceux qui maltraitaient les femmes pas assez couvertes et les jeunes hommes qui portaient des jeans trop serrés, les serrant derrière la première porte dérobée. Je voyais une oie blanche qui croyait vraiment dans la religion, qui pensait vraiment que le paradis était pour elle, si elle poursuivait sur la voie de la piété et de la modestie, découvrir derrière les discours qui maintiennent le peuple dans l'ignorance, découvrir à travers des rencontres, la réalité des pulsions humaines, la vérité des hommes et des femmes et l'impossibilité de les noyer dans l'abstinence. La littérature libertine s'accorde si bien avec les barrières morales ! Et les barbus entretenaient joyeusement l'illusion. Plus ils réagissaient à n'importe quoi comme à une atteinte à Dieu, à la religion, plus ils ressemblaient au clergé de l'Ancien Régime.

Les multiples affaires de caricatures qui faisaient dresser les barbes étaient exactement les mêmes que celles de l'Ancien Régime. La censure, dirigée jadis par le célèbre Monsieur de Sartine, avait en charge de contrôler les livres et les dessins édités aux Pays-Bas ou en Angleterre et qui envahissaient chaque jour un peu plus la France, et Diderot s'amusait à lui offrir cette dédicace : *Bordez, Monsieur, toutes vos frontières de soldats, armez-les de baïonnettes pour repousser tous les livres dangereux qui se présenteront, et ces livres, pardonnez-moi l'expression, passeront entre leurs jambes ou sauteront par-dessus leur tête pour parvenir jusqu'à nous.* Les livres dangereux gagneront toujours la partie, seulement la partie est plus ou moins longue, plus ou moins semée d'embuches. Et les nouveaux Sartine sont pléthore. Ils sont encore plus réactionnaires que celui-ci. Ils sont encore plus à l'affût. Et leurs plaintes portent loin. Qu'est-ce qui les rend tous aussi fous face à des dessins humoristiques, le clergé d'hier et les barbus d'aujourd'hui ? Qu'y a-t-il d'aussi dangereux pour leur foi que de représenter des caractéristiques religieuses sous la forme de dessin pour rire ?

C'est que tous les bouleversements naissent du rire. C'est que toutes les révolutions réussissent par un pied de nez au sérieux, au drame, au tragique. Ce que Diderot savait, ce qui amusait Diderot, c'est que rien ne peut faire cesser la marche du progrès. Et pardonnez--moi, mais le progrès c'est rire de Dieu et surtout de ses légionnaires. Pardonnez-moi, mais rire de ceux qui détiennent le pouvoir séculaire ou le pouvoir religieux, qui maintiennent un carcan au-dessus des têtes craignant que le ciel ne leur tombe dessus, qui tiennent toutes les couilles entre leurs mains de fer, c'est avoir beaucoup moins peur, c'est être dans le changement. Pardonnez-moi, mais il n'y a aucune raison de s'excuser de rire des religieux, de rire des figures du pouvoir. Aucune. Et même si les locaux de tel journal satirique sont plastiqués, même si des dirigeants de pays *amis* – ou pas – râlent, même si des contrats sont foutus, même si les politiques ne savent pas comment régler le problème diplomatiquement, il faut continuer de caricaturer l'absurde, il faut continuer de manquer de respect, il faut continuer de rire. C'est toujours le moment de la caricature, c'est toujours l'instant du sourire, c'est toujours le bon bâton quand c'est le bâton de la liberté de la presse. Point barre. Et aucun contrat mirobolant, aucune sensibilité de barbus, aucune limite ne peut être mise à la liberté d'expression. Point à la ligne. Et ainsi, de rire en rire, de dé-trônage en dé-trônage, les barbus d'aujourd'hui ne seront plus audibles par personne, ils aboieront dans le désert.

La littérature libertine appliquée aux Automnes arabes, c'est la certitude de sortir du drame en rentrant la religion dans le dedans, c'est la certitude de ne plus prendre au sérieux aucun chef religieux qui veut vous faire croire que la démonstration de sa foi vaut plus que la croyance en Dieu, c'est la certitude de vivre enfin en paix une spiritualité qui ne peut être blessée par des blagues potaches. Car qu'est-ce qu'une foi qui vit comme une attaque frontale à sa croyance profonde un simple dessin ? Qu'est-ce que c'est que tout ce sérieux pour deux traits de crayon ? Qu'est-ce que c'est que tous ces hurlements et ces grands mots :

« respect », « blasphème », « islamophobie », « discrimination » ? Comment tiennent ces mots face à la faim, face au viol, face à la liberté, face au corps des femmes ? Comment peuvent-ils tenir ? La littérature libertine, c'est dédramatiser le religieux, c'est dédramatiser le corps des femmes, c'est rendre le sourire au politique, c'est s'asseoir ensemble pour écrire un avenir sans ségrégation, sans restreindre la liberté d'expression ou d'insulte, sans délimiter le savoir, sans attacher la queue religieuse au corps social. Mais laissez-les donc vivre ! Mais laissez-les donc respirer ! Laissez-les apprendre à se foutre de la gueule des uns et des autres !

Paris, mars 2012

Je ne porte que des sacs en raphia, fabriqués main à Madagascar et créés par trois sœurs belles et souriantes, pleines de talent. Je déteste faire les boutiques, mais je peux passer des heures avec ces créatrices qui honorent l'art de la conversation autant que celui de la maroquinerie. C'était le 20 mars 2012, je discutais avec une amie des créatrices de nos exils, elle d'Algérie après l'indépendance, moi de Téhéran après les barbus et nous comparions nos vies avec celles des jeunes immigrés d'aujourd'hui qui veulent tout, tout de suite. Nous revoyions nos parents qui rentraient la tête dans les épaules car il fallait faire profil bas quand on venait d'ailleurs. La conversation roula naturellement sur l'actualité et sur les meurtres de trois militaires français musulmans et de quatre Français juifs dont trois enfants en quelques jours. L'assassin sévissait en moto et il avait poursuivi une petite fille de six ans jusque dans la cour de son école pour lui tirer une balle dans la tête. Nous étions choquées, nous étions surtout persuadées que ce ne pouvait être que le fait d'un dégénéré. D'un dégénéré d'extrême droite. Il n'y avait pas si longtemps, Anders Breivik, un Norvégien illuminé, ivre des théories nazies, obsédé par l'idée de pureté, de préservation du sang blanc, de la religion chrétienne et de la décrépitude occidentale, avait assassiné de sang-froid 77 adolescents socialistes. Parce qu'ils représentaient l'avenir dont il ne voulait pas, l'avenir qui n'avait pas ses couleurs, blanches et pures, l'avenir qu'il voulait exclusivement à son image. C'était la crispation identitaire du nord au sud, de la Norvège à la Grèce, l'extrême droite était partout en progression, et il n'y avait plus aucune raison pour que la France en soit préservée. C'était tellement évident, tellement logique puisqu'il s'attaquait aux musulmans et aux juifs. Ce qu'il fallait de folie pour tirer dans la tête d'une petite fille de six ans, à quelle humanité il faut avoir renoncé pour la poursuivre jusque dans la cour de son école et lui tirer une balle dans la tête. C'était la réminiscence d'une des pires pages de l'Histoire. Nous étions glacées mais nous étions sur la même longueur d'onde. Convaincues, les filles d'origines diverses, que seul un nazi pouvait commettre l'irréparable. Convaincues, les filles d'origines diverses, de notre analyse brillante de la situation socio-politique de *notre* France. Convaincues, les filles d'origines diverses, d'être dans le juste. Nous nous sommes quittées en nous embrassant, parce que vive la France, vive la République et nos parents qui étaient parvenus à faire de nous des Françaises.

Le fait de faire bloc contre l'assassin des militaires français musulmans et des Français juifs nous rassurait, nous renforçait dans nos convictions. La juive pas pratiquante et la musulmane athée se tenaient par les mains et c'était une belle fin de journée pour moi qui courais toujours après les symboles me rappelant pourquoi j'aimais tant la France.

Je suis descendue du métro et une adolescente rom, avec un regard de vieille dame qui a trop vécu, trop vu, m'a bousculée en emportant le sac d'une femme derrière moi. L'autre hurlait et personne n'a arrêté l'adolescente et le groupe de jeunes filles de son âge qui assurait ses arrières. C'était pas gagné. En montant les escaliers, je me demandais si la femme à qui on avait volé le sac à main allait raconter cette histoire en maudissant les Roms et non la misère – même si elle ne doit jamais être une excuse – et si l'adolescente au regard de vieille allait rire du cri d'effroi et de sa fuite effrénée ou se taire et réfléchir au mal qu'elle faisait à sa communauté en la réduisant, par son acte, à n'être que des voleurs. Arrivée à la maison, j'avais la nausée.

Arrivée à la maison, je repensais à ce jeune homme qui m'avait demandé une cigarette et à qui j'en avais offert une, accompagnée d'un sourire, et qui en avait profité pour me demander mon numéro. Et quand je lui avais répondu que « non », mais toujours avec un sourire – je suis éduquée et je déteste les conflits – il avait pris brusquement ma main gauche et m'avait dit « t'es même pas mariée, t'es qu'une pute raciste ». Il était d'origine maghrébine, j'étais d'origine iranienne et voilà comment on devient une pute raciste. Est-ce que cette banale anecdote urbaine aurait pu me faire basculer du côté de la parole vite dite ? Est-ce que cette anecdote aurait pu me faire tenir des discours où tous les jeunes hommes d'origine maghrébine sont des porcs ? Bien sûr que non. Et pour une autre femme ? Une femme qui ne pense pas du matin au soir au vivre ensemble, au danger de la xénophobie, aux solutions possibles, et qui après avoir offert une cigarette à un jeune inconnu se fait doublement insulter, est-ce qu'elle ne traversera pas la rue la prochaine fois qu'elle croisera un faciès maghrébin ?

Et le jeune homme pour qui je suis une pute raciste est-ce qu'il fera de même avec ses compères ? Est-ce qu'il racontera cette banale anecdote urbaine et tous le regarderont en hochant la tête, «toutes des putes, tous racistes» ? Et pas un instant, ils n'auront l'idée qu'il faut porter avec plus d'honneur leur origine, être davantage conscients de porter la responsabilité de tous ? Qu'il est honteux vis-à-vis de leurs pères, de leurs frères d'avoir un tel comportement doublé d'un tel discours ? Que rien ne justifie de ne pas honorer son origine. Mais il me suffisait d'aller chercher pas plus loin que dans mon expérience personnelle la méfiance dont ces jeunes Français d'origine maghrébine étaient victimes.

Une nuit, je rentrais vers trois heures du matin d'un bar à Bastille. J'avais vingt-trois ans et j'étais retournée vivre chez mes parents. J'étais seule rue de la Roquette, en bottes à talons qui martelaient le trottoir annonçant ma présence avec fracas. C'est alors qu'un groupe de garçons, visiblement originaires de banlieue, me remarqua au moment où ils s'apprêtaient à entrer dans une voiture. Il y en a un de loin qui me lance à travers la rue déserte : «Trop classe la meuf ! Trop bonne ! » J'étais seule dans la rue, il était trois heures du matin, j'avais une bonne dizaine de minutes devant moi avant d'atteindre le 85, rue de la Roquette, je décidai d'être civilisée et je me retournai sans m'arrêter pour lancer un grand «Merci». Et voilà les garçons qui s'engouffrent dans la voiture, démarrent en trombe et arrivent à mon niveau. Ils trouvaient étonnant et encore plus «classe» que je réponde à leur «compliment» et ils voulaient me raccompagner. Je répondis en souriant que j'habitais à deux pas chez mes parents mais que c'était gentil. Et voilà qu'ils décident de m'escorter. La voiture allait à deux à l'heure et deux voitures étaient coincées derrière eux. L'un des automobilistes eut le malheur de klaxonner et voilà l'un de mes gardes du corps sortant sa tête de la voiture pour hurler : « Vas-y connard ! Tu vois pas qu'on raccompagne la demoiselle ? Trou du cul, t'as les poils qui poussent au volant ou bien ?... » Et c'est ainsi que cinq jeunes hommes qui feraient traverser la rue à n'importe quelle femme seule à trois heures du matin me raccompagnèrent aussi galamment que possible. C'est parce que j'avais répondu poliment à leur tentative nullissime de créer un contact, qu'ils s'étaient révélés plus sages que prévu ? C'est parce qu'il n'y avait pas de mépris dans mon attitude, qu'ils s'étaient sentis comme obligés de devenir délicats ? C'était vraiment une drôle de journée. C'était vraiment une journée de vertige.

Je revois mes parents m'expliquant que nous ne sommes pas encore chez nous en France, que cela se mérite, qu'il faut du temps. Mais qu'il ne faut pas faire honte à l'Iran. Que les Français pensent que tous les Iraniens sont des terroristes et des fous de Dieu, et qu'il faut bien faire attention à faire honneur à notre origine et leur montrer que ce n'est pas vrai. Mais qu'il fallait aussi faire honneur à la France qui nous avait accueillis après les barbus. Je revoyais mes parents qui tentaient de m'apprendre la France, sans me faire oublier l'Iran, je revois leurs efforts, leurs modesties, leurs difficultés. Je me revois frappant une élève de ma classe de sixième parce qu'elle venait de lire *Jamais sans ma fille* et qu'elle m'insultait en disant que tous les Iraniens sont des porcs qui séquestrent leur femme et mangent des cafards, qu'ils ne savent pas ce que c'est qu'une fourchette et qu'ils sont sales. Je me souviens du visage embarrassé de mon père convoqué. Je me souviens que j'étais perdue, je ne savais pas si je devais lui présenter des excuses ou la frapper encore. Je ne savais plus si je devais réagir en tant que Française – lui expliquer calmement que tous les Iraniens ne sont pas comme ça et qu'en France aussi il y a des mauvais maris – ou en tant qu'Iranienne – en tant qu'étrangère et la frapper encore pour qu'elle retire ses mots qui en insultant un Iranien m'insultaient moi. Ma mère a réglé le problème en invitant ma camarade de classe, qui avait pris une sacrée raclée, et ses parents à dîner à la maison. Ils ont constaté par eux-mêmes que les Iraniens savaient se tenir à table, que la cuisine iranienne était subtile et que mon père connaissait son Kant et son Sartre sur le bout des doigts. Ils sont repartis sonnés mais c'était gagné. Ma mère a toujours une solution culinaire à tous les maux. Et c'est souvent la bonne solution.

Enfant, j'étais une bagarreuse. Souvent mon grand-père soufi tentait de calmer mes intransigeances. Un matin, alors que je boudais – mon père avait caché mes livres pour me punir d'avoir frappé mon cousin qui refusait de regarder le film que j'avais choisi – il m'avait entraînée dans la cour de la maison où se trouvait une fontaine. Il m'avait raconté une histoire. Quatre hommes misérables, un Persan, un Arabe, un Turc et un Grec voyageaient ensemble. Un homme, voyant leur misère, leur donna un dirham pour qu'ils achètent à manger. Le Persan déclara qu'il fallait acheter de l'*angur* (raisin), l'Arabe répliqua qu'il leur fallait de l'*inab* (raisin), le Turc réclama de l'*uzum* (raisin) et le Grec voulait de l'*istafil* (raisin). Comme les uns ne connaissaient pas la langue des autres, ils en vinrent très rapidement aux mains. C'est alors qu'un érudit qui passait par là les sépara et leur demanda la cause de la querelle. Chacun d'eux expliqua dans sa langue qu'il était impossible par cette chaleur de s'offrir autre chose que du raisin. L'érudit sourit et leur proposa d'être leur arbitre. Ils acceptèrent et lui confièrent leur dirham. L'érudit revint avec du raisin. Tous les quatre comprirent alors que leur querelle n'était qu'un malentendu dû à leur ignorance.

Le lendemain, lorsque je me suis réveillée, c'est ce conte oublié de mon enfance qui me revint en mémoire. L'ignorance était la cause de tout. C'est l'ignorance qui fait monter la température des acariâtres, c'est l'ignorance qui est la matière première des barbus. L'ignorance qui est perte de repère, qui est danger, qui est assassin. L'ignorance qui n'est jamais qu'une excuse pour taper plus fort, pour tourner le dos à l'Autre, pour rester enfermé dans des certitudes faciles. Le conte de mon grand-père m'était revenu en mémoire pour me rappeler que je n'étais pas à l'abri. Que chacun a toujours la tentation de piocher dans son ignorance pour clamer sa vérité.

Quelques heures plus tard, le choc a dû être aussi grand pour l'amie des créatrices de sacs en raphia que pour moi. L'assassin était Mohammed Merah, l'assassin était un Français musulman. J'étouffais. Ce n'était pas possible. Ce ne pouvait être possible. Et pourtant. Il tuait des militaires français musulmans pour trahison

– envers quelle patrie ? – et des enfants juifs parce qu'ils étaient juifs – et aussi parce qu'il y avait le conflit israélo-palestinien, mais quel rapport entre des Français juifs et un conflit du Moyen-Orient ? Et qu'est-ce qu'un Français musulman vient faire dans tout ça ? C'était incroyable et fou. Il était pire qu'un monstre, c'était un être humain. Et le conte de mon grand-père était encore frais à mon oreille. Merah était un ignorant. C'était la seule cause possible de sa folie.

Je ne sais pas si tous les musulmans d'origine, tous ceux qui avaient un aïeul musulman l'ont pris comme moi tel un coup dans l'estomac. Il nous réduisait à n'être que des indésirables. Il enfonçait le clou du malentendu entre les Français. Il était la forme la plus abjecte de Khomeiny et de son apartheid assassin. Ce jeune homme était un fossoyeur de la République. Je lisais tous les journaux, je cherchais, au milieu des polémiques qui se déclenchaient, une vérité, un sens, un passé qui justifieraient l'enchaînement de haine d'un Français musulman. Mais comment a-t-il pu élaborer le pire dans sa tête, en excluant toute possibilité de retour en arrière ? Il n'avait aucune culpabilité, aucun sentiment d'abjection envers lui-même, il aurait poursuivi sa cavale meurtrière. Il était le monstre incarné de toutes mes craintes, le pire du pire des ratés de l'intégration.

J'attendais que la France d'origine musulmane se dresse fièrement et marche silencieusement contre cette dégénérescence de l'un des siens. Si des imams humanistes ont dénoncé sans ambiguïté le carnage, les Français musulmans ne se sont pas rassemblés pour faire bloc. Ce qu'il fallait, c'était montrer avec force et sans aucun doute possible que les Français musulmans ne sont pas Merah, qu'ils le rejettent, qu'ils n'en veulent pas. Rien ne fut fait. Je n'ai pas entendu une contestation puissante venue du cœur de la France, une marche qui aurait dû rendre son lustre au statut de citoyen français. Les Français musulmans auraient dû en faire la preuve par le geste. Un geste fort, un geste symbolique qui aurait consolidé le corps métissé de la République. Car les Français musulmans ne sont pas des Merah. Ils ne le sont pas mais nous n'entendons que ceux qui le sont. Et en demeurant silencieux, ils se sont éloignés un peu plus du corps social. La folie meurtrière de Merah et le silence qui a suivi m'ont renvoyée à mon enfance et aux Iraniens qui ont baissé la tête devant l'inéluctable, qui ont accepté et qui ont continué de vivre leur vie tant bien que mal.

Comment je fais, moi, comment ils font, eux, tous les autres musulmans d'origine, athées ou croyants ou juste pratiquants ? Comment faisons-nous pour nous considérer comme des citoyens à part entière sans prendre à bras-le-corps les droits et les devoirs de notre citoyenneté ? Comment fait-on la preuve de notre attachement aux valeurs de la France ? Comment autrement qu'en le gueulant à pleins poumons ? Comment ferons-nous demain face à un autre Merah ? Qu'avons-nous fait face à celui-là ? Rien. Nous n'avons rien fait. Et la parole est demeurée dans le camp des ignorants. La parole est restée l'otage de la sœur de Merah, qui, après toute cette boucherie, a osé dire sa fierté et son soutien à son frère. La parole a été abandonnée à la sœur de l'assassin. Qui pérorait sur les chaînes tout info et célébrait le meurtre et la haine. Comment avons-nous pu laisser la parole à *ça* ?

Paris, juillet 2013

Paris, qui est toujours une île, qui est toujours aussi belle à mes yeux d'exilée, vivait au rythme du ramadan. Il faisait une chaleur à crever et personne n'en crevait. Et pourtant. Une amie mangeait un croissant sur la nouvelle place de la République. *Place de la République* et cela n'aurait pu se passer ailleurs. Et elle dégustait son croissant parce qu'elle avait sauté le déjeuner. Non pour cause de ramadan mais parce qu'elle était débordée. Mon amie belle comme le jour avait plusieurs rendez-vous qui s'enchaînaient et elle ne quittait pas des yeux son téléphone. Soudain, elle a entendu une voix masculine qui s'exprimait – mal – en arabe. Elle a entendu « honte » et elle a entendu « parents ». Elle a levé les yeux et un homme était devant elle et c'était à elle qu'il s'adressait. Il a poursuivi en français, son arabe était trop mauvais. Elle a mis un certain temps à saisir qu'elle se faisait insulter. Elle était vraiment surprise de l'entendre lui parler de la honte de ses parents d'avoir une mauvaise fille comme elle, qui portait une jupe trop courte et mangeait un croissant. C'était un barbu parisien, qui reconnaissant la Maghrébine sous ses traits de Française, se donnait le droit de la rabaisser et de l'humilier. De la stigmatiser. Et ici, le verbe est à la bonne place.

Elle est belle mon amie, elle s'est dressée de toute sa splendeur de femme et elle a refusé de s'en laisser conter par un barbu. Et le barbu, étonné certainement que cette femme lui dise « non », a appelé à la rescousse cinq, six de ses amis barbus. Devant une femme d'un mètre soixante, il a appelé cinq, six barbus. Elle a dû s'éloigner, elle a dû laisser la place de la République à des barbus qui vivaient dans un pays imaginaire à Paris. Un pays où les hommes se donnent le droit d'insulter les femmes parce qu'elles ne suivent pas *leurs* règles de vie. C'est affreux et c'est plein d'espoir. Car il ne pouvait se défendre seul contre la parole d'une femme. Il en était incapable. Elle a peut-être dû quitter la place de la République pour se sauver, mais elle lui a fait peur. Et même dans cette anecdote, il y a de l'espoir.

Des écoles sont détruites par les barbus parce que des petites filles y étudient (400 écoles détruites par les talibans au Pakistan en 2008, 500 en Afghanistan en six ans) ; une adolescente pakistanaise Malala Yousafzaï reçoit une balle talibane dans la tête mais elle poursuit son combat initié par son père, directeur d'école ; des barbus refusent les vaccinations car elles sont des armes de destruction occidentales ; une jeune femme marocaine a écopé d'une peine de prison car elle fumait une cigarette dans les rues de Rabat en période de ramadan ; une Norvégienne, violée en Arabie Saoudite par des barbus qui ne voient pas où est le problème puisque non seulement c'est une femme mais en plus elle est blonde, est emprisonnée pour provocation. Il faudra attendre plusieurs mois pour parvenir à la libérer des geôles des barbus. En France, sous prétexte que des skinheads arracheraient des voiles et agresseraient des femmes musulmanes – rien n'est encore prouvé, aucune trace d'ADN n'a été retrouvée sur ces femmes – des imams de pacotille *conseillent* à leurs *sœurs* de ne quitter leur appartement que lorsque c'est *indispensable*. Insidieusement l'enfermement des femmes a débuté. Conseiller à des femmes de ne pas s'aventurer dans l'espace public, c'est les nier. En Arabie Saoudite, alors que les femmes *devraient* voter pour la première fois de leur histoire en 2015, elles se battent pour pouvoir… conduire. Tout simplement conduire une voiture pour effectuer des trajets entre un point A et un point B. Elles n'en ont pas le droit. Comment peut-on interdire de volant une femme ? Et pourtant. Il y a toujours de l'espoir. Il y aura de l'espoir tant qu'une petite Yéménite de dix ans partira seule sur les routes en pleine nuit pour échapper à un mariage arrangé par sa mère et son père. Elle fuit, à l'aide d'un oncle plus compatissant que sa mère, pour ne pas se faire pénétrer par un homme vieux et barbu. Et elle prend la parole quelques jours plus tard avec une voix d'enfant et une maturité de femme d'expérience pour dire « non ». Pour dire que c'était soit la fuite, soit la mort. Car elle n'aurait pas supporté un mariage qui l'aurait précipitée dans la mort. Comme sa cousine qui a préféré se jeter dans un puits et qui en est morte. Tant qu'il y aura une petite Yéménite pour dire « non » et pour le dire à haute voix, il y aura de l'espoir.

Il y a de l'espoir parce que Nedjma existe. Parce qu'une femme d'origine musulmane sous couvert d'un pseudonyme écrit les romans libertins d'aujourd'hui. Elle ne pouvait qu'être anonyme comme au siècle des Lumières. Elle est la première femme musulmane à écrire bite et con. La première à situer son intrigue dans le Maghreb, même si le pays n'est jamais mentionné, bien que les noms des villes soient imaginaires, ils racontent le Maghreb d'hier à aujourd'hui. *La Traversée des sens* est un roman initiatique.

C'est l'histoire d'une femme quadragénaire, Zobida, mariée trop jeune à un homme trop vieux dont elle ne veut pas et qui la bat. Devenue veuve, la vie débute enfin pour elle. Une vie passée à aimer les hommes dans le plus grand des secrets. Installée dans une petite ville où sa réputation est sans tache et ses nuits pleines d'orgasmes, elle prend sous son aile une jeune femme répudiée par son mari qui n'est pas parvenu à la déflorer. La jeune Leila demeure vierge mais son honneur est entaché. Zobida et Leila partent ainsi sur les routes à la recherche de la sorcière qui avait « blindé » le vagin de la jeune fille dans le but de lever le sort qui entrave l'entrée de son con. Mais c'est surtout l'occasion pour Leila de découvrir autre chose que son village, d'autres sons que ceux de la prière, d'autres exemples que ceux du malheur des femmes. L'ironie est à chaque pas, les situations sont intemporelles.

De la mère de Leila qui a passé une vie enfermée, il est dit qu'elle décède en faisant trois pas à l'extérieur de la maison. Elle ne savait plus mettre un pied devant l'autre... Ce qu'il faut briser en Leila, c'est la voix de cette mère qui enveloppe son âme dans un linceul et lui répète : *Son corps ? C'est quoi un corps ? De la nourriture pour les vers, tout au plus une couche pour l'homme, un matelas, bien rembourré de préférence, sur lequel le mâle peut dormir ou pisser, c'est à son bon vouloir. Le corps des femmes, ça ne concerne pas les femmes, c'est le bien de leur mari.* C'est cette litanie malsaine que Zobida tente de découdre en confrontant la jeune fille à la beauté du corps et à l'importance du plaisir. C'est beau et c'est excitant.

Comme il se doit dans tout roman libertin, les rencontres sont l'occasion de découvrir un nouveau « secret » sur la vraie vie. Ainsi, les deux femmes passent une nuit dans les ruines d'un village nommé *Ichq* (Amour) et qui a été détruit pour impiété. Ses habitants osaient la poésie et poussaient le blasphème jusqu'à épingler les plus beaux poèmes sur la porte de la mosquée. C'est dans ces ruines que des femmes vêtues de noir se retrouvent : *ces femmes, qui, apparemment, se cachaient le jour et sortaient la nuit, n'avaient trouvé d'autres moyens de conjurer le malheur que de le narrer. Les mots, c'était leur grande lessive, le nettoyage des coins crasseux de leur vie, des plis les plus sombres de leurs cœurs.* Les mots pour sauver du malheur, la parole comme la seule issue.

Il y a cet autre village où ne vivent que des femmes. Le village principal les a chassées, décidant une bonne fois pour toutes que les femmes étaient vraiment trop dangereuses, et les hommes se déplacent chaque mois pour vider leurs couilles dans le village des femmes. Et les filles nées de ces assauts restent au village des femmes pour attendre d'autres hommes qui les baiseront sans tendresse. Les garçons sont élevés un peu plus loin par des vieilles femmes jusqu'à la puberté où ils iront rejoindre ceux de leur sexe dans le village principal. Et pourtant, derrière chaque porte, derrière chaque fenêtre tournant le dos à la rue, il y a de la chair, il y a de la volupté. Mais il faut être discret, il faut être vigilant. Les murs ont des oreilles et les hommes ne pardonnent rien au corps des femmes. Tout doit toujours être murmuré, même le plus dépravé dans l'intimité peut s'avérer être le plus puritain dans l'espace public comme ce marchand que Zobida rencontre sur la route, car *malgré son comportement adultère, le vieux marchand pouvait appartenir à cette espèce de croyants qui savent fermer les yeux sur les mœurs lorsque ça les arrange, mais deviennent sourcilleux dès qu'il s'agit de la vie des autres. S'ils pèchent, passant outre les versets du Coran, ils tiennent à conserver une planche de salut, observant scrupuleusement deux ou trois pratiques rituelles, ajoutées à quelques dits du Prophète sur lesquels ils ne transigent pas, afin de préserver leur chance d'échapper à l'enfer.*

Le talent de Nedjma tient dans ce qu'elle politise son propos sans perdre de vue son conte intime. Installées pour quelques jours dans une ville connue pour la tyrannie qu'y exerce son émir, Zobida raconte à la vierge que les femmes y sont encore plus maltraitées qu'ailleurs dans le pays, car *il n'y avait pas de recours pour ces hommes que de se cloîtrer dans leur maison et d'y faire régner la terreur, s'évertuant, notamment, à punir leurs femmes pour toutes les fautes qu'elles n'avaient pas commises. Régner en souverains absolus dans leur foyer parce qu'ils étaient des petits riens ailleurs, commander en maîtres à la gent féminine à défaut de diriger les affaires de leur cité était devenu leur stratégie de survie.*

Tout le but de cette traversée est de faire accepter à Leila, *une vraie nuit d'amour! Sans angoisse, ni scrupule, ni chantage, sans considérations d'honneur ni de vertu.* La belle Leila y parviendra et il est touchant de la voir éviter son corps, le toucher du bout des doigts, l'apprivoiser, l'aimer et enfin se laisser aimer. Et si c'est un poète qui par la grâce des mots ravit sa virginité, c'est la preuve que le dévoilement doit être total. Le corps et la tête. Leila peut se dire philosophe le jour où elle quitte les siens, le jour où respirer l'air vicié du préjugé la rendrait folle, le jour où elle ne craint plus ni son corps, ni son père, ni ses sœurs, ni le fantôme de sa mère, ni la tradition. Zobida a transmis son savoir, elle a libéré une femme. Et c'est la plus grande des victoires. Le dernier paragraphe du roman libertin pourrait s'appliquer aux Automnes arabes : *Pour le reste, je m'amuserais à observer les Zébibiens qui trépignent et s'agitent, ne sachant plus, en ces temps de discorde annoncée, ce qu'il faut entreprendre et ce qu'il ne faut pas, s'ils doivent s'occuper de l'honneur de leurs femmes ou de l'arrivée des yeux bleus qu'on dit aux portes de Zébib et qui risquent de leur ravir plus précieux que le con de Leila !*

J'ai de l'espoir tant que Nedjma écrira des romans libertins d'aujourd'hui à l'adresse des femmes d'aujourd'hui, tant qu'elle détruira à coups de *queue, phallus, enfonceur, tailleur, braquemart, perceur, pileur, pénétrant, trompeur, chauve, annexeur, remuant, glabre, velu, cornu, clapoteur, fouilleur…* mais aussi à l'aide de *vulve, vagin, fente, hérisson, beau, effronté, taciturne, broyeur, arrosoir, glouton, avaleur, tamis, désirant, silencieux, broyeur, brasier, accueillant, secourable, suceur, juteux, chaud* tous les préjugés, toutes les prisons mentales des femmes. Je veux y croire.

Paris, février 2012

Mon oncle chéri est couché sur un lit d'hôpital, lugubre comme toutes les chambres d'hôpital du monde, il est assommé, il est fatigué et je vois lentement mon enfance s'en aller un peu plus avec cet homme-là. Mon petit frère est dans la pièce. Le lit voisin n'est pas occupé. Ma grand-tante, sa femme, est descendue boire un café, faire une pause, pleurer seule. Et je tiens la main de mon oncle. Et il me prend à témoin et prend à témoin mon petit frère, devant ce qu'a été notre vie *avant* la Révolution. Mon petit frère ne peut s'en souvenir, mais moi j'ai été la seule *enfant* à connaître la réalité de nos vies bourgeoises, insouciantes, optimistes. Mon petit frère n'a connu que cette famille disloquée, envieuse, en bout de course. Exilée. Et mon oncle chéri serre ma main et se redresse, il retrouve son regard vivant, noir, combatif. « Il nous a tout pris. Il nous a détruits. » Je sais, mon oncle chéri, je le sais. Il se recouche et répète, sans me regarder mais je sais à qui il pense, je sais qu'il va répéter ce nom qui a planté un couteau dans le dos de notre culture. « Khomeiny nous a tout pris. » Mon petit frère me regarde avec cette panique qui lui est propre depuis l'enfance. Il ne sait pas. Tout cela lui paraît incongru, excessif. Moi, les larmes me viennent. Je n'en ai pas encore fini avec

Khomeiny. Je vais me venger ! À cet instant précis, la porte s'ouvre et un patient vient s'installer. Il est tunisien. Il est jeune. Sa mère porte le foulard. Je vois mon oncle vaciller. Il lève les yeux au ciel. Il est vraiment dans la merde. C'est ce moment que choisit ma tante pour revenir. Les cernes de ses yeux virent au violet, son pantalon flotte et ne met pas en valeur sa haute taille, elle est voûtée. Mais à la vue du foulard, c'est tout l'Iran de sa jeunesse libre et de sa place dans la société téhéranaise qui remonte dans sa colonne vertébrale. Elle a retrouvé la vie dans un foulard. La femme enfoulardée est adorable, touchante. J'ai le cœur plus tendre – je n'avais que huit ans dans l'exil et j'avais réglé un certain nombre de problèmes avec mon cul – je lui parle. Mon oncle et ma tante font bloc. Ils sont hostilité. Et la souriante mère tunisienne enfoulardée qui me demande comme sur le ton de la confidence : « Vous êtes turcs ? – Non, iraniens. – Bismilla' mais vous êtes musulmans ? » Grand moment de gêne. J'ai envie de lui répondre, oui. Parce que dans quelques heures, elle devra quitter la chambre d'hôpital où son fils va attendre son opération et qu'elle sera plus rassurée si mon oncle partage sa foi. Doute. Regard vers ma tante et mon oncle mourant. Coup d'œil au petit frère qui comprend l'ironie de la situation. « Nous ne sommes plus pratiquants depuis plusieurs générations. – Mais vous êtes musulmans ? – Oui. » On ne s'en débarrassera jamais. Iranien ne veut plus rien dire. Musulman. Un point c'est tout. « C'est votre grand-père ? – Oui. » Et c'est comme si c'était vraiment mon grand-père. Et quand je l'interroge sur son fils et que je m'apprête à argumenter qu'il va être sauvé, qu'il est jeune, qu'il a la vie devant lui, etc., toute la litanie du malaise en chambre d'hôpital, elle me sourit : « Tout est dans les mains de Dieu ! Inch Allah ! » Là, j'ai envie de la frapper. J'ai envie qu'elle oublie Dieu et qu'elle pleure son fils. Et je suis envieuse, parce que cette certitude ne me tiendra jamais dans les moments tragiques. Je suis envieuse et cette envie me fait peur : une telle certitude ne peut que s'imposer aux autres. Derrière son sourire, il y a un monde où sa certitude est loi. Dans son sourire, il y a Khomeiny.

Quelques jours plus tard, mon oncle mourant quittait l'hôpital sur ses deux jambes, en totale rémission. Plus d'un an plus tard, il est encore parmi nous à vilipender Khomeiny. Des mois plus tard, je demeure persuadée que sans cette charmante Tunisienne sous les voiles, mon oncle chéri n'aurait jamais passé l'hiver.

C'est parce que mon oncle chéri était au bord du gouffre que j'ai commencé l'écriture de *Khomeiny, Sade et moi*. Sans mon oncle chéri, je n'aurais jamais trouvé le courage ou la témérité ou le désir ou le besoin d'écrire. Sans cette mère tunisienne et son foulard, j'aurais continué d'écrire des scénarios historiques dont personne ne voulait. C'est parce que je me suis retrouvée face à la réalité de la mort, de l'oubli, face au regard qui m'a vue naître, grandir, montrer mon cul, afficher des femmes nues sur les murs de ma chambre, provoquer, tomber amoureuse, me libérer, me casser la gueule, apprendre, me relever, recommencer, que soudain il me fallait écrire, écrire vite, écrire pour inscrire le regard de mon oncle chéri dans l'Histoire. Et puis, je lui devais bien ça. Je lui devais bien un coup de marteau sur le crâne de Khomeiny. Pour qu'il sache que je n'avais rien oublié.

Tant qu'il y aura des lecteurs, tant qu'il y aura des aspirations pour lever la tête au-delà de soi, même minimes, il existera des hommes d'imagination capables de renverser le tyran. Tant qu'il y aura la parole. C'est ce que la littérature en particulier, l'art en général fait pour nous : ouvrir les vannes de l'esprit, nous confronter à d'autres sensations, d'autres voix, d'autres infinis.

Malgré toutes les attaques, malgré les retours en arrière et l'acharnement des barbus à vouloir emprisonner les femmes dans une essence féminine qui n'est qu'un fantasme né de la crainte d'être dépossédé d'une virilité illusoire, ils perdront. Il y a trop de désirs, trop d'horizons, trop de frontières, trop de guerres, trop de petites filles qui veulent apprendre à lire, trop de femmes qui étouffent, trop de livres. Et il y a Sade. Il existera toujours la possibilité d'un avenir entre les mots de Sade, il y aura toujours un livre oublié dans une bibliothèque, un livre trouvé dans une décharge, un roman perdu sur un chemin. Les barbus de tout poil peuvent continuer d'emprisonner la parole, d'interdire la chair, de cadenasser le savoir, il suffira d'un cri, d'un « non », d'un brin de courage : les montrer du doigt en riant et ils ne seront déjà plus. Mes certitudes et mes larmes, mes provocations et mes putes, mes mots et Sade ne seront pas vains. Ils seront repris par d'autres petites filles, d'autres femmes et même des hommes qui refuseront les barbus et qui se dresseront en hommes libres pour continuer le combat. Combat qui m'encourage chaque jour à me lever et à écrire. Combat qui a commencé avec mon cul nu et qui se poursuit au sein de mes amitiés comme de mes amours, dans mon rapport aux autres, dans mon quotidien. Tout le temps. Je n'abandonnerai pas car j'ai trop de passé, j'ai trop de mémoire, trop d'enfance. Je n'abandonnerai pas car il n'est pas encore né le barbu qui me fera baisser la tête pour que je me taise. Se taire, c'est capituler.

    Ce qui demeurera de ma colère et de mon espoir, c'est la parole. La parole et mon cul. Ce qui demeurera de mes certitudes et de mes provocations, c'est le sourire discret de mon père face à la liberté qui fut toujours la mienne et qu'il a soutenue avec tant d'amour. Ce qui subsistera de mes convictions, c'est la croyance dans les Lumières, c'est la croyance dans le passé qui a détrôné les rois et renversé le clergé. Aucun pouvoir n'est aussi absolu que celui des hommes et des femmes qui savent qu'aucun homme, aucune femme ne leur est supérieur en droit. Et le jour où toutes les barbes auront disparu, où toutes les femmes seront dignes d'être femmes, le combat se poursuivra. Il devra se poursuivre pour maintenir les barbus loin, très loin du pouvoir, il devra se poursuivre car il n'y a rien de plus tenace que des barbes mal taillées et des corbeaux moustachus. Il y aura toujours des barbus et des corbeaux aussi convaincus que je peux l'être, en planque sous des sourires et patients – si patients... l'éternité est pour eux – qui attendront le moindre petit relâchement pour revenir avec des interdits et des prisons à la taille de mon enfance, qui reviendront encore plus sûrs d'eux, encore plus forts.

    Khomeiny ne mourra jamais. Je le sais aujourd'hui. Je n'en souffre plus. Ce n'est plus aussi grave. J'ai accepté qu'il soit immortel. Mais ce qu'il ne sait pas, c'est que je le suis aussi. Il y aura toujours une autre petite fille qui mourra de ne pas montrer son cul nu.

Une autre petite fille qui aura la chance d'avoir un père comme le mien. Khomeiny peut revenir tant qu'il voudra. La petite fille sera là. Et Sade ne la quittera pas, pour peu qu'elle le rencontre. Il sera toujours là avec ses gros mots et sa puissance inébranlable d'homme libre. Pour encore très longtemps.

TABLE

Téhéran, 1983 11
Paris, 2013 20
Téhéran, avril 1979 25
Paris, 2013 30
Téhéran, 1979-1985 34
Paris, 2013 42
Téhéran, 1981-1985 46
Paris, 2013 53
Malayer – Téhéran – Paris 56
Téhéran – Paris 65
Paris, 2013 71
Téhéran, 1983-1985 76
Téhéran, 1984-1985 81
Paris, 2013 91
Paris, 1985-1986 95
Paris, 2013 105
Paris, 1985-1988 109
Paris, février-mars 1989 121
Paris, septembre 1989 129
Paris, 2013 135
Paris, 1990 143
Paris, 1991-1992 147

Paris, 2013	152
Paris, 1993	160
Paris, 2013	168
Paris, 1994	171
Paris, 2013	177
Paris, 1995	180
Paris, 2013	194
Paris, 1997	200
Paris, 2013	213
Paris, 1997-2001	217
Paris, juin-juillet 1998 – juin-juillet 2010	225
Paris, septembre 2000	232
Paris, 2013	239
Paris, 11 septembre 2001	241
Paris, 2013	249
Paris, 21 avril 2002	256
Paris, 2013	261
Paris, 1994-2013	265
Paris, 27 décembre 2007	277
Paris, février 2009	282
Janvier 2011 – août 2013	288
Paris, 2013	304
Paris, mars 2012	310
Paris, juillet 2013	319
Paris, février 2012	326

Cet ouvrage a été imprimé en France
par CPI Bussière
à Saint-Amand-Montrond (Cher)
en février 2015

Mise en pages par MAURY-IMPRIMEUR
45330 Malesherbes

N° d'Édition : 18767. — N° d'Impression : 2014647
Première édition, dépôt légal : avril 2014.
Nouveau tirage, dépôt légal : février 2015